周作人作品精選 5

經典新版

談虎集

周作人——著

總序

文學星座中，璀璨不亞於魯迅的周作人

朱墨菲

每個時代都會有特別具有代表性、令人們特別懷想的人物，在新文學領域，周作人無疑就是其中一個。身為大文豪魯迅之弟，兩兄弟在文壇可說是各領風騷，各自綻放著不同的光芒。

作為五四新文化運動的一員，周作人在中國文學上的影響力絕對具有舉足輕重的地位，時值新舊文化交替之際，面對西方思潮的來襲，多數讀書人或抱殘守缺，或媚外崇洋，在劇烈的文化衝擊中，許多受過西方教育的學子如胡適、錢玄同、蔡元培、林語堂等，紛紛投入這股新文化浪潮中。

周作人脫穎而出，被譽為是「五四」以降最負盛名的散文及文學翻譯家，他以「對性靈的表達乃為言志」的理念，創造了獨樹一格的寫作風格，充滿靈性，看似平凡卻處處透著玄妙的人生韻味，清新的文風立即風靡一時，更迅速形成一大流派「言志派」，在中國文學史上留下了不可抹滅的一筆。郁達夫曾說：「中國現代散文的成績，以魯迅、周作人兩人的為最豐富最偉大，我平時的偏嗜，亦以此二人的散文為最所溺愛。一經開選，如竊賊入了阿拉伯的寶庫，東張西望，簡直迷了我取去的判斷。」陳之藩是散文大師，他特地強調胡適晚年不止一次跟他說：「到現在值得一看的，只有周作人的東西了。」可見周作人散文之優美意境。

處在動盪年代的周作人，亦可說是時代的見證人，年少時赴日求學，精通日語，讓他對日本文化有深刻的觀察，而後又親身經歷了中國近代史上諸多重要歷史事件，如鑑湖女俠秋瑾、徐錫麟等的革命活動、辛亥革命、張勳復辟等，他一生的形跡記錄即是重要史料，從他的《知堂回想錄》書中即可探知一二。而他晚年撰寫的《魯迅的故家》、《魯迅的青年時代》等回憶文章，更為研究魯迅的讀者提供了許多寶貴的第一手資料。

對世人來說，周作人也許不是個討喜的人，因為他從來都不是隨俗附和的人，他只說自己想說的話，一生奉行的就是孔子所強調的「知之為知之，不知為不知，是知也」的理念，這使他的文章中充滿了濃濃的自由主義，並形成他日後以「人的文學」為概念，跳脫傳統窠臼，更自號「知堂」之故。在《知堂回想錄》的後序中，周作人自陳：「我是一個庸人，就是極普通的中國人，並不是什麼文人學士，只因偶然的關係，活得長了，見聞也就多了些，譬如一個旅人，走了許多路程，經歷可以談談，有人說『講你的故事罷』，也就講些，也都是平凡的事情和道理。」

也許，在諸多文豪的光環下，在世人傳說的紛擾下，他的文學地位一度有明珠蒙塵之虞，本社因而在他去世五十年之際，特將他的文集重新整理出版，包括他最知名的回憶錄《知堂回想錄》以及散文集《自己的園地》、《雨天的書》、《談龍集》、《談虎集》、《看雲集》、《苦茶隨筆》等，使讀者從他的著作中可以更加了解一代文學巨匠的內心世界，品味他的文字之美。

序

近幾年來所寫的小文字，已經輯集的有《自己的園地》等三冊一百二十篇，又《藝術與生活》裡二十篇，但此外散亂著的還有好些，今年暑假中發心來整理他一下，預備再編一本小冊子出來。

等到收集好了之後一看，雖然都是些零星小品，篇數總有一百五六十，覺得不能收在一冊裡頭了，只得決心叫他們「分家」，將其中略略關涉文藝的四十四篇挑出，另編一集，叫作《談龍集》，其餘的一百十幾篇留下，還是稱作《談虎集》。

書名為什麼叫作談虎與談龍，這有什麼意思呢？這個理由是很簡單的。我們（嚴格地說應云我）喜談文藝，實際上也只是亂談一陣，有時候對於文藝本身還不曾明瞭，正如我們著《龍經》，畫水墨龍，若問龍是怎樣的一種東西，大家都沒有看見過。

據說從前有一位葉公，很喜歡龍，弄得一屋子裡盡是雕龍畫龍，等得真龍下降，他反嚇得面如土色，至今留下做人家的話柄。我恐怕自己也就是這樣地可笑。但是這一點我是明白的，我所談的壓根兒就是假龍，不過姑妄談之，並不想請他來下雨，或是得一塊的龍涎香。有人想知道真龍的請去找豢龍氏去，我這裡是找不到什麼東西的。我就只會講空話，現在又講到虛無飄渺的龍，那麼其空話之空自然更可想而知了。

《談虎集》裡所收的是關於一切人事的評論。我本不是什麼御史或監察委員，既無官守，亦無言責，何必來此多嘴，自取煩惱？我只是喜歡講話，與喜歡亂談文藝相同，對於許多不相干的事情，隨便批評或注釋幾句，結果便是這一大堆的稿子。

古人云，談虎色變，遇見過老虎的人聽到談虎固然害怕，就是沒有遇見過的談到老虎也難免心驚，因為老虎實在是可怕的東西，原是不可輕易談得的。我這些小文，大抵有點得罪人得罪社會，覺得好像是踏了老虎尾巴，私心不免惴惴，大有色變之慮，這是我所以集名談虎之由來，此外別無深意。

這一類的文字總數大約在二百篇以上，但是有一部分經我刪去了，小半是過了時的，大半是涉及個人的議論，我也曾想拿來另編一集，可以表表在「文壇」上的一點戰功，但隨即打消了這個念頭，因為我的紳士氣（我原是一個中庸主義者）到底還是頗深，覺得這樣做未免太自輕賤，所以決意模仿孔仲尼筆削的故事，而曾經廣告過的《真談虎集》於是也成為有目無書了。

《談龍》《談虎》兩集的封面畫都是借用古日本畫家光琳（Korin）的，在《光琳百圖》中恰好有兩張條幅，畫著一龍一虎，便拿來應用，省得托人另畫。——《真談虎集》

的圖案本來早已想好，就借用後《甲寅》的那個木鐸裡黃毛大蟲，現在計畫雖已中止，這個巧妙的移用法總覺得很想的不錯，廢棄了也未免稍可惜，只好在這裡附記一下。

民國十六年十一月八日，周作人，於北京苦雨齋。

談虎集

目錄

第二卷 反潮流

談虎集

目錄

第三卷　衆生相

談虎集

目錄

第四卷　探天道

談虎集

目錄——

第五卷 觀世變

談虎集

目錄

第一卷　思想起

祖先崇拜

遠東各國都有祖先崇拜這一種風俗。現今野蠻民族多是如此，在歐洲古代也已有過。中國到了現在，還保存這部落時代的蠻風，實是奇怪。據我想，這事既於道理上不合，又於事實上有害，應該廢去才是。

第一，祖先崇拜的原始的理由，當然是本於精靈信仰。原人思想，以為萬物都有靈的，形體不過是暫時的住所。所以人死之後仍舊有鬼，存留於世上，飲食起居還同生前一樣。這些資料須由子孫供給，否則便要觸怒死鬼，發生災禍，這是祖先崇拜的起源。

現在科學昌明，早知道世上無鬼，這騙人的祭獻禮拜當然可以不做了。這宗風俗，令人廢時光，費錢財，很是有損，而且因為接香煙吃羹飯的迷信，許多男人往往藉口於「不孝有三無後為大」的謬說，買妾蓄婢，敗壞人倫，實在是不合人道的壞事。

第二，祖先崇拜的稍為高上的理由，是說「報本返始」，他們說，「你試思身從何來？父母生了你，乃是昊天罔極之恩，你哪可不報答他？」我想這理由不甚充足。父母生了兒子，在兒子並沒有什麼恩，在父母反是一筆債。

我不信世上有一部經典，可以千百年來當人類的教訓的，只有紀載生物的生活現象的 Biologie（生物學）才可供我們參考，定人類行為的標準。

在自然律上面，的確是祖先為子孫而生存，並非子孫為祖先而生存的。所以父母生了子女，便是他們（父母）的義務開始的日子，直到子女成人才止。世俗一般稱孝順的兒子是還債的，但據我想，兒子無一不是討債的，父母倒是還債——生他的債——的人。

待到債務清了，本來已是「兩訖」；但究竟是一體的關係，有天性之愛，互相聯繫住，所以發生一種終身的親善的情誼。至於恩這一個字，實是無從說起，倘說真是體會自然的規律，要報生我者的恩，那便應該更加努力做人，使自己比父母更好，切實履行自己的義務，——對於子女的債務——使子女比自己更好，才是正當辦法。倘若一味崇拜祖先，想望做古人，自羲皇上溯盤古時代以至類人猿時代，這樣的做人法，在自然律上，明明是倒行逆施，決不可許的了。

我最厭聽許多人說，「我國開化最早」，「我祖先文明什麼樣」。開化的早，或古時有過一點文明，原是好的。但何必那樣崇拜，彷彿人的一生事業，除恭維我祖先之外，別無一事似的。譬如我們走路，目的是在前進。過去的這幾步，原是我們前進的始基，但總不必站住了，回過頭去，指點著說好，反誤了前進的正事。因為再走幾步，還有更好的正在前頭呢！

有了古時的文化，才有現在的文化；有了祖先，才有我們。但倘如古時文化永遠不變，祖先永遠存在，那便不能有現在的文化和我們了。所以我們所感謝的，正因為古時文化來了又去，祖先生了又死，能夠留下現在的文化和我們──現在的文化，將來也是來了又去，我們也是生了又死，能夠留下比現時更好的文化和比我們更好的人。

我們切不可崇拜祖先，也切不可望子孫崇拜我們。

尼采說，「你們不要愛祖先的國，應該愛你們子孫的國。……你們應該將你們的子孫，來補救你們自己為祖先的子孫的不幸。你們應該這樣救濟一切的過去。」所以我們不可不廢去祖先崇拜，改為自己崇拜──子孫崇拜。

（八年三月）

思想革命

近年來文學革命的運動漸見功效，除了幾個講「綱常名教」的經學家，同做「鴛鴦瓦冷」的詩餘家以外，頗有人認為正當，在雜誌及報章上面，常常看見用白話做的文章，白話在社會上的勢力日見盛大，這是很可樂觀的事。

但我想文學這事物本合文字與思想兩者而成，表現思想的文字不良，固然足以阻礙文學的發達，若思想本質不良，徒有文字，也有什麼用處呢？

我們反對古文，大半原為他晦澀難解，養成國民籠統的心思，使得表現力與理解力都不發達，但別一方面，實又因為他內中的思想荒謬，於人有害的緣故。這宗儒道合成的不自然的思想，寄寓在古文中間，幾千年來，根深蒂固，沒有經過廓清，所以這荒謬的思想與晦澀的古文，幾乎已融合為一，不能分離。

我們隨手翻開古文一看，大抵總有一種荒謬思想出現。便是現代的人做一篇古文，既然免不了用幾個古典熟語，那種荒謬思想已經滲進了文字裡面去了，自然也隨處出現。譬如署年月，因為民國的名稱不古，寫作「春王正月」固然有宗社黨氣味，寫作「己未孟春」，又像遺老。如今廢去古文，將這表現荒謬思想的專用器具撤去，也是一種有效的辦法。

但他們心裡的思想，恐怕終於不能一時變過，將來老癮發時，仍舊胡說亂道的寫了出來，不過從前是用古文，此刻用了白話罷了。話雖容易懂了，思想卻仍然荒謬，仍然有害。好比「君師主義」的人，穿上洋服，掛上維新的招牌，難道就能說實行民主政治？這單變文字不變思想的改革，也怎能算是文學革命的完全勝利呢？

中國懷著荒謬思想的人，雖然平時發表他的荒謬思想，必用所謂古文，不用白話，但他們嘴裡原是無一不說白話的。所以如白話通行，而荒謬思想不去，仍然未可樂觀，因為他們用從前做過《聖諭廣訓直解》的辦法，也可以用了支離的白話來講古怪的綱常名教。

他們還講三綱，卻叫做「三條索子」，說「老子是兒子的索子，丈夫是妻子的索子」，又或仍講復辟，卻叫做「皇帝回任」。我們豈能因他們所說是白話，比那四六調或桐城派的古文更加看重呢？譬如有一篇提倡「皇帝回任」的白話文，和一篇「非復辟」的古文並放在一處，我們說那邊好呢？

我見中國許多淫書都用白話，因此想到白話前途的危險。中國人如不真是「洗心革面」的改悔，將舊有的荒謬思想棄去，無論用古文或白話文，都說不出好東西來。就是改學了德文或世界語，也未嘗不可以拿來做「黑幕」，講忠孝節烈，發表他們的荒謬思想。倘若換湯不換藥，單將白話換出古文，那便如上海書店的譯《白話論語》，還不如不做的好。因為從前的荒謬思想，尚是寄寓在晦澀的古文中間，看了中毒的人，還是少數，若變成白話，便通行更廣，流毒無窮了。

所以我說，文學革命上，文字改革是第一步，思想改革是第二步，卻比第一步更為重要。我們不可對於文字一方面過於樂觀了，閒卻了這一面的重大問題。

（八年三月）

前門遇馬隊記

中華民國八年六月五日下午三時後，我從北池子往南走，想出前門買點什物。走到宗人府夾道，看見行人非常的多，我就覺得有點古怪。到了員警廳前面，兩旁的步道都擠滿了，馬路中間立站許多軍警。再往前看，見有幾隊穿長衫的少年，每隊裡有一張國旗，站在街心，周圍也都是軍警。我還想上前，就被幾個兵攔住。

人家提起兵來，便覺很害怕。但我想兵和我同是一樣的中國人，有什麼可怕呢？那幾位兵士果然很和氣，說請你不要再上前去。我對他說，「那班人都是我們中國的公民，又沒有拿著武器，我走過去有什麼危險呢？」他說，「你別要見怪，我們也是沒法，請你略候一候，就可以過去了。」我聽了也便安心站著，卻不料忽聽得一聲怪叫，說道什麼「往北走！」後面就是一陣鐵蹄聲，我彷佛見我的右肩旁邊，撞到了一個黃的馬頭。

那時大家發了慌，一齊向北直奔，後面還聽得一陣馬蹄聲和怪叫。等到覺得危險已過，立定看時，已經在「履中」兩個字的牌樓底下了。我定一定神，再計算出前門的方法，不知如何是好，須得向那裡走才免得被馬隊衝散。於是便去請教那站崗的員警，他很和善的指導我，教我從天安門往南走，穿過中華門，可以安全出去。我謝了他，便照他指導的走去，果然毫無危險。

我在甬道上走著，一面想著，照我今天遇到的情形，那兵警都待我很好，確是本國人的樣子，只有那一隊馬煞是可怕。那馬是無知的畜生，他自然直衝過來，不知道什麼是共和，什麼是法律。但我彷彿記得那馬上似乎也騎著人，當然是個兵士或員警了。那些人雖然騎在馬上，也應該還有自己的思想和主意，何至任憑馬匹來踐踏我們自己的人呢？

我當時理應不要逃走，該去和馬上的「人」說話，諒他也一定很和善，懂得道理，能夠保護我們。我很懊悔沒有這樣做，被馬嚇慌了，只顧逃命，把我衣袋裡的十幾個銅元都掉了。

想到這裡，不覺已經到了天安門外第三十九個帳篷的面前，要再回過去和他們說，也來不及了。

晚上坐在家裡，回想下午的事，似乎又氣又喜。氣的是自己沒用，不和騎馬的人說話；喜的是僥倖沒有被馬踏壞，也是一件幸事。於是提起筆來，寫這一篇，做個紀念。

從前中國文人遇到一番危險，事後往往做一篇「思痛記」或「虎口餘生記」之類。我這一回雖然算不得什麼了不得的大事，但在我卻是初次。我從前在外國走路，也不曾受過兵警的呵叱驅逐，至於性命交關的追趕，更是沒有遇著。如今在本國的首都，卻吃了這一大驚嚇，真是「出人意表之外」，所以不免大驚小怪，寫了這許多話。可是我決不悔此一行，因為這一回所得的教訓與覺悟比所受的侮辱更大。

羅素與國粹

羅素來華了，他第一場演說，是勸中國人要保重國粹，這必然很為中國的人上自遺老下至青年所歡迎的。

羅素這番話，或者是主客交際上必要的酬答，也未可知，但我卻不能贊成。

中國古時如老莊等的思想，的確有很好的，但現在已經斷絕。現在的共和國民已經不記得什麼「長而不宰」，他們所懷抱的思想卻是尊王攘夷了。

我想國粹實在只是一種社會的遺傳性，須是好的，而且又還存在，這才值得保存，才能保存。譬如現在有一個很有思想的人，我們可以據了善種學的方法，保存他特有的能力，使他傳諸後世。倘若這人已死，子孫成了傻子，這統系便已中絕，留下一部著作，也不過指示先前曾有過這樣偉大的思想，在他子孫的腦裡卻自有他的傻思想，不能相通了。

我們看中國的國民性裡，除了尊王攘夷，換一個名稱便是復古排外的思想以外，實在沒有什麼特別可以保存的地方。幾部古書雖有好處，在不肖子孫的眼中，只是白紙上寫的黑字，任他蛀爛了原是可惜，教他保存，也不過裝潢了放在傻子的書架上，灌不進他的腦裡去的了。還有一層，你教他保重老莊，他卻將別的醫卜星相的書也裝潢起來了，老莊看不懂，醫卜星相卻看得滋滋有味，以為國粹都在這裡了。

中國人何以喜歡印度泰戈爾？因為他主張東方化，與西方化抵抗。何以說國粹或東方化，中國人便喜歡？因為懶，因為怕用心思，怕改變生活。所以他反對新思想新生活，所以他要復古，要排外。

羅素初到中國，所以不大明白中國的內情，我希望他不久就會知道，中國的壞處多於好處，中國人有自大的性質，是稱讚不得的。

我們歡迎羅素的社會改造的意見，這是我們對於他的唯一的要求。

（一九二〇，十月十七日）

排日的惡化

中國近來有多數的人排日，這是的確的事實。中國人何以對於日本惡感最深？這原因自然很是複雜，但我想第一個重要的，是因為日本是能瞭解中國人的壞性質，用了適當的方法來收拾他。

我們知道日本幹這些事的是一部分軍國主義的人，我們要反對他們，同反對本國的掠奪階級的人們一樣。但多數排日的人，卻是概括的對於日本各種人們一味的排斥，專門培養國民間的憎惡，這是我所很不贊成的。

日前在上海報上看見關於留日學生黃裘自殺的通信，有幾句話很可以證明我所說的惡影響。

黃君的自殺，有些報上說是因為和一個看護婦失戀而生的。一位留學生下判語道：「但日本看護婦即是娼妓淫賣之一種，中國留日的人個個都曉得的，有了錢就可以和他苟合，怎麼還會失戀呢？」

這種概括的斷定，武斷的證據，很有專制時代官吏舞文的筆法，實在不是我們受過一點新教育的青年所應該有的。

我們反抗的範圍應該限於敵對的人。倘與他們的敵對行為沒有關係，就是敵對者親族近鄰，我們也應區別，不能一概的加以反對。即使可以毀壞他們的名譽，間接的使敵對者受點損害，也是不正當的，得不償失的事。對於別人的一方面，與人道合不合，不說也罷。對於自己的一方面，我們不值得為了快心的小利益去供獻這樣的大犧牲，——培養國民間的憎惡，養成專斷籠統的思想，失墜了國民的品格。

親日派

中國的親日派，同儒教徒一樣，一樣的為世詬病，卻也一樣的並沒有真實的當得起這名稱的人。中國所痛惡的，日本所歡迎的那種親日派，並不是真實的親日派，不過是一種牟利求榮的小人，對於中國，與對於日本，一樣有害的，——一面損了中國的實利，一面損了日本的光榮。

我們承認一國的光榮在於他的文化——學術與藝文，並不在他的屬地利權或武力，而且這些東西有時候還要連累了缺損他原有的光榮。所以那些日本的侵略主義的人也算不得真的親日派，——因為他們所愛所親的都只是一國的勢或利，因此反將他原有的光榮缺損了。

中國並不曾有真的親日派，因為中國還沒有人理解日本國民的真的光榮，這件事只看中國出版界上沒有一冊書或一篇文講日本的文藝或美術就可知道了。

日本國民曾經得到過一個知己，便是小泉八雲（Lafcadio Hearn 1850—1904），他才是真的親日派！

中國有這樣的人麼？我慚愧說，沒有。此外有真能理解及紹介英德法俄等國的文化到中國來的真的親英親德親……派麼？誰又是專心研究與中國文化最有關係的印度的親印派呢？便是真能瞭解本國文化的價值，真實的研究整理，不涉及復古及自大的，真的愛國的國學家，也就不很多吧？

日本的朋友，我要向你道一句歉，我們同你做了幾千年的鄰居，卻舉不出一個人來，可以算是你真的知己。但我同時也有一句勸告，請你不要認你不肖子弟的惡友為知己，請你拒絕他們，因為他們只能賣給你土地，這卻不是你的真光榮。

（十月十九日）

譯詩的困難

日本的太田君送我一本詩集。太田君是醫學士，但他又善繪畫，作有許多詩歌戲曲，他的別名木下本杢太郎，在日本藝術界裡也是很有名的。這詩集名「食後之歌」，是一九一九年十二月出版的。我翻了一遍，覺得有幾首很有趣味，想將他譯成中國語，但是忙了一晚，終於沒有一點成績。

我們自己做詩文，是自由的，遇著有不能完全表現的意思，每每將他全部或部分的改去了，所以不大覺得困難。到了翻譯的時候，文中的意思是原來生就的，容不得我們改變，而現有的文句又總配合不好，不能傳達原有的趣味，困難便發生了。原作倘是散文，還可勉強敷衍過去，倘是詩歌，他的價值不全在於思想，還與調子及氣韻很有關係的，那便實在沒有法子。要尊重原作的價值，只有不譯這一法。

中國話多孤立單音的字，沒有文法的變化，沒有經過文藝的淘煉和學術的編制，缺少細緻的文詞，這都是極大的障礙。講文學革命的人，如不去應了時代的新要求，努力創造，使中國話的內容豐富，組織精密，不但不能傳述外來文藝的情調，便是自己的略為細膩優美的思想，也怕要不能表現出來了。

至於中國話的能力到底如何，能否改造的漸臻完善？這個問題我可不能回答。

我曾將這番話講給我的朋友疑古君聽，他說：「改造中國話原是要緊，至於翻譯一層，卻並無十分難解決的問題。翻譯本來只是賑饑的辦法，暫時給他充饑，他們如要儘量的果腹，還須自己去種了來吃才行。可譯的譯他出來，不可譯的索性不譯，請要讀的人自己從原本去讀。」我想這話倒也直捷了當，很可照辦，所以我的《食後之歌》的翻譯也就借此藏拙了。

（十月二十日）

民眾的詩歌

我在一張包洋布來的紙上，看見一首好詩，今抄錄於下：

「要把酒字免了去，若要請客不能把席成。
要把色字免了去，男女不能把後留，逢年過節誰把墳來上。
要把財字免了去，國家無錢買賣不周流。
要把氣字免了去，眾位神仙成不能。吃酒不醉真君子，貪色不迷是英豪。」

這首詩當然是布店裡的朋友所寫，如不是他的著作，也必定是他所愛讀的作品。我看了發生兩種感想，第一是關於民眾文學的形式的，第二是關於他的思想的。

我們看這一首，與許多的劇本山歌相同，都是以七言為基本，因此多成為拙笨單調的東西。他們彷彿從詩（而且是七言的）直接變化出來，不曾得到詞曲的自由句調的好影響。但是有一種特色，便是不要葉韻，也不限定兩句一聯，可以隨意少多。這雖然只是據了這一首而言，但在別種山歌等等中間一定也有同樣的例可以尋到。

其次這詩裡所說的話，實在足以代表中國極大多數的人的思想。妥協，順從，對於生活沒有熱烈的愛著，也便沒有真摰的抗辯。他辯護酒色財氣的必要，只是從習慣上著眼，這是習慣以為必要，並不是他個人以為必要了。

我們或者可以替他分辯，說這是由於民眾詩人的設想措詞的不完密，但直捷了當的說「我是要吃酒……的」，實在要比委曲的疏解更要容易，不過中國的民眾詩人沒有這個膽力，——或者也沒有這個欲得的決心。倘如有威權出來一喝，說「不行！」我恐怕他將酒色財氣的需要也都放棄了，去與威權的意志妥協，因為中國的人看得生活太冷淡，又將生活與習慣併合了，所以無怪他們好像奉了極端的現世主義生活著，而實際上卻不曾真摰熱烈的生活過一天。

但是無論形式思想怎樣的不能使我們滿足，對於民眾藝術內所表現的心情，我們不能不引起一種同情與體察。太田君在《食後之歌》的序裡說，「嘗異香之酒，一面耽想那種鄙俗的但是充滿眼淚的江戶平民藝術以為樂」，這實在是我們想瞭解民眾文學的人所應取的態度。

（九年十一月）

翻譯與批評

近來翻譯界可以說是很熱鬧了，但是沒有批評，所以不免蕪雜。我想現在從事於文學的人們，應該積極進行，互相批評，大家都有批評別人的勇氣，與容受別人批評的度量。

這第一要件，是批評只限於文字上的錯誤，切不可涉及被批評者的人格。中國的各種批評每易涉及人身攻擊，這是極卑劣的事，應當改正的。譬如批評一篇譯文裡的錯誤，不說某句某節譯錯了，卻說某人譯錯，又因此而推論到他的無學與不通，將他嘲罵一通，差不多因了一字的錯誤，便將他的人格侮辱盡了。

其實文句的誤解與忽略，是翻譯上常有的事，正如作文裡偶寫別字一樣，只要有人替他訂正，使得原文的意義不被誤會，那就好了。所以我想批評只要以文句上的糾正為限，雖然應該嚴密，但也不可過於吹求，至於譯者（即被批評者）的名字，盡可不說，因為這原來不是人的問題，沒有表明的必要。倘若議論公平，態度寬宏，那時便是匿名發表也無不可，但或恐因此不免會有流弊，還不如署一個名號以明責任。這是我對於文學界的一種期望。

其次，如對於某種譯文甚不滿意，自己去重譯一過，這種辦法我也很是贊成。不過這是要有意的糾正的重譯，才可以代批評的作用，如偶然的重出，那又是別一問題，雖然不必反對，也覺得不必提倡。譬如諾威人別倫孫（Bjornson）的小說《父親》，據我所知道已經有五種譯本，似乎都是各不相關的，偶然的先後譯出，並不是對於前譯有所糾正。這五種是：

（1）八年正月十九日的《每週評論》第五號

（2）九年月日未詳的《燕京大學季報》某處

（3）九年四月十日的《新的小說》第四號

（4）九年五月二十五日的《小說月報》十一卷五號

（5）九年十一月十四日的《民國日報》第四張

這裡邊除第二種外我都有原本，現在且抄出一節，互相比較，順便批評一下：

（1）我想叫我的兒子獨自一人來受洗禮。

是不是要在平常的日子呢？

（3）我極想使我的兒子，他自己就受了洗禮。

那是不是星期日的事情？

（4）我很喜歡把他親自受次洗禮。

這話是在一星期之後嗎？

（5）我極喜歡他自己行洗禮。

那就是說在一個作工日子麼？

據我看來，第一種要算譯的最好。因為那個鄉人要顯得他兒子的與眾不同，所以想叫他單獨的受洗，不要在星期日例期和別家受洗的小孩渾在一起，牧師問他的話，便是追問他是否這樣意思，是否要在星期日以外的六天中間受洗。

Weekday 這一個字，用漢文的確不容易譯，但「平常的日子」也還譯的明白。其他的幾種都不能比他譯的更為確實，所以我說大抵是無意的重出，不是我所贊成的那種有意的重譯了。

末了的一層，是譯本題目的商酌。最好是用原本的名目，倘是人地名的題目，有不大適當的地方，也可以改換，但是最要注意，這題目須與內容適切，不可隨意亂題，失了作者的原意。我看見兩篇莫泊三小說的譯本，其一原名「脂團」，是女人的諢名，譯本改作「娼妓與貞操」，其二原名「菲菲姑娘」，譯本改作「軍暴」。即使作者的意思本是如此，但他既然不願說明，我們也不應冒昧的替他代說，倘若說了與作者的意思不合，那就更不適當了。以上是我個人的意見，不能說得怎樣周密，寫出來聊供大家的參考罷了。

九年十一月二十一日。

批評的問題

近來有人因為一部詩集，又大打其筆墨官司。這部詩集和因此發生的論戰，我都未十分留心，所以也沒有什麼議論，只是因此使我記起一件舊事來，所以寫這幾句做一個冒頭罷了。

有一天，我和一個朋友談到批評家的職務，我說，批評家應該專紹介好著作，至於那些無價值的肉麻或噁心的作品，可以不去管他。

這理由共有三層。其一，不應當敗讀者的興。讀者所要求的是好著作，現在卻將無價值等等的書詳細批評，將其無價值等等處所一一列舉，豈不令看的人掃興？譬如遊山的嚮導，不指點好風景給遊人看，卻對他們說路上的污泥馬糞怎樣不潔，似乎不很適當罷。

其二，現今的人還不很有承受批評的雅量。你如將他的著作，連聲讚嘆，臨末結一句「洵不可不人手一編也」，這倒也罷了。倘若你指摘他幾處缺點，便容易惹出是非，相罵相打，以至訴訟，械鬥。這又何苦來？

其三，古人有隱惡揚善之義。中國的事，照例是做得說不得，古訓說的妙，「聞人有過，如聞父母之名，耳可得而聞，口不可得而言。」做了三五部次書，究竟與店家售賣次貨不同（賣次貨是故意的騙人，做次書只是為才力所限），還未必能算什麼過惡，自然更應該原諒了。

朋友卻不以為然，他說，批評家的職務，固然在紹介好著作，但倘使不幸而有不好著作出現，他也應該表明攻擊。遊山的嚮導能夠將常人所不注意的好景致指點給人看，固然是他的職務，但他若專管這事，不看途中的壞處，使遊客一不留神，跌倒爛泥馬糞裡去，豈不更令人敗興麼？所以批評家一面還有一種不甚愉快的職務，便是做清道夫，將路上的爛泥馬糞，一鍬一鍬的掘去。所以總括一句，批評家實在是文學界上的清道夫兼引路的嚮導。

這朋友的話雖然只駁倒了我所說的第一層，我的主張卻也因此不甚穩固了。但我總還是不肯就服，仍舊以我自己的主張為然。現在一想，又覺得朋友所說的也不錯，批評家的確也是清道夫，——一種很不愉快的職業。我於是對於清道夫的批評家不能不表同情，因為佩服他有自願去擔任這不愉快的職務的勇氣。我先前也曾有一種願望，想做批評家，只是終於沒有文章發表，現在卻決心不做了。因為我的膽未免太怯，怕得向人謝罪和人涉訟的。

十年五月十日，在醫院。

新詩

現在的新詩壇，真可以說消沉極了。幾個老詩人不知怎的都像晚秋的蟬一樣，不大作聲，而且叫時聲音也很微弱，彷彿在表明盛時過去，藝術生活的彈丸，已經向著老衰之阪了。新進詩人，也不見得有人出來。做詩的呢，卻也不少，不過如聖書裡所說，被召的多而被選的少罷了。所以大家辛辛苦苦開闢出來的新詩田，卻半途而廢的荒蕪了，讓一班閒人拿去放牛。

你不見中國的詩壇上，差不多全是那改「相思苦」的和那「詩的什麼主義」的先生們在那裡執牛耳麼？詩的改造，到現在實在只能說到了一半，語體詩的真正長處，還不曾有人將他完全的表示出來，因此根基並不十分穩固。那些老詩人們以為大功告成，便即退隱，正如革命的時候，大家以為改革已成，過於樂觀，略一疏忽，便有予自束髮受書即傾心於民生主義的人出來，將大權拿去，造成一個君師主義的民國。

現今的詩壇，豈不便是一個小中國麼？本來習慣了的迫壓與苦痛，比不習慣的自由，滋味更為甜美，所以革新的人非有十分堅持的力，不能到底取勝。新詩提倡已經五六年了，論理至少應該有一個會，或有一種雜誌，專門研究這個問題的了。現在不但沒有，反日見消沉下去，我恐怕他又要蹈前人的覆轍了。昔日手創詩國的先生們，你們的「孫文小史」出現的日子大約不遠了。

十年五月。

美文

外國文學裡有一種所謂論文，其中大約可以分作兩類。一批評的，是學術性的。二記述的，是藝術性的，又稱作美文，這裡邊又可以分出敘事與抒情，但也很多兩者夾雜的。這種美文似乎在英語國民裡最為發達，如中國所熟知的愛迭生，蘭姆，歐文，霍桑諸人都做有很好的美文，近時高爾斯威西，吉欣，契斯透頓也是美文的好手。讀好的論文，如讀散文詩，因為他實在是詩與散文中間的橋。中國古文裡的序，記與說等，也可以說是美文的一類。但在現代的國語文學裡，還不曾見有這類文章，治新文學的人為什麼不去試試呢？

我以為文章的外形與內容，的確有點關係，有許多思想，既不能作為小說，又不適於做詩（此只就體裁上說，若論性質則美文也是小說，小說也就是詩，《新青年》上庫普林作的《晚間的來客》，可為一例），便可以用論文式去表他。他的條件，同一切文學作品一樣，只是真實簡明便好。我們可以看了外國的模範做去，但是須用自己的文句與思想，不可去模仿他們。《晨報》上的「浪漫談」，以前有幾篇倒有點相近，但是後來（恕我直說）落了窠臼，用上多少自然現象的字面，衰弱的感傷的口氣，不大有生命了。

我希望大家捲土重來，給新文學開闢出一塊新的土地來，豈不好麼？

十年五月。

新文學的非難

《改造》三卷十號裡，有一位法國留學生，對於「談新文學者」表示幾種不滿。中國現在的新文學運動當然是很幼稚，但留學生君的不滿也有多少誤會的地方。

留學生以為中國讀者的程度，譯者的人數，出版界的力量，都同法國一樣，所以怪「談新文學者」為什麼不譯「荷馬當德之作」。其實豈知連「少許莫泊桑之短篇小說」還難得賞識者，譯者也只是精力有限的這一打的非「天才」；篇幅稍多的書如《戰爭與和平》，有人願譯而沒有書店肯擔任出版呢？

梅德林之象徵劇，總算有人譯過一點了。至於「郝卜特曼」的新浪漫主義的小說，卻的確是「多數國人之談文學者，尚不能舉其名也」！我想何妨便請留學生君略舉其名，以擴我們的眼界呢？

一切責備，未必全無理由，「談新文學者」應該虛心容納，有則改之，無則加勉。

但在批評者一方面，也應該有一種覺悟，便是預備自己出手來幹。譬如坐洋車，嫌車夫走的慢，最好是自己跳下來走；因為車夫走的慢，也自有其走不快的緣因，應該加以體諒。我以前在南京，看見一個西洋人因為車走的慢，便跳下來，叫車夫坐在車上，自己給他拉了飛跑的走。這真是一個好榜樣！

十年六月。

碰傷

我從前曾有一種計畫，想做一身鋼甲，甲上都是尖刺，刺的長短依照猛獸最長的牙更加長二寸。穿了這甲，便可以到深山大澤裡自在遊行，不怕野獸的侵害。他們如來攻擊，只消同毛栗或刺蝟般的縮著不動，他們就無可奈何，我不必動手，使他們自己都負傷而去。

佛經裡說蛇有幾種毒，最利害的是見毒，看見了他的人便被毒死。清初周安士先生注《陰騭文》，說孫叔敖打殺的兩頭蛇，大約即是一種見毒的蛇，因為孫叔敖說見了兩頭蛇所以要死了（其實兩頭蛇或者同貓頭鷹一樣，只是凶兆的動物罷了。），但是他後來又說，現在湖南還有這種蛇，不過已經完全不毒了。

我小的時候，看唐代叢書裡的《劍俠傳》，覺得很是害怕。劍俠都是修煉得道的人，但脾氣很是不好，動不動便以飛劍取人頭於百步之外。還有劍仙，更利害了，他的劍飛在空中，只如一道白光，能夠追趕幾十里路，必須見血方才甘休。我當時心裡祈求不要遇見劍俠，生恐一不小心得罪他們。

近日報上說有教職員學生在新華門外碰傷，大家都稱咄咄怪事，但從我古浪漫派的人看來，一點都不足為奇。在現今的世界上，什麼事都能有。我因此連帶的想起上邊所記的三件事，覺得碰傷實在是情理中所能有的事。對於不相信我的浪漫說的人，我別有事實上的例證，舉出來給他們看。

三四年前，浦口下關間渡客一隻小輪，碰在停泊江心的中國軍艦的頭上，立刻沉沒，據說旅客一個都不失少（大約上船時曾經點名報數，有賬可查的。），過了一兩年後，一隻招商局的輪船，又在長江中碰在當時國務總理所坐的軍艦的頭上，隨即沉沒，死了若干沒有價值的人。年月與兩方面的船名，死者的人數，我都不記得了，只記得上海開追悼會的時候，有一副輓聯道，「未必同舟皆敵國，不圖吾輩亦清流。」

因此可以知道，碰傷在中國實是常有的事。至於完全責任，當然由被碰的去負擔，譬如我穿著有刺鋼甲，或是見毒的蛇，或是劍仙，有人來觸，或看，或得罪了我，那時他們負了傷，豈能說是我的不好呢？又譬如火可以照暗，可以煮飲食，但有時如不吹熄，又能燒屋傷人，小孩不知道這些方便，伸手到火邊去，燙了一下，這當然是小孩之過了。

聽說這次碰傷的緣故，由於請願。我不忍再責備被碰的諸君，但我總覺得這辦法是錯的。請願的事，只有在現今的立憲國裡，還暫時勉強應用，其餘的地方都不通用的了。例如俄國，在一千九百零幾年，曾因此而有軍警在冬宮前開炮之舉，碰的更利害了。但他們也就從此不再請願了。……我希望中國請願也從此停止，各自去努力罷。

（十年六月，在西山）

【附】編餘閒話

讀完了《雉雞的燒烤》一篇小說，我不禁為一般從事宣傳事業的人打了一個寒噤，因此我又想起了一件心底裡隱藏著萬分抱歉的事，也乘機拉雜寫出來公布給讀者。

恰恰一個月以前（六月十日），我們雜感欄裡登載一篇子嚴先生所作《碰傷》的小文。凡是留心本報雜感的人，別篇文章或者容易忘記，這一篇想來萬萬不會忘記的，所以他的內容我此刻恕不再敘了。

這篇文章的用意本不如何奧妙，文字更不如何艱深，說來又是精密，周到，而且明暢，我們總以為無論那一方面均不予誤解者以可乘之隙，想來萬不會有誤解的了。

但是「出人意表之外」的事情真是隨處皆有，這篇文章發表以後，第二天有位L先生也做了一篇雜感送來，這就是記者抱歉得不知所措的第一天了。

我現在且把他的文章錄幾段下來介紹給讀者：

「他說『譬如我穿著有刺鋼甲，或是見毒的蛇，或是劍仙，有人來觸，或看，或得罪了我，那時他們受了傷，豈能說是我的不好呢？』，他比方政府是穿著有刺鋼甲，請願的人是毒蛇劍仙；他們多半是荏弱書生，沒有利害的槍炮，那還有毒蛇劍仙的殘暴？……怎麼能把他們比為爬蟲類呢？……難道他們都到四五十歲，血氣還沒有衰，學生又手無兵器，能與他們赳赳桓桓的丘八先生相衝突嗎？……

「他又說『俄國在一千九百零幾年，曾因此而有軍警在冬宮前開炮之舉，碰的更利害了。但他們從此不再請願了。』，俄國的歷史，我固然不熟習，照某某先生說，俄國以後就不再請願，那麼以現在看來，不獨為國內革命，並且欲為全世界人種革命，受了一次懲創之後，就不敢再起風潮，何以他現在有這樣大的思想呢？……同胞呀！努力吧！所以我說某某先生，不要替別人做走狗，以罵完好的人格，那就好了！」

我看完了以後，覺得從他的語氣裡，並不表示一點惡的動機，他只是將子嚴先生那篇文章完全誤解了。到現在整一個月，我還想不出怎樣對付這篇文章的方法，今天看見日本佐藤春夫先生也早已見到了這一層，因此寫出此篇，懸為一個宣傳事業中的疑問。

（十年七月十日《晨報》）

宣傳

日前見了記者先生的編餘閒談，才知道關於我的《碰傷》一篇小文，有那一番小事件。我現在並不敢關於自己有所辯護，只想就記者先生熱心的憂慮略有解釋罷了。

記者先生替宣傳事業擔憂，這雖然是好意，但莫怪我說，卻實在是「杞憂」。因為宣傳本來免不了誤解，宣傳的人也拼著被誤解，或者竟可以說誤解是宣傳正當的報酬。

羅素在《社會結構學》第五講內說，凡是改進的意見，沒有不是為大眾所指斥的（原文記不清了）。所以離開了舊威權舊迷信而說話，便是被罵被打的機會，沒有什麼奇怪。譬如近來談新文學，人家便想叫「荊生」去打他；談新道德，人家便說他是提倡「百善淫為先」，都是實例。倘若不止宣傳，還要去運動，甚而至於實行，於是他們的報酬也自然更大了。

《新青年》上曾載過《藥》的一篇小說，《晨報》載過的屠爾該涅夫散文詩內有一篇

《工人與白手的人》可為榜樣。日本的社會黨，苦心孤詣，想替一般窮朋友設法，而窮朋友們又結了什麼國粹黨，皇國青年會之流，每當他們開會演說，逢場必到，將幾個社會黨首領打的鼻塌嘴歪。耶穌給猶太人講得救之道，猶太人卻說他自稱猶太人的王，大逆不道，硬叫羅馬總督把他釘在十字架上。在我們後世或局外的人看了，覺得又好氣又好笑，但是——實在是無可免避的事呵。

耶穌說，父啊，赦免他們，因為他們所作的事，他們不曉得。人們只要能夠曉得，那就好了。不過怎樣能夠使他們曉得，卻是一個重大的難問，是我與記者先生所深以為憂的。法國呂滂說，大眾的心理極不容易變換，即使純學術的真理，如哈威的血液循環說，與他們的舊宗教倫理的思想沒有交涉的，也須得經五十年，才能被大家所承認。

五十年！這也不可謂不久了。但在我們中原，那「功同良將」的專門國粹醫，卻還不知道有這一回事哩，又如細菌，吃了下去，便可以死給你看，真是功效卓著。我們中原的學者，卻正竭力替他辨正。一個說，我們吃了蝦子還不死，何況他呢。一個說，人生了病，他（即細菌）也正受著苦呢，你們何苦還要去害他。……這大約是因為五十年的期限還沒有到罷？

記者先生，你知道有短期速成，——「三天」成功的捷訣麼？

十年七月。

【附】工人與白手的人　俄國．屠爾該涅夫 作

（一段談話）

工人——你爬到我們這裡來做什麼呢？你要什麼東西嗎？你不是我們一夥的。……走罷！

白手的人——就是你們一夥的，朋友！

工人——我們一夥的，真的！那只是一個幻想！看我的手呵。你看這是何等污穢呵？他是有糞臭的，而且有樺油臭的——而你的呢，看呵，這麼白。還不知有甚麼臭味呢？

白手的人——（伸出手來）你嗅嗅罷。

工人——（嗅他的手）這真奇怪了。好像有鐵氣味呢。

白手的人——是的；確是鐵氣。我的手上整整帶了六年的手銬了。

工人——那是為什麼呢，請問？

白手的人——為什麼，因為我作事只為你們的幸福；因為我想逃出被壓迫與無知識；因為我鼓吹人們反抗壓迫者；因為我反抗當局者，……所以把我鎖起來了。

工人——把你鎖起來了，他們嗎？用你的權利反抗呵！（兩年以後）

那個工人對另一工人說——我說，彼得……你記得前年同你談話的那個白手的人嗎？

另一工人——記得的；……做什麼？

第一個工人——今天他們去要把他絞了，我聽見說；命令已經下來了。

第二個工人——他難道老是反抗當局者嗎？

第一個工人——老是反抗。

第二個工人——那麼，我說，朋友，我們能去偷一截絞死了他的繩頭嗎？聽說拿到家裡來是有大運氣的呢！

第一個工人——你說得不錯。我們去試一試罷，朋友。

——一八七八年四月作

九年《晨報》

三天

在廣告上見有一本學外國文的捷訣，說三天內可以成功。

我心裡說道，這未免太少一點了。大抵要成就一件事，三天總還不夠，除了行幻術，如指石成金，開頃刻花之類。這些奇蹟據說可以在剎那中成就，但是要等候「回道人」下凡來的時候才行；這也不是三天之內可以等到的。

有一位民國的邊疆大員，以前在日本留學的時節，竭力勸人學佛。他說，就是你們學什麼德文法文，也都是白費工夫，只要學佛就好了，將來證果得了六神通，不論那一國文字，自然一看便懂。

但是事隔十五六年之後，我於去年冬天看見他還在北京坐著馬車跑，可見他也還未得到神通（倘有了神通，他便可以用神足力，東湧西沒，或南湧北沒，當然不要馬車了。），於是他的用神通力學外國文的捷訣，也就沒有什麼把握了。

《覺悟》上面曾經登過戴季陶先生的關於學日本文的談話（記得係引用在施存統先生的文中），他說用功三年，可以應用，要能自由讀書，總非五年不可。這實在是經驗所得的老實話，我願有志學外國文的人要相信他這話才好。在現今奇蹟已經絕跡的時代，若要做事，除了自力以外無可依賴，也沒有什麼秘密真傳可以相信，只有堅忍勤進這四個字便是一切的捷訣。至於三天四天這些話，只可以當作笑話說說罷了。

有人問我，你這樣說，豈不太令人掃興麼？三天雖然不能速成，或者可以引起一點興趣，使他們願意繼續學下去，也是好的。你如今說破，他們未免畏難，容易退縮，豈不反有害麼？我當初聽了也覺得有理，但仔細一想，卻又不然。那決心用三五年工夫去學習的人，聽了我的話當然不會灰心，或者反有點幫助。至於想在三天之內，學成一種外國文，這件事反正是不可能的，與其以後失望，還不如及早通知他，使他可以利用這三天去做別的事，倒還有一些著落。

十年七月。

麝香

我很愛看「社會咫聞」，因為時常能夠於本文以外，無意的得到有趣味的材料。日前看見一則「一個由盜而丐的墮落青年」，記述西城堂子胡同某校學生作賊，以及流為乞丐的事。這事情都很平常，但我對於失主的某君，卻引起了不少的興味。原來這位盜而丐的青年偷了某君的一個皮包，其中裝著友人的一張文憑，四副眼鏡，和——「一瓶麝香」！

我不懂得醫道，但我知道麝香不是平常的藥。有許多講究灸法的人，將麝香和在艾炷裡，說能夠使艾力更深的鑽到穴道下去。這是我所曉得的一種外用法。據說麝香出於麝的臍內，在交尾時期，放出香氣來，招引雌麝，所以他很有刺激性欲的效力，至於用法或薰或吃，我可不知道了。某君的一瓶不知作何用處？難道他鎮日的大灸而且特灸麼？

（十年八月）

賣藥

我平常看報，本文看完後，必定還要將廣告檢查一遍。新的固然可以留心，那長登的也有研究的價值，因為長期的廣告都是做高利的生意的，他們的廣告術也就很是巧妙。譬如「儂貌何以美」的肥皂，「你愛吃紅蛋麼？」的香煙，即其一例，這香煙廣告的寓意，我至今還未明白，但一樣的惹人注意。至於「寧可不買小老婆，不可不看《禮拜六》」這種著者頭上插草標的廣告，尤其可貴，只可惜不能常有罷了。

報紙上平均最多的還是賣藥的廣告。但是同平常廣告中沒有賣米賣布的一樣，這賣藥的廣告上也並不布告蘇打與金雞納霜多少錢一兩，卻盡是他們祖傳秘方的萬應藥。略舉一例，如治羊角風半身不遂顛狂的妙藥，注云：「此三症之病根發於肝膽者居多，最難醫治」，但是他有什麼靈丹，「治此三症奇效且能去根！」

又如治瘰鬁的藥，注云「瘰鬁症最惡用西法割之，愈割愈長」，我真不懂，西洋人為什麼這樣的笨，對於羊角風半身不遂顛狂三症不用一種藥去醫治，而且「瘰鬁症最惡用西法割之」，中原的鴻臚寺早已知道，他們為什麼還是愈割愈長的去割之呢？——生計問題逼近前來，於是那背壺盧的螳螂們也不得不伸出臂膊去抵抗，這正同上海的黑幕文人現在起而為最後之鬥一樣，實在也是情有可原，然而那一班為社會所害，沒有知識去尋求正當的藥物和書物的可憐的人們，都被他們害的半死，或者全死了。

我們讀屈塞（Chaucer）的《坎忒伯利故事》，看見其中有一個「醫學博士」（Doctor of Physic）在古拙的木板畫上畫作一個人手裡擎著一個壺盧，再看後邊的注疏，說他的醫法是按了得病的日子查考什麼星宿值日，斷病定藥。

這種巫醫合一的情形，覺得同中國很像，但那是英國五百年前的事了。中國在五百年後，或者也可以變好多少，但我們覺得這年限太長，心想把他縮短一點，所以在此著急。而且此刻到底不是十四世紀了；那時大家都弄玄虛，可以鬼混過去，現在一切已經科學實證了，卻還閉著眼睛，講什麼金木水火土的醫病，還成什麼樣子？醫死了人的問題，姑且不說，便是這些連篇的鬼話，也盡夠難看了。

我們攻擊那些神農時代以前的知識的「國粹醫」，為人們的生命安全起見，是很必要的。但是我的朋友某君說，「你們的攻擊，實是大錯而特錯。在現今的中國，中醫是萬不可無的。你看有多少的遺老遺少和別種的非人生在中國；此輩一日不死，是中國一日之害。但謀殺是違反人道的，而且也謀不勝謀。幸喜他們都是相信國粹醫的，所以他們的一線死機，全在這班大夫們手裡。你們怎好去攻擊他們呢？」

我想他的話雖然殘忍一點，然而也有多少道理，好在他們醫死醫活，是雙方的同意，怪不得我的朋友。這或者是那些賣藥和行醫的廣告現在可以存在的理由。

（十年八月）

天足

我最喜見女人的天足。——這句話我知道有點語病，要挨性急的人的罵。評頭品足，本是中國惡少的惡習，只有幫閒文人像李笠翁那樣的人，才將買女人時怎樣看腳的法門，寫到《閒情偶寄》裡去。但這實在是我說顛倒了。我的意思是說，我最嫌惡纏足！

近來雖然有學者說，西婦的「以身殉美觀」的束腰，其害甚於纏足，但我總是固執己見，以為以身殉醜觀的纏足終是野蠻。我時常興高彩烈的出門去，自命為文明古國的新青年，忽然的當頭來了一個一一拐的女人，於是乎我的自己以為文明人的想頭，不知飛到那裡去了。

倘若她是老年，這表明我的叔伯輩是喜歡這樣醜觀的野蠻；倘若年青，便表明我的兄弟輩是野蠻：總之我的不能免為野蠻，是確定的了。這時候彷彿無形中她將一面藤牌，一支長矛，恭恭敬敬的遞過來，我雖然不願意受，但也沒有話說，只能也恭恭敬敬的接收，正式的受封為什麼社的生番。我每次出門，總要收到幾副牌矛，這實在是一件不大愉快的事。唯有那天足的姊妹們，能夠饒恕我這種榮譽，所以我說上面的一句話，表示喜悅與感激。

十年八月。

勝業

偶看《菩薩戒本經》，見他說凡受菩薩戒的人，如見眾生所作，不與同事，或不瞻視病人，或不慰憂惱，都犯染汙起；只有幾條例外不犯，其一是自修勝業，不欲暫廢。我看了很有感觸，決心要去修自己的勝業去了。或者有人問，「你？也有勝業麼？」是的。各人各有勝業，彼此雖然不同，其為勝業則一。俗語云：「蝦蟆墊床腳」。夫蝦蟆雖醜，尚有蟾酥可取，若墊在床腳下，蝦蟆之力更不及一片破瓦。

我既非天生的諷刺家，又非預言的道德家；既不能做十卷《論語》，給小孩們背誦，又不能編一部《笑林廣記》，供雅俗共賞；那麼高談闊論，為的是什麼呢？野和尚登高座妄談般若，還不如在僧房裡譯述幾章法句，更為有益。所以我的勝業，是在於停止製造（高談闊論的話）而實做行販。別人的思想，總比我的高明；別人的文章，總比我的美妙：我如棄暗投明，豈不是最勝的勝業麼？但這不過在我是勝。至於別人，原是各有其勝，或是征蒙，或是買妾，或是尊孔，或是吸鼻煙，都無不可，在相配的人都是他的勝業。

十年八月，在西山。

小孩的委屈

譯完了《凡該利斯和他的新年餅》之後，發生了一種感想。

小孩的委屈與女人的委屈，——這實在是人類文明上的大缺陷，大污點。從上古直到現在，還沒有補償的機緣，但是多謝學術思想的進步，理論上總算已經明白了。人類只有一個，裡面卻分作男女及小孩三種；他們各是人種之一，但男人是男人，女人是女人，小孩是小孩，他們身心上仍各有差別，不能強為統一。

以前人們只承認男人是人（連女人們都是這樣想！），用他的標準來統治人類，於是女人與小孩的委屈，當然是不能免了。女人還有多少力量，有時略可反抗，使敵人受點損害，至於小孩受那野蠻的大人的處治，正如小鳥在頑童的手裡，除了哀鳴還有什麼法子？但是他們雖然白白的被犧牲了，卻還一樣的能報復，——加報於其父母！這正是自然的因果律。

迂遠一點說，如比比那的病廢，即是宣告凡該利斯系統的凋落。切近一點說，如庫多沙菲利斯（也是藹氏所作的小說）打了小孩一個嘴巴，將他打成白癡，他自己也因此發瘋。文中醫生說，「這個瘋狂卻不是以父傳子，乃是自子至父的！」著者又說，「這是一個悲慘的故事，但是你應該聽聽；這或者於你有益，因為你也是喜歡發怒的。」

我們聽了這些忠言，能不憬然悔悟？我們雖然不打小孩的嘴巴，但是日常無理的訶斥，無理的命令，以至無理的愛撫，不知無形中怎樣的損傷了他們柔嫩的感情，破壞了他們甜美的夢，在將來的性格上發生怎樣的影響！

——然而這些都是空想的話。在事實上，中國沒有為將小孩打成白癡而發瘋的庫多沙菲利斯，也沒有想「為那可憐的比比那的緣故」而停止吵架的凡該利斯。我曾經親見一個母親將她的兩三歲的兒子放在高椅子上，自己跪在地上膜拜，口裡說道，「爹呵，你為什麼還不死呢！」小孩在高座上，同臨屠的豬一樣的叫喊。這豈是講小孩的委屈問題的時候？至於或者說，中國人現在還不將人當人看也不知道自己是人。那麼，所有一切自然更是廢話了。

（十年九月）

感慨

我譯了《清兵衛與壺盧》之後，又不禁發生感慨，但是好久沒有將他寫下來。因為在一篇小說後面，必要發一番感慨，在人家看來，不免有點像大文豪的序「哈氏叢書」，不是文學批評的正軌。但現在仔細一想，我既不是作那篇的序跋，而且所說又不涉文學，只是談教育的，所以覺得不妨且寫出來。

我是不懂教育哲學的，但我總覺得現在的兒童教育很有缺陷。別的我不懂得，就我所知的家庭及學校的兒童教育法上看來，他們未能理解所教育的東西——兒童——的性質，這件事似乎是真的。《清兵衛與壺盧》便能以最溫和的筆寫出這悲劇中最平靜的一幕，——但悲劇總是悲劇，這所以引起我的感慨。他的表面雖然是溫和而且平靜，然而引起我同以前看見德國威兌庚特的劇本《春醒》時一樣的感慨，而且更有不安的疑惑。《春醒》的悲劇雖然似乎更大而悲慘，但解決只在「性的教育」，或者不是十分的難事。對於兒童的理解，卻很難了，因為理解是極難的難事，我們以前輕易的說理解，其實自己未曾能夠理解過一個人。人類學生理心理各方面的兒童研究的書世界上也已出了不少，研究的對象的兒童又隨處都是，而且——各人都親自經過了兒童時期，照理論上講來，應該不難理解了。實際上卻不如此，想起來真是奇怪，幾乎近於神秘。

難道理解竟是不可能的麼？我突然的想到中國常見的一種木牌，上面刻著天地君親師五個大字，這才恍然大悟。原來五者地位不同，其為權威則一，家庭與學校的教育也是專制政治的縮影；專制與理解，怎能並立呢！

《大智度論》裡有一節譬喻說，「有一子喜在不淨中戲，聚土為谷，以草木為鳥獸，人有奪者，嗔恚啼哭。其父思惟，此事易離，兒大自休。」這話真說得暢快。十年前在《兒童生活與教育的各方面》（Aspects of Child Life and Education 斯丹來霍耳博士編）上，一篇論兒童的所有觀念的論文裡，記得他說兒童沒有人我的觀念的時候，見了人家的東西心裡喜歡，便或奪或偷去得到手，到後來有了人我及所有的觀念，自然也就改變。

他後來又說有許多父母不任兒童的天性自由發展，要去干涉，反使他中途停頓，再也不會蛻化，以致造成畸形的性質。他詼諧的說，許多現在的慳吝刻薄的富翁，都是這樣造成的（以上不是原文，只就我所記得述其大意。），大抵教育兒童本來不是什麼難事，只如種植一樣，先明白了植物共通的性質，隨後又依了各種特別的性質，加以培養，自然能夠長發起來（幼稚園創始者莆勒倍耳早已說過這話）。

但是管花園的皇帝卻不肯做這樣事半功倍的事，偏要依了他的御意去事倍功半的把松柏紮成鹿鶴或大獅子。鹿鶴或大獅子當然沒有紮不成之理，雖然松柏的本性不是如此，而且反覺得痛苦。幸而自然給予生物有一種適於生活的健忘性，多大的痛苦到日後也都忘記了，只是他終身曲著背是一個鹿鶴了，——而且又覺得這是正當，希望後輩都紮的同他一樣。這實在是一件可憐而且可惜的事。

（十年九月）

資本主義的禁娼

日前看見「社會咫聞」裡記上海租界禁娼的成績，據說捕房對於私娼從嚴取締，科罪較重，蓋以此等無恥婦女，實為禁娼前途之障礙物。原來娼妓制度之存在，完全由於這班「無恥婦女」的自己願意去消遣的做這事情！我真覺得詫異，她們為什麼不坐在家裡舒舒服服的吃白米飯，卻要去做這樣無恥的行為，壞亂我們善良的風俗？真應該嚴辦才好。

古時有一個皇帝，問沒有飯吃的災民「何不食肉糜」？我也要替中產階級對於此等無恥婦女詰問一聲。

但是我看了廿一日《覺悟》上引德國人柯祖基的話，卻又與中產階級的捕房的意見完全不同。他說：

「資本家不但利用她們（女工）的無經驗，給她們少得不夠自己開銷的工錢，而且對她們暗示，或者甚至明說，只有賣淫是補充收入的一個法子。在資本制度之下，賣淫成了社會的臺柱子。」

那麼，禁娼前途之障礙物，當然不在那些無恥的婦女，而在於有恥的資本家們了；或者我們不歸罪於個人，可以說在於現在的經濟制度。不揣其本而齊其末，有什麼成績可說。即使苟安姑息的在現今社會之下要講補救，也只能救濟，不是可以一禁了之的。

倘若那些無恥婦女的為娼，並非為生計所迫，的確由於閒著無事，借此消遣，好像抹牌吸煙一樣，那麼當然可以用法律的力去禁絕了。但是現在的情形並不如此；嗜好惡癖可以禁止，饑寒無可禁止：雖然是資本家，這些道理總應該知道罷？

話雖如此，上海的資本家主張禁娼，雖然是「掩耳盜鈴」，但不好意思招承「公妻是資本主義的一特色」，公然宣布賣淫是必要的事，總算是還有一點良心的了。

（十年十月）

先進國之婦女

在一張報紙上見到這樣的一節文章：

「日本號稱先進文明國，而婦女界之黑暗依然如故。記者旅日有年，對於一切政情及婦女問題研究有素，覺日本之婦女與我國之婦女進化之遲速誠有霄淵之別。近日本報雖頗有提倡中日婦女社交公開之說，記者甚贊成之。我先進國之婦女，倘能不分畛域，將不見天日之日本婦女援登衽席，其功德豈淺鮮哉。」

日本現代婦女界的情形如何，我並不想來詳細敘述，因為我對於這些問題不曾「研究有素」，何苦多來獻醜；我所覺得有點懷疑的，是「我先進國」之婦女的進化是否真是「霄」了？老實說，在現今的經濟制度底下，就是我們男子界也還不免黑暗依然如故，婦女界更不必說；夫人，內掌櫃，姨太太，校書等長短期的性的買賣，真是滔滔者天下皆是，有誰能夠援登別人？《詩經》上說，「我躬不閱，遑恤我後」，真可以給婦女界詠了。

再老實的說，中國和日本的婦女在境遇上可以說是半斤和八兩，分不出什麼霄淵（在知識上且不去多嘴），不過中國多了一件纏腳的小事情罷了。別位對於這事不知作何感想，我卻是非常的不愉快，覺得因為有這些尖腳的姊妹們在那裡走，連累我不但不能夠以先進國民自豪，連後進國民的頭銜也有點把握不住了。

我大約也可以算是一個愛中國者，但是因為愛他，愈期望他光明起來，對於他的黑暗便愈憎恨，愈要攻擊：這也是自然的道理。這位記者旅日有年，因此把本國的情形忘記了，原也不足為奇，不過怕有人誤會以為這又是中國的誇大狂的一種表現，所以略加說明。

我聽說有一位堂堂的專門教授在《地學雜誌》上也常常發表這一類的文章，雖然有醫生疑他是患「發花呆」的，其實未必如此，也只為往日本去了兩趟，把本國的事情忘卻淨盡罷了。

能夠知道別人的長處，能夠知道自己的短處，這是做人第一要緊的條件，要批評別國的時候更須緊緊記住：大家只請看羅素評論英國及中國的文章，那便是最好的一個榜樣。

（十一年十月）

可憐憫者

藹里斯（Havelock Ellis）是英國有名的善種學和性的心理學者，又是文明批評家；所著的《新精神》（New Spirit）是世界著名的一部文學評論。今天讀他的《隨感錄》（**Impressions and Comments**），看見有這一節話：

「生長在自然中的生物，到處都是美的；只在人類中間才有醜存在。野蠻人也幾乎到處都是殷勤而且和睦；只在文明人中間才會有苛刻與傾軋。亨利愛里斯在紀述他十八世紀時在赫貞灣的經歷的書中說，有一群愛思吉摩人——特別慈愛他們的小孩的一個民族——到英國居留地來，很哀傷的訴說他們所受的苦難與人饑荒，以至他們的一個小孩因此被吃掉充饑了。英國人聽了只有笑，那些生氣的愛思吉摩人便走去了。

「在那時候，世界上任何地方，有什麼野蠻人聽了會發笑呢？我記起幾年前曾看見一個人走進火車，把別個旅客放在角裡保留他的坐位的毯子丟在一旁，很強頑的佔據了這個坐位。這樣的一個人，如生在野蠻人中間，存活得下去的麼？現在浮在大家目前的善種學理想，即使不能引導我們到什麼天國裡去，只要可以阻止我們中間比有禮的野蠻人更低級的人類的發生，那就已經有了他的效用了。」

我讀了不禁想起上海商報館書記席上珍女士縊死的事件。她死在報館裡，據說她的同僚便在旁邊做起滑稽詩或擬悼亡詩來。我不忍相信，但是看近來報紙上的滑稽趣味的趨向，我相信這是會有的事。野蠻人雖然會殺人或吃敵人的肉，但看見他的同伴死了，決不會歡喜跳舞的，便是在高等動物界裡也決不會，——除了狼以外。

該得詛咒的是那偽文明與偽道德，使人類墮落成為狼以下的地位的生物，——而他們則是可憐憫者。

（十一年十月）

第二卷　反潮流

第二卷

風雨來

北京的外國書價

聽說庚子的時候有人拿著一本地圖，就要被指為二毛子，有性命之憂，即使燒表時偶有倖免，也就夠受驚嚇了。到了現在不過二十多年，情形卻大不同，不但是地圖之類，便是有原板外國書的人也是很多，不可不說是一個極大進步：這個事實，只要看北京販賣外國書的店鋪逐年增加，就可以明白。我六年前初到北京，只知道燈市口台吉廠和琉璃廠有賣英文書的地方，但是現在至少已有十二處，此外不曾知道的大約還有。

但是書店的數目雖多，卻有兩個共通的缺點。其一是貨色缺乏：大抵店裡的書可以分作兩類，一是供給學生用的教科書，一是供給旅京商人看的通俗小說，此外想找一點學問藝術上的名著便很不容易。其二是價錢太貴：一先令的定價算作銀洋七角，一圓美金算作二元半，都是普通的行市，先前金價較賤的時候也是如此，現在更不必說了。雖然上海伊文思書店的定價並不比這裡為廉，不能單獨非難北京的商人，但在我們買書的人總是一件不平而且頗感苦痛的事。

就北京的這幾家書店說來，東交民巷的萬國圖書公司比較的稍為公道，譬如美金二元的《哥德傳》賣價四元，美金一元七五的黑人小說《巴托華拉》（Batouala）賣價三元七角，還不能算貴，雖然在那裡賣的現代叢書和「叨息尼支（Tauihnitz）板」的書比別處要更貴一點。我曾經在台吉廠用兩元七角買過一本三先令半的契訶夫小說集，可以說是最高紀錄，別的同價的書籍大抵算作兩元一角以至五角罷了。

各書店既然這樣的算了，卻又似乎覺得有點慚愧，往往將書面包皮上的價目用橡皮擦去，或者用剪刀挖去；這種辦法固然近於欺騙，不很正當，但總比強硬主張的稍好，因為那種態度更令人不快了。

我在燈市口西頭的一家書店裡見到一本塞利著的《兒童時代的研究》，問要多少錢，答說八元四角六分。我看見書上寫著定價美金二元半，便問他為什麼折算得這樣的貴，他答得極妙，「我們不知道這些事，票上寫著要賣多少錢，就要賣多少。」

又有一回，在燈市口的別一家裡，問摩爾敦著的《世界文學》賣價若干，我明明看見標著照伊文思定價加一的四元一角三分，他卻當面把他用鉛筆改作五元的整數。在這些時候我們要同他據理力爭是無效的，只有兩條路可行，倘若不是回過頭來就走，便只好忍一口氣（並多少損失）買了回來。

那一本兒童研究的書因為實在看了喜歡，終於買了，但是一圓美金要算到三元四角弱，恐怕是自有美金以來的未曾有過的高價了。我的一個朋友到一家大公司（非書店）

去買東西（眼鏡？），問他有沒有稍廉的，公司裡的夥計說「那邊有哩」，便開門指揮他出去，在沒有商業道德的中國，這些事或者算不得什麼也未可知，現在不過舉出來當作談資罷了。

在現今想同新的學問藝術接觸，不得不去看外國文書，但是因為在中國不容易買到，而且價錢又異常的貴，讀書界很受一種障礙，這是自明的事實。要補救這個缺點，我希望教育界有熱誠的人們出來合資組織一個書店，販賣各國的好書，以灌輸文化，便利讀者為第一目的，營利放在第二。

這種事業決不是可以輕視的，他的效力實在要比五分鐘的文化運動更大而且堅實，很值得去做。北京賣外國書的店鋪是否都是商人，或有教育界的分子在內，我全不明了，但是照他們的很貴的賣價看來，都不是以灌輸文化便利讀者為第一目的，那是總可以斷言了。我們雖然感謝他能夠接濟一點救急的口糧，但是日常的供給，不能不望有別的來源，豐富而且公平的分配給我們精神的糧食。

十二月一日。

上海的戲劇

偶然拿起一張三月四日的上海的舊報，看見第五板戲目上，用大字表出下列各種好戲：

二本狸貓換太子
三本包公出世狸貓換太子
六本狸貓換太子
呂純陽法度七真
全本張欣生
宣統皇帝招親

我看了這篇戲目，不禁微笑，覺得他真刻毒的把中國民眾的心理內容都排列出來了，這便是包龍圖，呂純陽，張欣生，宣統皇帝。

戲園老闆的揣摩工夫可以不必多說，那編戲的夥計的本領卻也值得佩服。張欣生的戲還不算希罕，因為以前曾經有過那風行一時的被人謀害的妓女的戲劇的前例了，但是「宣統皇帝招親」卻不知怎的被他想到，又虧他排成戲劇，便是我們不曾看過這戲的人也不能不發一聲讚嘆。

北京商民平常被稱為多含王黨性質的，在那「招親」的一日也並不熱狂的去瞻仰，豈知上海卻如此關切，使張少軒君聽了必要欣然笑曰，「吾道南矣！」（倘若這戲是嘲弄的滑稽的，那也只足以表明國民性的卑劣，別無意思。我想如作戲劇，那種身居宮中，神往域外的心情，盡有描寫的價值，可惜沒有人能做罷了。）

現在中國正正經經講戲劇的人逐漸多起來了，但是對於這樣的觀眾，他們怎樣辦呢？不去理他罷，那麼任憑你怎樣的出力，總不會有人來看，他還是去看他的《狸貓換太子》。要理他呢，他就來要求你做《宣統皇帝招親》了。這真是所謂「進退維谷」。

現在很流行所謂為民眾的文學，迎合社會心理幾乎是文學的必要條件。然則我所列舉的幾種戲目，頗足為大家的參考，未始無用。在書本上，《禮拜六》與《小說世界》之流當然也是《狸貓換太子》的正宗，是大多數人所需要的，先前京滬各報上攻擊他們，正不免是「貴族」氣，至少也總是「拂人之性」罷？

（十二年三月）

迷魂藥

我從前讀《七俠五義》，知道有所謂「迷子」這一件東西，吃了便不免要變作「牛子」，成為醒酒湯的材料，煞是可怕。庚子以後我在南京當兵的時候，遇見一位下關保甲局長，他說捉到扒兒手便要請他們試服隨身帶著的迷藥，並且他自己還知道這個藥方。我雖然沒有請他傳授藥方，但推想起來，吃下去能夠叫人昏醉的藥總是可以有的。

近來京津大鬧拍花，據報上說，從拍花的身邊員警搜出許多「迷魂藥」來，這真是「駭人聽聞」的事了。聽說拍花只要在背上一拍，人便迷了；我真不懂這迷魂藥難道會從背脊上鑽進去的麼？不然，必是一種鼻煙模樣的毒藥，大概從鼻孔裡進去的罷。想現在既然搜出好些迷魂藥，官廳大可叫拍花實驗一下，並且托專門家把藥化驗，到底是什麼東西，也省得我們胡亂推測。

有人說，這藥是化驗不來的，因為魂靈本來是玄妙的東西，迷他的藥自然也是不可思議，非科學所能為力了。在東方文明發祥地的中國當然可以說得過去。又有人說，本來沒有這樣的藥，這不過是一種暗示：中國人的大多數是痰迷了心竅的，無事時也糊裡糊塗的過去了，一遇拍花風潮的時候，背上覺著（或真或幻的）一拍，便迷性大發，拿著切糕的刀的也跑，帶著指揮刀的也跑，甚而至於不出門的秀才也亂跑亂嚷，東邊一捆迷魂藥，西邊一缸孟婆湯，鬧得個不亦樂乎，到底不知道是什麼一回事。在剪雞毛和辮子很流行過的中國當然會有這樣事情。

我對於所謂迷魂藥不能沒有疑問，雖然相信拍花是可以有的。——然而我於此又不能不憫拍花的愚拙了。其實在中國買賣人口原來是一種正當的職業，正如古玩鋪一樣，前清末周玉帥曾經奏禁，但那是秕政之一，光復後早已取消禁令了，所以現在如有需用人口的人，無論是拿去合藥做菜，只消付出一筆款項，便可直接或間接的交易清楚，也不消給「渠」吃什麼藥，堂而皇之的運回家去，社會上決沒有人說一個不字。

拍花如願就這種職業，便應正式的同渠們的家長去開談判，或者像打鼓的一般剝剝的敲著沿門去收買才是。現在他們卻幹那沒本錢的生意，這明明是竊盜行徑，何況還有迷魂藥，正是燒悶香的一流了。

拍花之罪大矣，但大家要知道他們之罪——至少在中國如此——不在違背人道而在侵害所有權（長上之子女發售權），這實在是他們之所以神人共憤的地方。倘若他們肯出資本收買，使家長利益均沾，那麼不但做照相藥水的工業可以順遂進行，而且也一點都沒有危險；他們卻計不出此，真是其愚可憫，幾乎令人疑心他們自己先已喝了迷魂藥了。

附記

為免避背上已經拍進了迷魂藥去而未被帶走的人們的誤解起見，蛇足的聲明一句，上邊所說的有許多並不是真話。

（十二年六月）

鐵算盤

聽說「鐵算盤」將來京了。於是北京商會急忙的發通告，北京商店銀行急忙「撤米」，——不過我這裡只是以耳為目，實在不知道這米是怎樣撒法，正如不知道「鐵算盤」怎樣演算法一樣。

我十二三歲的時候，到過杭州的佑聖觀，看見殿外當中掛著一面大算盤，比商務印書館發售的杆子上矗著棕毛的還要大，不禁聳然驚駭，據同去的僕人說這是表示「人有千算，天只一算」的意思。我聽了商會警告的新聞後，第一聯想到的便是這面算盤，雖然我明知這回來京的大抵是小而精緻的，因為倘若那樣的大，不但容易被員警查獲，而且也不便搬運。

「鐵算盤」這一類思想，在世間很是普通，並不是中國所特有。凡野蠻民族都相信模擬類推的效力，所以有那所謂感應魔術（Sympathetic Magic），用了模擬動作，想去引出真的事物來，如祈年求雨等儀式都是一例。商人諸君平日靠了一面木算盤，滴滴沰沰的幾算便可以拿進好些個銀子，因此推想倘若有人用了鐵的這麼一算，也就可以把櫃內的銀子都算了去，這決不是杞人之憂，乃是合於感應魔術之原理的，正怪不得大家那樣著忙。

近來卻有自稱文明人的窮朋友，硬不相信會有這麼一回事：試問他怎能證明人家不去用鐵做成一面小算盤，而且算一下子會把櫃內的銀子算去，只是一味反對，這豈不是太武斷麼？

不過上邊說的只是玄學一方面的話，在科學一方面當然還應有別的解釋，我很希望前「非宗教同盟」的朋友能夠出來對於這些問題說一兩句話。但是他們好久不則聲了，即使對於更大的問題，如同善社及宗教大同會之類，也不哼一聲，我猜想這未必因為那些是國粹，或者因為那並不是宗教的緣故罷。

順便說及，初民的心理，對於能自轉動的機械類很感恐懼，以為其中含著魔力，——所以電車也當然與「鐵算盤」一樣的可怕。

（十二年六月）

重來

易卜生做有一本戲劇，說遺傳的可怕，名叫「重來」（Gengangere），意思就是殭屍，因為祖先的壞思想壞行為在子孫身上再現出來，好像是殭屍的出現。這本戲先前有人譯作「群鬼」，但中國古來曾有「重來」一句話，雖然不是指殭屍，卻正與原文相合，所以覺得倒是恰好的譯語。

我在這裡並不想來評論易卜生的那篇戲劇，或是講古今中外的殭屍故事，雖然這都是很有趣的事。我現今所想說的，只是中國現社會上「重來」之多。

我們先反問一聲，怎樣的不是「重來」？據民俗上的學說，死人腐爛或成臘者都非是。但這是指真殭屍而言，若譬喻的說來，我們可以說凡有偶像破壞的精神者都不是「重來」。老人當然是「原來」了，他們的殭屍似的行動雖然也是駭人，總可算是當然的，不必再少見多怪的去說他們，所可怕的便是那青年的「重來」，如阿思華特一樣，那麼這就成了世界的悲劇了。

我不曾說中國青年多如阿思華特那樣的喝酒弄女人以至發瘋，這自然是不會有的，但我知道有許多青年「代表舊禮教說話」，實在是一樣的可悲的事情。所差者：阿思華特知道他自己的不幸，預備病發時吞下嗎啡，而我們的正自忻幸其得為一個「重來」。

我們死鬼的祖先不明白男女結婚的意義，以為他們是專為父母或聖賢而結的，所以一切都應該適合他們的意思，當事的兩人卻一點都不能干涉。到了現在至少那些青年總當明白了，結婚純是當事人的事情，此外一切閒人都不配插嘴，不但沒有非難的權利，就是頌揚也大可不必。孰知事有大謬不然者，很平常的一件結婚，卻大驚小怪的發出許多正人心挽頹風的話，看了如聽我的祖父三十年前的教訓，真是出於「意表之外」，雖然說「青年原是老頭子的兒子」，但畢竟差了一代，應有多少變化，現在卻是老頭子自己「奪舍」又來的樣子了。

古人之重禮教，或者還有別的理由，但最大的是由於性意識之過強與克制力之過薄，這只要考察野蠻民族的實例可以明白。道學家的品行多是不純潔的，也是極好的例證。現代青年一毫都沒有性教育，其陷入舊道學家的窠臼本也不足怪，但不能不說是中國的不幸罷了。因為極端的禁欲主義即是變態的放縱，而擁護傳統道德也就同時保守其中的不道德，所以說神聖之戀愛者即表示其耽戀於視為不潔的性欲，非難解約再婚的人也就決不反對蓄妾買婢，我相信這決不是過分刻毒的話。

人間最大的詛咒是肖子順孫四個字。現代的中國正被壓在這個詛咒之下。

（十二年六月）

醫院的階陛

北京的協和醫院，據胡適博士的介紹，是在東洋設備第一完全的醫院，我無緣進去仰瞻過，不能贊一詞，但胡博士的話總是不會錯的。

我平常一禮拜裡總要在那裡走過三四次，走過的時候總看見有一兩個病人，被同來的人架著兩臂，連拉帶拖的挾上那金陛玉階去。我每看見，就總想到胡博士的話，覺得設備上似乎還不大完全，還缺少一種搬運病人的器具，即使如西山那樣的轎子也罷，總比叫病人自己爬（其實還說不上爬，因為有許多人簡直腳都提不起）上去要好一點吧。

我於此又猜想到東方化與西方化的差異：似乎西方的人都不會生重病，或者生了重病也能夠走上這許多階級去；東方的人便沒有這樣本領了。

或者這是專給生輕病的人走的；生了重病時，不是進病院，便是請醫生往家裡去診，那裡還用得著拖上拖下的教旁人看了也很難受。這個理由或者是對的。至於那些住不起病院，請不起醫生而還要生重病的人，自然只好任其拖上拖下，縱然旁人看了有點難受。然而我又親眼看見有一位老太太，從汽車裡簇擁出來，拖上階去，那只可以算作例外罷。

（十二年八月）

浪漫的生活

我從前總以為中國人所過的生活是乾燥無味的單調的生活，現在才覺得自己是錯了。中國人的生活決不單調，實在是異常浪漫的；這回見了銅元票的風潮才忽然想到，雖然我見過不少這樣的風潮，但在今天方才豁然貫通，如有神助。

歷史學者房龍說，迦勒底人兼用十進和十二進計算法，可惜我們現在除計算時刻外都只用十進法了。中國人大家和他很表同情，似乎極不願意用十進法，因為十進正是非常單調的演算法，但是沒有從迦勒底（雖然有西洋學者說中國人是從迦勒底遷來的）學來十二進法，所以他們獨自發明一至九進法，自由應用。

譬如日常收付，一元值十角，一角值十分，一分值一枚，日日如此，有什麼趣味？現在改為一元值十一角一分，一角值九分，一分值一枚七八九……，而票面十枚又值八七六以至廿枚，於是算起賬來十角等於九角，五十枚等於二十枚，把世界上最單調的數字都變成奇幻的東西，真是非有極度強大的浪漫性不能有這樣成績，而且因了這些單調的數字之浪漫化，大家奔走呼號挨擠爭鬧，生活上又增加許多變化與趣味，這是何等繁複的生活！對於這樣生活還要稱之曰單調，那麼世上那裡還有不單調的生活呢？

其次，我要順便說及，見了這回銅元票的風潮以及中南等票的擠兌，我又得到一個極大的安心，這便是覺得八月十五以後的大劫是不會來的了，倘若真是要來，那麼大家只要混過這三四天便了，還要銅元和現洋何用；現在那樣的擠兌，可知是兌了來預備節前節後慢慢的享用的。

或者他們兌了出來去買紙錠焚化存庫，那也是可憂的現象，目下卻不聽說紙貨漲價，可見大家都沒有過了節長辭之意，我們也就可以暫且安心。宗教大同會裡餐矢的先生們的預言或者也有什麼價值吧，只是「天聽是我民聽」，所以我就推想八月十五以後未必會有什麼空前的大什麼，要有也總不過是承前的銅元票風潮罷了。

（十二年九月）

同姓名的問題

在《青光》的姓名問題號上見到《仲賢的話》，才知道在上海城內有一個和我同姓名而且似乎同籍貫的「儒醫」。承仲賢先生指出，又代為聲明，這是我要感謝他的。但是我的姓名之與別人相混，卻並不是自這位儒醫始，所以我就想到寫這一篇小文。

這是「五四」那一年的春天，我從東京的書店接到一本寄給北大法科周作仁君的Nicholson的《經濟學》卷一，價十……元，就在我的賬裡扣去了。我自己不會讀這類的書，又恐怕需用的人在那裡焦急的等著，所以不把他寄回去，卻寫信給法科的周君，叫他到我這裡來取書。

豈知等了一個多月，杳無消息，於是又登廣告訪求，這才得到了一紙回書，說因為某種理由，不要這書，而其責任則全在書店方面。沒有別的法子，只好把《經濟學》寄回去，說明其中的曲折，前後三個月才把這件糾葛弄清楚。這是我因為姓名和人家同音的緣故，肩了一回「水浸木梢」的故事；幸而那位周君不久往外省去了，在他未回北京以前，我大約可以安心沒有代收《經濟學》的差使了。

「五四」以後，教育完全停頓，學校有不能開學的形勢。這時候忽然有故鄉的友人寫信給我的朋友，問我什麼時候離京，現住上海何處；他把從報上剪下的一節紀事附寄作為憑據，說上海的什麼拳術會在某處開會，會長周啟明演說云云。我的不會打拳，那朋友也是知道的，但是中國習慣，做會長的反不必一定要會打拳，所以他就疑心我做了拳術會長而且居然演說起來了。我寫了一封回信，聲明我並未出京，但是在故鄉裡相信我還在做拳術會長的人大約也還不少。

現在我又成為「活人無算」的儒醫，或者因此有人同仲賢先生一樣要疑心我「精通醫理」。在我既不懂醫，更不是儒，憑空得到這樣的一個頭銜，實在不免惶恐，不過只要這於我實際上沒有什麼妨害，譬如他的醫書不錯寄到我這裡來，我的信件不錯寄到他那裡去，那就不成問題，盡可任其自然，各做各人的事。

因為姓名相同，要求別人改名，固然是不可能，便是自己改名，也似乎並非必要。倘若依年歲來講，恐怕非由我讓步不可，因為我這名號實在不過用了二十二年，要比別人的更為後起（雖然只是推想如此），但是我也用慣了，懶於更動了。——然而也有例外，倘若我忽發奇想，讀起醫書來，而且「懸壺」於北京城內，成了一個正式的儒醫，那時為對於同業的道義的關係上當然非別取一個名字不可了。

（十一年十二月）

別名的解釋

近來做文章的人大抵用真姓名了，但也仍有用別名的，——我自己即是一個，——這個理由據我想來可以分作下列三種。

其一最普通的是怕招怨。古人有言，「怨毒之於人甚矣哉，」現在更不勞重複申明。我的一個朋友尋求社會上許多觸噣的原由，發明了一種「私怨說」。持此考究，往往適合；他所公表的《作揖主義》即是根據於「私怨說」的處世法，雖然因了這篇文章也招了不少的怨恨。倘若有人不肯作揖而又怕招怨，那麼他只好用一個別名隱藏過去，雖然這也情有可原，與匿名攻訐者不同，但是不免覺得太沒有勇氣了。

其二是求變化。有些人擔任一種定期刊的編輯，常要做許多文章，倘若永遠署一個名字，那麼今天某甲，明天又是某甲，上邊某乙，後邊又是某乙，未免令讀者減少興趣，所以用一兩個別名把它變化一下，我們只須記起最反對用別名的胡適之先生還有「天風」等兩三個變名，就可以知道這種辦法之不得已了。

其三是「不求聞達」。這句話或者似乎說的有點奇怪，應得稍加說明。近來中國批評界大見發達，批評家如雨後的香菇一般到處出現，尤其是能夠漫罵者容易成名，真是

「一覺醒來已是名滿天下」；不過與擺倫不同的，所謂成名實只是「著名」（Notorious）罷了。有些人卻不很喜歡「著名」，然而也忍不住想說話，為力求免於「著名」，被歸入「批評（或云評騭或云平論）家」夥裡去的緣故，於是只好用別名了。我所下的考語「不求聞達」雖似溢美之詞，卻是用的頗適當的。

至於我自己既不嘲弄別人，也不多做文章，更不曾肆口漫罵，沒有被尊為「批評家」的資格，本來可以不用別名；——所以我的用別名乃是沒有理由的，只是自己的一種 Whim 罷了。

（十二年十二月）

別號的用處

前幾天林語堂先生的一篇提倡「幽默」的文章裡，提起一個名叫什麼然的人，我聽了不免「落了耳朵」，要出來說明幾句，因為近來做雜感而名叫什麼「然」的人，除我之外只有一位「浩然」先生，所以我至少有五成的可以說話的資格。我對於林先生並沒有什麼抗議要提出，只要想略略說明用別號的意思罷了。

我平常用這個名字，總當作姓陶名然（古有計然），其實，瞞不過大家，這只是一個別號，再也用不著說。這個出典，即在「宣南」的陶然亭，也極顯而易見，——那就是金心異等被打之處。至於為什麼用這個別號，這卻沒有很大的意思，不過當作別號，即用以替代比較固定的真姓名。

那麼大家一定要問，為什麼不用真姓名的呢？對於這個問題，可以有好幾種冠冕堂皇的答案，但在我老實的說來，可以答說為的是省麻煩。

列位知道中國是一個顛倒的國度，是「寫字從右起，吃飯最後吃湯」，老年人講戀愛，青年人維持禮教的國，我們講話如稍不小心，便要大逢後生家的怒，即使不被斥為「混蛋」，——這是說徼天之幸，——也必定被指為偏激。

我的同排行的浩然先生便已經被鑒定為日本人，我大約也不久可以變印度人，因為我不大贊成驅逐「亡國奴」太戈爾。

還有一層，除了時常說些不相干的話去「激惱」青年之外，我又喜歡講一點不大正經的話頭，更要使得有肉欲可言的二三十歲的道學先生暴跳如雷，叫我聽了不禁害怕起來。大家要滅宗教而朝食的時候，我以為個人可以不信宗教，宗教卻總是不可除滅的；大家正在排日的時候，我卻覺得日本的文化自有特殊的價值，又特別喜歡那「窯子式」的繪畫與歌曲。

嗟夫，惡人之所好，好人之所惡，其不至於被「打攢盤」者蓋幾希矣！用一個別號，即所以解決這個難題，雖然被鑒定為某國的人，但援「吳吾自有吳吾負責」之例也就可以推託過去。這種金蟬脫殼之計本來不是正當辦法，但在我們中國實在是一個必要的方便法門呀。

中國人雖然喜歡聽說笑話（當然是三河縣老媽的笑話），對於「幽默」或「愛倫尼」（Irony）卻完全沒有理解的能力。三年前的六月三日北京八校職教員在新華門被軍警打傷，政府發表公文說是自己碰傷，我在十日的《晨報》上做了一篇《碰傷》的雜感，中間有一段說：

「三四年前浦口下關間渡客的一隻小輪，碰在停泊江心的中國軍艦的頭上，立刻沉沒，據說旅客一個都不少（大約上船時曾經點名報數，有賬可查的。）過了一兩年後，一只招商局的輪船，又在長江中碰在當時國務總理所坐的軍艦的頭上，隨即沉沒，死了若干沒有價值的人。年月與兩方面的船名，死者的人數，我都不記得了，只記得上海開追悼會的時候，有一幅輓聯道：『未必同舟皆敵國，不圖吾輩亦清流。』因此可以知道，碰傷在中國是常有的事。至於完全責任，當然由被碰的去負擔。……」

這些話並不能算怎麼深奧，但是你想結果如何，有一位青年寫信來大罵，說是政府的走狗。倘若真是的，那麼恰合於「吃了你的酒，出了你的醜」的老話，倒還有點趣向，可惜我白得了這個名譽職，實在是「不當人子」。不過當時只署個別號，所以這走狗的頭銜也由他去戴，我自己樂得逍遙自在了。

這是用別號的一點好處。——然而，「吳吾」先生到底不足法，那些人言也不足畏，我們以後或者還是照林先生所說，用真姓名來說中國人所不很懂的笑話罷（署名陶然）。

（十三年五月）

文士與藝人

我不怕別人叫我什麼諢名與稱號。有一個同鄉患丹毒，於昏囈中說我傲慢似一隻鶴，一個族叔說我生的那夜，他親眼看見一個老僧走進大門去，所以我無妨被稱為鶴或老和尚。有人說我是丘八或丘九，我也可以承認，因為我的確當過多年「野雞學生」，也就是「兵」。

但是我獨怕近時出現的兩個稱號，這便是「文士」與「藝人」。

藝人似乎即是藝術家之謂，大約拿來譯西文的「愛帖斯忒」（artist）的，但是我有一種成見，看慣了日本的藝人這個熟語，總覺得這是「愛體斯忒」（artiste）的意思，是俳優一類的東西，因此對於這個名詞不大喜歡：在我的陳舊的頭腦裡，中國的倡優隸卒都還是類似的人物。好在我不會撇幾筆蘭草或糊一方石膏，可以放心不至於會有得到這個尊號的一日。

古文我是念過幾天，白話也是喜寫幾句的，於是而文士的頭銜就危險了（雖然此刻現在尚未得過這個光榮。）說起我怕這個名稱的緣由來也頗有趣，因為我意想中的文士這回卻在猶太，即《新約》上所說的「格拉木瑪丟思」（Grammateus）。我翻開《馬可福音》來查，便見第十四章一節是這樣說。

「過兩天是逾越節，又是除酵節；祭司長和文士想法子怎麼用詭計捉拿耶穌殺他。」中國的文士自然是另一種高雅的人物，但這個名稱卻被猶太人用壞了，實在已經不大香甜，或者還不如改稱——唔，一時想不出來了，容我去參考了類書再說吧。

我自己呢，還願意稱作文童，雖然沒有「終覆」，——可惜，這個術語的意思已經少有人瞭解，這實在是廢止科舉的流弊之一。臨了還要聲明一句，這童字只言資格而非年紀，古人句云，「老童歌嘯水雲間」，即其例也。

十四年四月。

思想界的傾向

我看現在思想界的情形，推測將來的趨勢，不禁使我深抱杞憂，因為據我看來，這是一個國粹主義勃興的局面，他的必然的兩種傾向是復古與排外，那國粹派未必真會去復興明堂或實行攘夷，但是在思想上這些傾向卻已顯著了，舊勢力的餘留如《四存月刊》等，可以不算，最重要的是新起的那些事件，如京滬各處有人提倡孔門的禮樂，以及朱謙之君的講「古學」，梅胡諸君的《學衡》，……最後是章太炎先生的講學。

對於太炎先生的學問，我是極尊重的，但我覺得他在現在只適於專科的教授而不適於公眾的講演，否則容易變為復古運動的本營，即使他的本意並不如此。我們要整理國故，也必須憑藉現代的新學說新方法，才能有點成就，譬如研究文學，我們不可不依外國文學批評的新說，倘若照中國的舊說講來，那麼載道之文當然為文學之正宗，小說戲曲都是玩物喪志，至少也是文學的未入流罷了。

太炎先生的講學固然也是好事，但我卻憂慮他的結果未必能於整理國故的前途有十分的助力，只落得培養多少復古的種子，未免是很可惜的。聽說上海已經有這樣的言論，說太炎先生講演國學了，可見白話新文學都是毫無價值的東西了；由此可以知道我的杞憂不是完全無根的。照現在的情形下去，不出兩年，大家將投身於國粹，著古衣冠，用古文字，制禮作樂，或參禪煉丹，或習技擊，或治乩卜，或作駢律，共臻東方化之至治。

我的預言最好是不中，而且也有不中的可能，因為一種反動總不能澈底的勝利，其間被壓迫的新勢力自然會出來作反抗的運動的，所以或者古衣冠剛才穿上，就不得不隨即脫下，也未可知；不過現在就事論事，這國粹主義的勃興卻是不可否定的事實了。

最後附帶說明一句，現在所有的國粹主義的運動大抵是對於新文學的一種反抗，但我推想以後要改變一點色彩，將成為國家的傳統主義，即是包含一種對於異文化的反抗的意義：這個是好是壞我且不說，但我相信這也是事實。

十一年四月十日。

【附】讀仲密君思想界的傾向

Q·V·

昨天報上登出仲密君的《思想界的傾向》，我讀了頗有點感想。我覺得仲密君未免太悲觀了。他說，「現在思想界的情形，……是一個國粹主義勃興的局面；他的必然的兩種傾向是復古與排外。」仲密君又說，「照現在的情形下去，不出兩年，大家將投身於國粹，著古衣冠，用古文字，制禮作樂，或參禪煉丹，或習技擊，或治乩卜，或作駢律，共臻東方化之至治。」這種悲觀的猜測，似乎錯了。

仲密的根本錯誤是把已過去或將過去的情形看作將來的傾向。「復古與排外」的國粹主義，當然不在將來，而在過去。「著古衣冠，用古文字」的國粹主義，差不多成了過去了。即如「金心異」先生也曾穿過用湖縐做的「深衣」來上衙門；即如仲密先生十幾年前譯「或外小說集」時也曾犯過「用古文字」的嫌疑。但這些都成了過去了。

至於「制禮作樂」的聖賢，近來也不曾推卻那巴黎洋鬼子送他的羊皮紙。況且辜鴻銘先生曾說，「四存」的捲簾格，恰好對「忘八」。以崇古之辜鴻銘先生，而藐視「四存」之聖人如此，然則「四存運動」之不足畏也，不亦明乎？

至於「參禪煉丹，或習技擊，或治乩卜，或作駢律」，也都是已過去或將過去的事，不能說是將來的趨勢。即以「作駢律」論罷。我可以預言將來只有白話文與白話詩作者的增加，決不會有「駢律」作者的增加。假如現在有一位「復古」的聖人出來下一道命令，要現在的女學生都纏三寸或四寸的小腳；仲密先生，你想這道命令能實行嗎？

他所以不能實行，只是因為這班女學生久已不認小腳的美了。雖然此時有許多女子還不能不襯棉花裝大腳，但放足的趨勢好像已超過未莊的趙秀才盤辮子的時代了（這個典故出在《阿Q正傳》第七八章。）白話文與白話詩的趨勢好像也已經過了這個「盤辮子」的時代；現在雖然還不曾脫離「襯棉花」的時代，但我們可以斷定謝冰心汪靜之諸君決不致再回去做駢律了。

最近的《學衡》雜誌上似乎傳出一個胡適之君做古體詩的惡消息，這個消息即使是真的，大概也不過是像昨天北京大學學生穿著蟒袍補褂做「盲人化裝賽跑」一類的事，不值得使《學衡》的同人樂觀，也不值得使仲密君悲觀的。

仲密君還有一個大錯誤，就是把「不思想界」的情形看作了「思想界」的情形。現在那些「參禪煉丹，或習技擊，或治乩卜」的人，難道真是「思想界」中人嗎？他們捧著一張用畫片放在聚光點外照的照片，真心認作呂祖的真容，甘心叩頭膜拜。這樣的笨伯也當得起「思想界」的雅號嗎？

仲密君舉的例有朱謙之君的講「古學」，梅胡諸君的《學衡》，章太炎先生的講學。這都不夠使我們發生悲觀。朱謙之君本來只是講「古學」；他的《革命哲學》與他那未成的《周易哲學》，同是「講古學」。他本不曾趣時而變新，我們也不必疑他背時而復古。梅胡諸君的《學衡》，也是如此。知道梅胡的人，都知道他們仍然七八年前的梅胡。他們代表的傾向，並不是現在與將來的傾向，其實只是七八年前——乃至十幾年前——的傾向。不幸《學衡》在冰桶裡擱置了好幾年，遲至一九二二年方才出來，遂致引起仲密君的誤解了。

至於太炎先生的講學，更是近來的一件好事，仲密先生憂慮「他的結果……只落得培養多少復古的種子」，這真是過慮了。太炎先生當日在日本講學的歷史，仲密君是知道的。東京當日聽講的弟子裡，固然有黃季剛及已故的康心孚先生，但內中不是也有錢玄同沈兼士馬幼漁朱逿先諸君嗎？仲密君又提及上海因太炎講學而發生的言論。但以我所知，上海報界此次發生的言論並不表現何等盲目的復古論調。

太炎先生有一次在講演裡略批評白話詩與白話文，次日即有邵力子與曹聚仁兩君的駁論；曹君即是為太炎的講演作筆記的人，這不更可以打消我們的疑慮嗎？

最後，我想提出我自己對於現在思想界的感想：

我們不能叫梅胡諸君不辦《學衡》，也不能禁止太炎先生的講學。我們固然希望新種子的傳播，卻也不必希望胡椒變甜，甘草變苦。現在的情形，並無「國粹主義勃興」的事實。仲密君所舉的許多例，都只是退潮的一點回波，樂終的一點尾聲。即使這一點回波果然能變成大浪，即使尾聲之後果然還有震天的大響，那也不必使我們憂慮。

文學革命的健兒們，努力前進！文學革命若禁不起一個或十個百個章太炎的講學，那還成個革命軍嗎？

一九二二，四，二四。

不討好的思想革命

《努力週報》停刊了。這是一件可惜的事。但胡適之先生的公開信裡說，要改辦月刊或半月，而且「將來的新《努力》已決定多做思想文學上的事業」，這又不得不說是一件很可喜的事。

我是贊成文學革命的事業的，而尤其贊成思想革命。但我要預先說明，思想革命是最不討好的事業，只落得大家的打罵而不會受到感謝的。做政治運動的人，成功了固然大有好處，即失敗了，至少在同派總還是回護感謝。唯獨思想革命的鼓吹者是個孤獨的行人，至多有三個五個的旅伴；在荒野上叫喊，不是白叫，便是驚動了熟睡的人們，吃一陣臭打。

民黨的人可以得孫中山的信用，津派的人可以蒙曹仲三的賞識，雖然在敵派是反對他們；至於思想改革家則兩面都不討好，曹仲三要打他，孫中山未必不要罵他，甚至舊思想的犧牲的老百姓們也要說他是離經叛道而要求重辦。因為中國現在政治不統一，而思想道德卻是統一的，你想去動他一動，便要預備被那老老小小，男男女女，南南北北的人齊起作對，變成名教罪人。

《新青年》正是一個前例，陳獨秀辦《嚮導》，胡適之辦《努力》，不過受到一部分人的惡感，為了《新青年》上的幾篇思想上的文章，二位卻至今為全國舊派的眼中釘，與秋瑾案有關的「張讓老」近來反對經子淵做浙四中校長，電文裡還說及陳胡之罪大惡極。我並不是將這些話來恐嚇胡先生，勸他不要幹這不討好的事，實在倒是因為他肯挺身來肩這個水浸木梢，非常佩服，所以寫這幾行，以表我對於這件事的歡迎與憂慮。

要講思想改革，勢必對於習慣的舊道德要加以攻擊，這決不是我們這「禮義之邦」的人所能容受的。不但年老的如此，便是青年裡也有許多許多「年不老而心已老」的先生們，更反對得起勁。倘若這只是我的杞憂，那是再好也沒有了；所怕者是我的預言竟中，——不幸我的預言曾中過好幾次。或者別的問題還不至於十分要緊，但講到性的倫理的改革，我相信必定要遇見老心的少年（老年的不必說）的迫害。……豬仔尚可，心老殺我！願「新《努力》」冒險努力！

十二年十月。

問星處的豫言

東安市場有一個「問心處」，頗得名流要人的信任，竟說他的占卜很有效驗，不過我沒有去請教過，不能代為證明。我自己的豫言倒覺得還有點可靠，將來想開設一個「問星處」，出而問世，現在不妨先將成績宣布一二，自畫自贊地鼓吹一番。

王戌夏間我曾豫言中國將實行取締思想，以後又宣言思想界的趨勢是傾向於復古的反動。雖然當時有「何之」先生（原名係拉丁文縮寫，今僭為譯義，係採用四書成語，「世界叢書」中雖有現成的譯名，因為有五個字，太累墜了，所以不曾遵用）表示反對，然而事實勝於雄辯，「何之」先生與鄙人都已將被列入「黑表」，而且城門失火殃及池魚，「天風堂文集」因「一目齋文集」而禁止，《愛美的戲劇》因《愛的成年》而連累，最近聽說「幾道嚴復」的《社會通詮》——其實是甄克思的《政治史》也被列入違礙書目了，大約是受了社會主義的嫌疑。

多年以前日本警廳因為內田魯庵所譯顯克微支的《二人畫工》裡的戀人常要Kiss，所以把它禁止；俄國檢查官見點心鋪廣告裡有「賜顧士商可以自由選擇」之語，勃然大怒，勒令刪改，現在加上民主立憲的大中華的盛事，不但是無獨有偶，並且鼎足而三了。這決不只是衰衰諸公為然，便是青年也是如此，但看那種嚴厲地對付太戈耳的情形就可知道，倘若有實權在手，大約太翁縱不驅逐出境，《吉檀伽利》恐不免於沒收禁止的罷。

這種頭等時新的運動，根本精神上與維持禮教的反動並無不同，便是要取締思想；至於思想之能否取締，使定於一尊，則老頭子與少年人都是一樣地不明白，也並不曾想到了。

三個月前北京演「偉大影片」《自由魂》，提倡三K黨的忠義，我就恐怕中國要有三J黨出現，演出胡猻學戈力拉的把戲，果然近日報載上海抄查三K黨機關部，捉到兩個美國籍民，五個中國人。

不過我要招承，雖然我亦「不幸而言中」，這回的神課卻錯了一點，我的星象上竟看不出來這是美國三K黨的支部，——我竟想不到中國人會替美國人來組織仇殺有色人種的會黨！中國人向來頗有秘密結社之嗜好，家族制度已就破壞，不可收拾，卻去另外組織，爹爹伯伯叔叔的亂叫，像煞有介事地胡鬧一陣，歷來會黨之多可為佐證。

不過那些密秘團體當初各有正當的目的，如青紅幫之亡清，「安慶（！）道友」之安清，只是後來漸漸忘記罷了。至於三K黨，則以除有色人種為職志，而中國面皮焦黃眼睛石硬的朋友們茫茫然趨之如歸市，可謂極天下之奇觀矣。這個奇觀在鄙人的豫言中先見其機，不可謂非星術之神妙，縱或稍有出入，亦已為世界所希見，盡足誇耀於豫言界者矣。

雖然，鄙人豈真有神術者哉！我所恃者亦只一顆給予光明之星耳，——星非他，即一部《綱鑒易知錄》是也。昔巴枯寧有言，「歷史唯一的用處是警戒人不要再那麼樣」，我則反其言曰「歷史唯一的用處是告訴人又要這麼樣了」！苟明此義，便能預知國民之未來，「雖百世亦可知」。我依據這個星光的指示，豫言中國國民暫時要這樣地昏憒糊塗下去，但是以後也未必更利害，因為已經糊塗到這個地步，也無從再加糊塗上去了。

（十三年七月）

讀經之將來

我不是職業的星士，也不是天文學會員，雖然我的預言不幸而常能命中。因為怕洩漏天機，我平常不大說話，現在見聖保羅的子孫也來中國賣卜，不特有用夷變夏之憂，亦屬漏卮之一，為排斥異端與帝國主義起見，特別變通出來問世，想亦我都人士之所樂聞者也。

我不必請諸君寄輔幣兩角前來，為揚名起見將先宣布一次預言。這是關於讀經之將來這問題的。據我真正祖傳的神課的爻象看來，這經是一定要讀的：在民國十五年以後各國學校內當無處不聞以頭作圈而狂喊子曰之聲，朔望則齊集學宮而鞠九躬，《四書味根錄》將由上海的兩大書局競爭發行，而《角山樓類腋》之生意亦當大好。

十六年頃是火頭最旺的時候，十七年後逐漸衰頹，以後每逢三六九之年還有回波，但逐次遞減，到了三十年則煙消火滅，儒教會將改奉三官菩薩了（以上經過係屬定數，唯干支數目或有出入亦未可知，因為號碼不明係習見之事。）。

這個預言有兩重根據，其一是內的，是玄學的神秘的，非外行所能瞭解；其二是外的，是科學的淺顯的，可以簡單的說明一下。大家知道讀經盛業已發祥於艮方，不過這不能算是經要大讀了的徵候，因為一人的頤指氣使力量終是有限，而且艮也沒有邁進之象。我們所憑者乃是民氣——大眾的氣勢與氣運。

察得這幾年來民氣的趨向是在於衛道愛國。運動恢復帝號，是曰尊王；呼號趕走直腳鬼，是曰攘夷；非基督教，是曰攻異端；罵新文化，是曰辟邪說，這都是聖人的陰魂的啟示，更不必說學藝界上的國粹，東方文化，傳統主義等等的提唱了。總而言之，統而言之，這全是表示上流社會的教會精神之復活，熱狂與專斷是其自然的結果，尊孔讀經為應有的形式表現之一，其他方面也有舉動可毋庸說。

但是這個運動雖是盛大，也沒有幾年的命運，因為儒教公會雖是年代久傳播廣的一個組織，只是真受聖職的祭師卻已很少了，這很少的幾個真正老牌祭師們活著的期間，大成殿的彌撒可以舉行，——光陰卻是一天一天不住的走著，祭師們便不免也一個一個逐漸的要化為「二氣之良能」，我推算到了民國三十年則最末的茂才公，即使以十五歲入泮也已過了知命之年，力弱勢孤，不能再興風浪，至於他們的學校出身的徒弟，本來不是該教的忠臣，大抵運動到一位嬌妻也就安定下來，不再鬧了。

神道是我們中國人的傳統，真是不廢江河萬古流，決不會變的，——倘若中國人有不信財神的一日，那一日世界的大變動就要到了。上邊的預言真實不虛，可保回換；萬一不驗，請於民國三十年的元旦到西安市場來搗毀我這「問星處」的招牌可也。

（十四年二月）

古書可讀否的問題

我以為古書絕對的可讀，只要讀的人是「通」的。

我以為古書絕對的不可讀，倘若是強迫的令讀。

讀思想的書如聽訟，要讀者去判分事理的曲直；讀文藝的書如喝酒，要讀者去辨別味道的清濁：這責任都在我不在它。人如沒有這樣判分事理辨別味道的力量，以致曲直顛倒清濁混淆，那麼這毛病在他自己，便是他的智識趣味都有欠缺，還沒有「通」（廣義的，並不單指文字上的作法），不是書的不好：這樣未通的人便是叫他去專看新書，——列寧，馬克思，斯妥布思，愛羅先珂，……也要弄出毛病來的。我們第一要緊是把自己弄「通」，隨後什麼書都可以讀，不但不會上它的當，還可以隨處得到益處：古人云「開券有益」，良不我欺。

或以為古書是傳統的結晶，一看就要入迷，正如某君反對淫書說「一見『金瓶梅』三字就要手淫」一樣，所以非深閉固拒不可。誠然，舊書或者會引起舊念，有如淫書之引起淫念，但是把這個責任推給無知的書本，未免如藹裡斯所說「把自己客觀化」了，因跌倒而打石頭吧？恨古書之叫人守舊，與恨淫書之敗壞風化與共產社會主義之擾亂治安，都是一樣的原始思想。禁書，無論禁的是那一種的什麼書，總是最愚劣的辦法，是小孩子，瘋人，野蠻人所想的辦法。

然而把人教「通」的教育，此刻在中國有麼？大約大家都不敢說有。

據某君公表的通信裡引《群強報》的一節新聞，說某地施行新學制，其法係廢去論理心理博物英語等科目，改讀四書五經。某地去此不過一天的路程，不知怎的在北京的大報上都還不見紀載，但《群強》是市民第一愛讀的有信用的報，所說一定不會錯的。那麼，大家奉憲諭讀古書的時候將到來了。然而，在這時候，我主張，大家正應該絕對地反對讀古書了。

（十四年四月）

讀孟子

奉直隸省長教育廳令開學校著即讀經，中（？）學校應讀《孟子》等因，鄙人並不在直省治下，而且年長失學，並非學生，似可不必遵從功令，唯聽大人先生們鼓吹聖道，章聖經，竊思其中必有道理，故僭援中學生之例開首讀孟子之書焉。

其實我在私塾讀「四子全書」的時候這也曾經背過，而且還能成本的背的，不過三十年來都忘記完了。現在重讀，字句是舊的，意義卻是新的，不，以前讀時實在是不曾有意義。子輿氏到底是亞聖，他所說的話有幾句的確不差，例如：

「賊仁者謂之賊，賊義者謂之殘，殘賊之人謂之一夫。聞誅一夫紂矣，未聞弒君也。」

「君之視臣如草芥，則臣視君如寇讎。」

這兩句話在現今民主的中國還很有意思，不必說在君主專制時代了，雖然孟子因此在東亞未免吃了一點小小苦頭，中國有一回把他老人家逐出孔廟，日本神道則禁止他的書進口，凡載有孟軻七篇的商船便要中途覆沒。

現在，日本的學者們也要談什麼民本主義了，又有了夷人的汽船，不再怕海龍王了，所以《孟子》之禁也就自然解除，至於中國則他又早已回到孔廟裡去了，我卻忘記了這是那一朝那一年的事。

孟子又喜歡引了古書來教訓當時的諸侯，不但是大膽可佩服，他的教訓還是永久有價值的，至少在中華還沒有變成一個像樣的民國的時候。

「《湯誓》曰，時日害喪，予及女偕亡！民欲與之偕亡，雖有台池鳥獸，豈能獨樂哉？」

「東面而征西夷怨，南面而征北狄怨，曰，奚為後我！民望之，若大旱之望雲霓也，歸市者不止，耕者不變。……」

這實在是現代軍閥的一個最好的勸戒：孫傳芳若能懂得此意，便不至於為南昌上海之許多冤鬼所擠倒了。現值當道提倡聖道，若得因此使軍人政客多有讀《孟子》之機會，不特功德無量，即於人民幸福國家前途亦大有裨益，誠極大善舉也。

（十六年三月）

一封反對新文化的信

伏園兄：

江紹原先生給你的信裡，有幾句話我很表同意，便是說韓女士接到那封怪信應該由她的父去向寫信人交涉，或請求學校辦理。但是韓女士既願負責發表，那麼無論發表那一封信當然是她的自便，我們也不好多講閒話。

至於登載這封「怪信」，在江先生看來，似乎覺得有點對不起北大，這個意見我不能贊同。這實在並不是什麼了不得的事情，楊先生的罪案只在以教員而向不認識的女生通信，而且發言稍有不檢點之處，結果是「不在北大教書」，這件事便完了，於學校本身有什麼關係，難道北大應該因「失察」而自請議處麼？江先生愛護北大的盛意是很可感的，但我覺得這不免有點神經過敏罷。

你說，「這種事用不著校長過問，也用不著社會公斷」，我極以為然，退一步說，北大准許（當然不應該強迫）楊先生辭職或者還是可以的事，但今日風聞別的學校也都予以革職處分，我以為這是十分不合理。我也認楊先生的舉動是不應當，是太傻，但究竟不曾犯了什麼法律道德，不能就目為無人格，加以這種過重的懲罰。

我並不想照樣去寫信給不認識的女人，所以在此刻預先為自己留下一個地步；實在覺得在這樣假道學的冷酷的教育界裡很是寒心，萬一不慎多說了一句話多看了一眼，也難保不為眾矢之的，變為名教的罪人。我真不懂中國的教育界怎麼會這樣充滿了法利賽的空氣，怎麼會這樣缺少健全的思想與獨立的判斷，這實在比泰戈爾與文化侵略加在一起還要可怕呀。

我又聽說這件事發生的前後有好些大學生夾在中間起哄。這也是一個很可悲的現象，即是現代青年的品性的墮落。事前有放謠言的人，在便所裡寫啟事的GG等，事後有人張貼黃榜，發檄文，指為北大全校之不幸，全國女子之不幸，又稱楊先生的信是教授式的強盜行為，威嚇欺騙漁獵（？）女生的手段，大有滅此朝食，與眾共棄之之概。抒情的一種迸發在青年期原是常有的事，未始不可諒解，但迸發總也要迸發的好看點，才有詩的趣味，令人可以低徊欣賞，如沙樂美或少年維特。這回的可惜太難看了，那些都是什麼話？我不禁要引用楊先生信裡的話來做考語：「唉！這都叫做最高學府的學生！」古人有言，「吹皺一池春水干卿底事」，他們這樣的鬧，實在要比楊先生的信更「怪」。

還有一層，即使他們措詞較為妥當，這種多管別人閒事的風氣我也很不以為然。我想社會制裁的寬嚴正以文化進步的高低為比例，在原始社會以及現在的山村海鄉，個人的言動飲食幾乎無一不在群眾監督之下，到得文化漸高，個人各自負責可以自由行動，「各人自掃門前雪，莫管他家瓦上霜」，這才真是文明社會的氣象。

中國自五四以來，高唱群眾運動社會制裁，到了今日變本加厲，大家忘記了自己的責任，都來干涉別人的事情，還自以為是頭號的新文化，真是可憐憫者。我想現在最要緊的是提倡個人解放，凡事由個人自己負責去做，自己去解決，不要閒人在旁吆喝叫打。你說這種事也用不著社會公判，這也正是我的意思。

我最厭惡那些自以為毫無過失，潔白如鴿子，以攻擊別人為天職的人們，我寧可與有過失的人為伍，只要他們能夠自知過失，因為我也並不是全無過失的人。

我因了這件事得到兩樣教訓，即是多數之不可信以及女性之可畏。

十三年五月十三日，陶然。

代快郵

萬羽兄：

這回愛國運動可以說是盛大極了，連你也掛了白文小章跑的那麼遠往那個地方去。我說「連你」，意思是說你平常比較的冷靜，並不是說你非愛國專家，不配去幹這宗大事，這一點要請你原諒。

但是你到了那裡，恐怕不大能夠找出幾個志士——自然，揭貼，講演，勸捐，查貨，敲破人家買去的洋燈罩（當然是因為仇貨），這些都會有的，然而城內的士商代表一定還是那副臉嘴罷？他們不談錢水，就談稚老鶴老，或者仍舊拿頭來比屁股，至於在三伏中還戴著尖頂紗秋，那還是可惡的末節了。在這種傢伙隊裡，你能夠得到什麼結果？所以我怕你這回的努力至少有一半是白費的了。

我很慚愧自己對於這些運動的冷淡一點都不輕減。我不是歷史家，也不是遺傳學者，但我頗信丁文江先生所謂的譜牒學，對於中國國民性根本地有點懷疑；呂滂（G. Le Bon）的《民族發展之心理》及《群眾心理》（據英日譯本，前者只見日譯）於我都頗有影響，我不很相信群眾或者也與這個有關。

巴枯寧說，歷史的唯一用處是教我們不要再這樣，我以為讀史的好處是在能豫料又要這樣了；我相信歷史上不曾有過的事中國此後也不會有，將來舞臺上所演的還是那幾齣戲，不過換了腳色，衣服與看客。

五四運動以來的民氣作用，有些人詫為曠古奇聞，以為國家將興之兆，其實也是古已有之，漢之黨人，宋之太學生，明之東林，前例甚多，照現在情形看去與明季尤相似：門戶傾軋，驕兵悍將，流寇，外敵，其結果——總之不是文藝復興！孫中山未必是崇禎轉生來報仇，我覺得現在各色人中倒有不少是幾社復社，高傑左良玉，李自成吳三桂諸人的後身。阿爾文夫人看見她的兒子同他父親一樣地在那裡同使女調笑，叫道「殭屍！」我們看了近來的情狀怎能不發同樣的恐怖與驚駭？

佛教我是不懂的，但這「業」——種性之可怕，我也痛切地感到。即使說是自然的因果，用不著怎麼詫異，灰心，然而也總不見得可以嘆許，樂觀：你對高山說希望中國會好起來，我不能贊同你，雖然也承認你的熱誠與好意。

其實我何嘗不希望中國會好起來？不過看不見好起來的徵候，所以還不能希望罷了。好起來的徵候第一是有勇氣。古人云「知恥近乎勇。」中國人現在就不知恥。我們大講其國恥，但是限於「一致對外」，這便是卑鄙無恥的辦法。

三年前在某校講演，關於國恥我有這樣幾句話：

「我想國恥是可以講的，而且也是應該講的。但是我這所謂國恥並不專指喪失什麼國家權利的恥辱，乃是指一國國民喪失了他們做人的資格的羞恥。這樣的恥辱才真是國恥。……

「中國女子的纏足，中國人之吸鴉片，買賣人口，都是真正的國恥，比被外國欺侮還要可恥。纏足，吸鴉片，買賣人口的中國人，即使用了俾士麥毛奇這些人才的力量，憑了強力解決了一切的國恥問題，收回了租界失地以至所謂藩屬，這都不能算作光榮，中國人之沒有做人的資格的羞恥依然存在。固然，纏足，吸鴉片，買賣人口的國民，無論如何崇拜強權，到底能否強起來，還是別一個問題。……」

這些意見我到現在還沒有什麼更改。我並不說不必反抗外敵，但覺得反抗自己更重要得多，因為不但這是更可恥的恥辱，而且自己不改悔也就決不能抵抗得過別人。所以中國如要好起來，第一應當覺醒，先知道自己沒有做人的資格至於被人欺侮之可恥，再有勇氣去看定自己的醜惡，痛加懺悔，改革傳統的謬思想惡習慣，以求自立，這才有點希望的萌芽，總之中國人如沒有自批巴掌的勇氣，一切革新都是夢想，因為凡有革新皆從懺悔生的。

我們不要中國人定期正式舉行懺悔大會，對證古本地自怨自艾，號泣於旻天，我只希望大家伸出一隻手來摸摸胸前臉上這許多瘡毒和疙瘩。照此刻的樣子，以守國粹誇國光為愛國，一切中國所有都是好的，一切中國所為都是對的，在這個期間，中國是不會改變的，不會改好，即使也不至於變得再壞。革命是不會有的，雖然可以有換朝代；赤化也不會有的，雖然可以有擾亂殺掠。可笑日本人稱漢族是革命的國民，英國人說中國要赤化了，他們對於中國事情真是一點都不懂。

近來為了雪恥問題平伯和西諦大打其架，不知你覺得怎樣？我的意思是與平伯相近。他所說的話有些和「敵報」相像，但這也不足為奇，蕭伯訥羅素諸人的意見在英國看來何嘗不是同華人一鼻孔出氣呢？平伯現在固然難與蕭羅諸公爭名，但其自己譴責的精神我覺得是一樣地可取的。

密思忒西替羌不久將往西藏去了，他天天等著你回來，急於將一件關係你的尊嚴的秘密奉告。現在我暗地裡先通知了你，使你臨時不至倉皇失措。其事如下：有一天我的小侄兒對我們臧否人物，他說，「那個報館的小孩兒最可惡，他這樣地（做手勢介），『喂，小貝！小貝！』……」他自己雖只有三歲半，卻把你認做同僚，你的蓄養多年的鬍鬚在他眼睛裡竟是沒有，這種大膽真可佩服，雖然對於你未免有點失敬。——連日大雨，苦雨齋外築起了泥堤，總算僥倖免於灌浸，那個夜半亂跳嚇壞了疑古君的老蝦蟆，又出來呱呱地大叫了，令我想起去年的事，那時你正坐在黃河船裡哪。草草。

十四年七月二十七日。

條陳四項

半農兄：

你榮任副刊記者，我於看見廣告以前早已知道，因為在好幾天前你打電話來叫寄稿，我就答應給你幫忙了。論理是早應該敬贈花紅，以表祝賀之意，但是幾個禮拜終於沒有送，實在是對不起之至。

不過我未曾奉賀，也不是全然因為懶惰，一半還是另有道理的。為什麼呢？這有兩個理由。其一，為副刊記者難。這件事已經衣萍居士說過，無須多贅，只看孫伏老辦副刊辦得「天怒人怨」，有一回被賢明的讀者認為「假扮」國籍，「有杞天之慮」。

其二，為某一種以外的副刊記者更不易。據北京的智識階級說近年中國讀者遭殃，因為副刊太多，正如土匪逃兵一樣，弄得民不聊生，非加剿除不可，而剿除的責任即在某一種副刊，實行「逼死」戰策，出人民於水火之中而登諸衽席之上，蓋猶我世祖軒轅皇帝討蚩尤之意也。目下某交換局長（這個名字實在定得有點促狹，不過我可不負責任，因為大家知道這是孤桐先生所設的局）不曾親自督戰，或者（我希望）還「逼」得不很厲害也未可知，可是這個年頭兒——喔，這個年頭兒著實不好惹，一不留心便被局長的部下逼住，雖欲長居水平線下的地位而不可得。

有這幾種原因，我覺得副刊記者這個寶位也像大總統一般是有點可為而不可為的，所以我也就躊躇著，不立即發一個四六體的電報去奉賀了。

我寫這封信給你，固然是專為道歉，也想順便上一個條陳，供獻我的幾項意見。其實我那裡會有好意見呢？我們幾個人千辛萬苦地辦了一個報，自以為是不用別人的錢，不說別人的話的，或者還有一點兒特色，可是這卻壓根兒就不行，名人的批評說這是北京的「晶報」，所以我即使有意見，也不過是準「太陽曬屁股賦」之流罷了。供獻給你有什麼用處？

然而轉側一想，太陽曬屁股有何不好？況且你，也是我們一夥兒，翻印過《何典》之類，難以入博士之林。今人有言，「惺惺惜惺惺」，我覺得更有供獻意見之必要，冀貴刊「日就月將緝熙光明」，漸有太陽曬脊樑之氣象，豈不休哉！

今將我的四不主義列舉於左，附加說明，尚祈採擇施行，幸甚。

一，不可「宣稱赤化」。此種危險至大，不待煩言，唯有一點須加說明：您老於經濟學這種學問大約是一個門外漢，同我差不多，恐怕「綁架」上不見得有嗎克思的著作，於宣傳此項邪說上絕少可能，我的警告似屬蛇足，但我們要知道，在我們民國這個解說略有不同，應當照現在通行的最廣義講，倘若讀者嫌此句字面太新，或改作較古的「莫談國事」亦無不可。

二，不可捧章士釗段祺瑞。這樣說未免有點失敬，不過這兩個只是代表大蟲類的東西，並不是指定的。又「不可車旁軍」一條可以附在這裡邊，不必另立專條了。

三，不可怕太陽曬屁股，但也不可亂曬，這條的意思等於說「不可太有紳士氣，也不可太有流氓氣」。這是我自己的文訓之一，但還不能切實做到，因為我恐怕還多一點紳士氣？

四，不可輕蔑戀愛。當然是說副刊上不可討厭談戀愛的詩歌小說論文而不登，只要他做的好，——並非說副刊記者。天下之人大都健忘，老年的人好像是生下來就已頭童齒豁，中年的人出娘胎時就穿著一套乙種常禮服，沒有幼少時代似的，煞是可怪可笑。從前張東蓀君曾在《學燈》（？）上說，他最討厭那些青年開口就要講結婚問題，當時我對朋友說，張君自己或者是已不成問題了，所以不必再談，但在正成為問題的青年要講結婚問題卻是無怪的，討厭他的人未免太是自己中心主義了。

（在你的一位同行拉丁系言語學教授丹麥人 Nyrop 老先生的一本怪書《親嘴與其歷史》的英譯本裡，有一句俗諺，忘記是德國的呢還是別國了，此刻也懶得向書堆中去覆查，就含糊一點算了罷，其詞曰，「我最討厭人家親嘴，倘若我沒有分，」這似乎可以作別一種解釋。）

我希望你能容許他們（並不是叫「他」代表，只是因為「她」大抵現在是還未必肯來談，所以暫時從省）講戀愛，要是有寫得好的無妨請賜「栽培」，妹呀哥呀的多幾句，似乎還不是怎麼要不得的毛病，可以請你將尊眼張大一點，就放了過去。

這一條的確要算是廢話，你的意見大約原來也是這樣，而且或者比我還要寬大一點也未可知。不過既然想到了，所以也仍舊寫在後面，表示我對於現在反戀愛大同盟的不佩服之至意。至於我自己雖然還不能說老，但這類文章大約是未必做了，所以記者先生可以相信我這條陳確是大公無私的。

我的條陳就止於此了，末了再順便想問一聲記者先生，不知道依照衣萍居士的分類，我將被歸入那一類裡去？別的且不管，只希望不要被列入元老類，因為元老有時雖然也有借重的時候，但實在有點是老管家性質，他的說話是沒有人理的，無論是呼籲或是訓誨，這實在是乏味的事。

還有一層，俗諺云「看看登上座，漸漸入祠堂」，這個我也有點不很喜歡。所以總而言之，請你不要派我入第一類，再請會同衣萍居士將第二類酌改名稱為「親友」，准我以十年來共講閒話的資格附在裡邊，那就可以勉強敷衍過去了。

十五年七月三日，豈明。

訴苦

半農兄：

承你照顧叫我做文章，我當然是很欣幸，也願意幫忙，但是此刻現在這實在使我很有點為難了。

我並不說怎麼忙，或是怎麼懶，所以不能寫東西，我其實倒還是屬於好事之徒一類的，歷來因為喜歡鬧事受過好些朋友的勸誡，直到現今還沒有能夠把這個脾氣改過來，桌上仍舊備著紙筆預備亂寫，——不過，什麼東西可以講呢？我在「酒後主語」的小引裡這樣的說過：

「現時中國人的一部分已發了瘋狂，其餘的都患著癡呆症。只看近來不知為著什麼的那種執拗凶惡的廝殺，確乎有點異常，而身當其衝的民眾卻似乎很是麻木，或者還覺得頗舒服，有些被虐狂（Masochism）的氣味。簡單的一句話，大家都是變態心理的朋友。我恐怕也是癡呆症裡的一個人，只是比較地輕一點，有時還要覺得略有不舒服；憑了遺傳之靈，這自然是極微極微的，可是，嗟夫，豈知就是憂患之基呢？這個年頭兒，在瘋狂與癡呆的同胞中間，那裡有容人表示不舒服之餘地。你倘若……」

是的，你倘若想說幾句話舒服舒服，結果恐將使你更不舒服。

我想人類的最大弱點之一是自命不凡的幻想，將空虛的想像蓋住了現實，以為現在所住的是黃金世界，大講其白晝的夢話，這也有點近於什麼狂之一種罷。我對於這種辦法不能贊成，所以想根據事實，切實的考慮，看現今到底是否已是三大自由的時代，容得我們那樣奢華地生活。

我這個答案是「不」。最好自然是去標點考訂講授或誦讀《四書味根錄》一類的經典，否則嫖賭看戲也還不失為安分，至於說話卻是似乎不大相宜。老兄只要看蔡胡丁張陳諸公以及中國的左拉法朗西等公正而且「硬」的人物都不哼一聲了，便可以知道現在怎樣不適於言論自由，何況我們這些本來就在水平線下的人，其困難自然更可以想見了。

「莫談國事」這個禁戒，聽說從民國初年便已有了，以後當然也要遵行下去。在輦轂之下吸過幾天空氣的公民大都已瞭解這個憲諭的尊意，萬不會再在茶館躺椅上漏出什麼關於南口北口的消息來，而且現在也並無可談的國事，即使想冒險批評一兩句，不知那一條新聞可靠，簡直是「不知所談」。

據說中國人酷愛和平，那麼關於止戈弭兵這些事似乎可以大放厥詞了，然而「而今現在」彷彿也不適宜，因為此刻勸阻殺人是有點什麼嫌疑的，觀於王聘老等諸善士之久已閉口，便可了然：那麼這一方面的文字也還以不寫為宜。熊妙通水災督辦在南方演說，云反對赤化最好是宗教，准此則講宗教自然是最合式的事了，而且我也有點喜歡談談原始宗教的，雖然我不是宗教學者或教徒。——可是我不能忘記天津的報館案，我不願意為了無聊的事連累你老哥挨揍，報社被搗毀，這何苦來呢？

這個年頭兒，大約是什麼新文化運動的壞影響吧，讀一篇文章能夠不大誤解的人不很多，往往生出「意表之外」的事情，操觚者不可不留神。罵人吧，這倒還可以。反正老虎及其徒黨是永遠不會絕跡於人世的，隨時找到一個來罵，是不很難的事。反正我是有仇於虎類的人，拼出有一天給牠們吃掉，此刻也不想就「為善士」。

但是，我覺得《世界日報》副刊的空氣是不大歡迎罵人的，這或者是我的錯覺也未可知，不過我既然感到如此，也就不敢去破壞這個統一了。的確，我這個脾氣久已為世詬病，只要我不同……的正人君子們鬧，我的名譽一定要好得多，我也時常記起祖父的家訓裡「有用精神為下賤戲子所耗」之誡，想竭力謹慎，將不罵人一事做到與不看戲有同一的程度，可惜修養未足，尚不能至，實是慚愧之至。

現在言歸正傳，總之這種罵人的文章寄給報社是不適宜的，而且我已說過此後也想謹慎一點少做這樣傻事呢。餘下來的一件事只是去托古人代勞了。這卻也並不容易。給人叫做「扒手」倒還沒有什麼，我實在是苦於無書可翻，沒有好材料，——王褒的《僮約》總不好意思拿來。說到這裡，已是無可說了，總結一句只是這樣：

「老哥叫我做文章，實在是做不出，如有虛言，五雷擊頂！千萬請你老哥原諒（拱手介），對不起，對不起。」

中華民國十五年七月二十八日，於內右四區，豈明叩。

何必

半農前天因為「老實說了」，闖下了彌天大禍，我以十年老友之誼很想替他排解排解，雖然我自己也闖了一點小禍，因為我如自由批評家所說「對於我等青年創作青年思想則絕口不提」。夫不提已經有罪，何況半農乃「當頭一棒」而大罵乎？然則半農之罪無可逭已不待言，除靜候自由批評之節鉞（「Fasces」）降臨之外還有什麼辦法？排解又有什麼用處？我寫這幾句話，只是發表個人的意見，對於半農的老實說略有所批評或是勸告罷了。

《老實說了吧》的這一張副刊，看過後擱下，大約後來包了什麼東西了，再也找不著，好在半農在《為免除誤會起見》裡已經改正前篇中不對的話句，將內容重新寫出，現在便依照這篇來說，也就可以罷。半農的五項意見，再簡單地寫出來，就是這樣：

一，要讀書。

二，書要整本的讀。

三，做文藝要下切實的工夫。

四，態度要誠實。

五，批評要根據事實。

對於這五項的意見我別無異議，覺得都可以贊成。但是，我對於半農特地費了好些氣力，冒了好些危險去提出這五條議案來的這一件事，實在不能贊成。

第一，這些「老生常談」何必再提出來？譬如「讀書先要識字」，「吃飯要細嚼」等等的話，實在平凡極了，雖然裡邊含著一定的道理，不識字即不能讀書，狼吞虎嚥地吃便要不消化，證據就在眼前，但把這種常識拿出來丁寧勸告，也未免太迂了。

第二，半農說那一番話的用意我不很能夠瞭解。難道半農真是相信「以大學教授的身分加上博士的頭銜」應該有指導（或提攜）青年的義務？而且更希望這些指導有什麼效力麼？大學教授也只是一種職業，他只是對於他所擔任的學科與學生負有責任，此外的活動全是個人的興趣，無論是急進也好緩進也好，要提攜青年也好不提攜也好，都是他的自由，並沒有規定在聘任書上。

至於博士，更是沒有關係，這不過是一個名稱，表示其人關於某種學問有相當的成績，並不像凡屬名為「兒子」者例應孝親一樣地包含著一種意義，說他有非指導青年不可的義務。我想，半農未必會如此低能，會這樣地熱心於無聊的指導。還有一層，指導是完全無用的。倘若有人相信鼓勵會於青年有益，這也未免有點低能，正如相信罵倒會於青年有害一樣。一個人到了青年（十五至二十五歲），遺傳，家庭學校社會，已經把他安排好了，任你有天大的本領，生花的筆和舌頭，不能改變得他百分之一二，就是他改變得五厘一分，這也還靠他本來有這個傾向，不要以為是你訓導的功勞。

基督教無論在西洋傳了幾百年之久，結果卻是無人體會實行，只看那自稱信奉耶教的英國的行為，五卅以來的上海，沙基，萬縣，漢口各地的蠻行，可以知道教訓的力量是怎麼地微弱，或者簡直是沒有力量。所以高談聖道之人固然其愚不可及，便是大吹大擂地講文學或思想革命，我也覺得有點迂闊，蔣觀雲詠盧騷云「文字收功日，全球革命潮」，即是這種迂闊思想的表現。

半農未必有這樣的大志吧，去執行他教授博士的指導青年的天職？那麼，這一番話為什麼而說的呢？我想，這大約是簡單地發表感想而已。以一個平常人的資格，看見什麼事中意什麼事不中意，便說一聲這個好那個不好，那是當然的。倘若有人不以為然，讓他不以為然罷了，或者要回罵便罵一頓，這是最「素樸與真誠」的辦法。半農那篇文如專為發表感想，便應該這樣做，沒有為免除誤會起見之必要，因為誤會這東西是必不能免除，而且照例是愈想免除反愈加多的。

總之，我對於半農的五項意見是有同感的，至於想把這個當作什麼供獻，我以為未免有迂夫子氣；末了想請大家來討論解決，則我覺得實在是多此一舉。

十六年一月十六日夜。

致溥儀君書

溥儀先生：

聽我的朋友胡適之君說，知道你是一位愛好文學的青年，並且在兩年前「就說要取消帝號，不受優待費」，思想也是頗開通的。我有幾句話早想奉告，但是其時你還是坐在宮城裡下上諭，我又不知道寫信給皇帝們是怎樣寫的，所以也就擱下；現在你已出宮了，我才能利用這半天的工夫寫這一封信給你。

我先要跟著我的朋友錢玄同君給你道賀，賀你這回的出宮。這在你固然是償了宿願，很是愉快，在我們也一面滿了革命的心願，一面又消除了對於你個人的歉仄。你坐在宮城裡，我們不但怕要留為復辟的種子，也覺得革命事業因此還未完成；就你個人而言，把一個青年老是監禁在城堡裡，又覺得心裡很是不安。

張國燾君住在衛戍司令部的優待室裡，陳獨秀君住在員警廳的優待室裡，章太炎先生被優待在錢糧胡同，每月有五百元的優待費，但是大家千辛萬苦的營救，要放他們出來。為什麼呢？因為人們所要者是身體與思想之自由，並非「優待」，——被優待即是失了自由了。你被圈禁在宮城裡，連在馬路上騎自行車的自由都沒有，我們雖然不是直接負責，聽了總很抱歉，現在你能夠脫離這種羈絆生活，回到自由的天地裡去，我們實在替你喜歡，而且自己也覺得心安了。

我很贊成錢君的意見，希望你補習一點功課，考入高中，畢業大學後再往外國留學。但我還有特別的意見，想對你說的，便是關於學問的種類的問題。

據我的愚見，你最好是往歐洲去研究希臘文學。替別人定研究的學科是很危險的事，因為與本人的性質與志趣未必一定相合，但是我也別有一種理由，說出來可以當作參考。中國人近來大講東方文化和西方文化，然而專門研究某一種文化的人終於沒有，所以都說的不得要領。所謂西方文化究竟以那一國為標準，東方文化究竟是中國還是印度為主呢？現代的情狀固然重要，但是重要的似乎在推究一點上去，找尋他的來源。

我想中國的，印度的，以及歐洲之根源的希臘的文化，都應該有專人研究，綜合他們的結果，再行比較，才有議論的可能。一切轉手的引證全是不可憑信。研究東方文化者或者另有適當的人，至於希臘文化我想最好不如拜託足下了。文明本來是人生的必要的奢華，不是「自手至口」的人們所能造作的，我們必定要有碗夠盛酒肉，才想到在碗上刻畫幾筆花，倘若終日在垃圾堆上揀煤粒，那有工夫去做這些事。

希臘的又似乎是最貴族的文明，在現在的中國更不容易理解。中國窮人只顧揀煤核，闊人只顧搬鈔票往外國銀行裡存放，知識階級（當然不是全體）則奉了群眾的牌位，預備作「應制」的詩文；實質上是可吃的便是寶物，名目上是平民的便是聖旨，此外都不值一看。這也正是難怪的，大家還餓鬼似的在吞咽糟糠，那裡有工夫想到製造「嘉湖細點」，更不必說吃了不飽的茶食了。

設法叫大家有飯吃誠然是亟應進行的事，一面關於茶食的研究也很要緊，因為我們的希望是大家不但有飯而且還有能賞鑑茶食的一日。想到這裡，我便記起你來了，我想你至少該有瞭解那些精美的文明的可能，——因為曾做過皇帝。我決不是在說笑話。俗語云，「做了皇帝想成仙」，製造文明實在就是求仙的氣分，不過所成者是地仙，所享者是塵世清福而已，這即是希臘的「神的人」的理想了。

你正式的做了三年皇帝，又非正式做了十三年，到現在又願意取消帝號，足見已飽厭南面的生活，盡有想成仙的資格，我勸告你去探檢那地中海的仙島，一定能夠有很好的結果。我想你最好在英國或德國去留學，隨後當然須往雅典一走，到了學成回國的時候，我們希望能夠介紹你到北京大學來擔任（或者還是創設）希臘文學的講座。

末了我想申明一聲，我當初是相信民族革命的人，換一句話即是主張排滿的，但辛亥革命——尤其是今年取消帝號以後，對於滿族的感情就很好了，而且有時還覺得滿人比漢人更有好處，因為他較有大國民的態度，沒有漢人中北方的家奴氣與南方的西崽氣。這是我個人的主觀的話，我希望你不會打破我這個幻想罷。

民國十三年十一月三十日周作人。

這封信才寫好，閱報知溥儀君已出奔日本使館了。我不知道他出奔的理由，但總覺得十分殘念。他跟著英國人日本人這樣的跑，結果於他沒有什麼好處，——只有明白的漢人（有辮子的不算）是滿人和他的友人，可惜他不知道。希望他還有從那些人的手裡得到自由的日子，這封信仍舊發表。在別一方面，他們是外國人，他們對於中國的幸災樂禍是無怪的，我們何必空口同他們講理呢？我們已經打破了大同的迷信，應該覺悟只有自己可靠，……所可惜者中國國民內太多外國人耳。

十二月一日添書。

論女褲

紹原兄：

你的「裙要長過褲」的提議，我當然贊同，即可請你編入民國新禮的草案裡。但我們在這裡應當聲明一句，這條禮的制定乃是從趣味（這兩個字或者有點語病，因為心理學家怕要把它定為「味覺」）上著眼，並不志在「挽靡習」。我在《婦女週報》及《婦女雜誌》上看見什麼教育會聯合會的一件議決案，主張女生「應依章一律著用制服」，至於制服則「袖必齊腕，裙必及脛」，一眼看去與我們的新禮頗有陽虎貌似孔子之概，實際上卻截然不同。原案全文皆佳，今只能節錄其一部分於後：

「衣以蔽體，亦以彰身，不衷為災，昔賢所戒，矧在女生，眾流仰望，雖曰末節，所關實巨。……甚或故為寬短，豁敞脫露，揚袖見肘，舉步窺膝，殊非謹容儀尊瞻視之道。……」

《婦女週報》（六十一期）的奚明先生對於這篇衛道的大文加以批評，說得極妙，不必再等我來多話。他說：

「教育會會員諸公當然也是眾流之一流，仰望也一定很久，……仰望的結果，便是加上『故為寬短云云』這十六字的考語。其中尤足以使諸公心蕩神搖的，是所見的肘和所窺的膝。本來肘與膝也是無論男女人人都有的東西，無足為奇；但因為諸公是從地下『仰』著頭向上而『望』的緣故，所以更從肘膝而窺見那肘膝以上的非肘膝，便不免覺得『殊非謹儀容尊瞻視之道』起來了。」

奚明先生的話的確不錯，教育會諸公的意思實在如李笠翁所說在於「掩藏秘器，愛護家珍」而已。笠翁怕人家的窺見以致心蕩神搖，諸公則怕窺見人家而心蕩神搖，其用意不同而居心則一，都是一種野蠻思想的遺留。野蠻人常把自己客觀化了，把自己行為的責任推歸外物，在小孩狂人也都有這種傾向。

就是在文明社會裡也還有遺跡，如須勒特耳（Th. Schroeder，見 Ellis 著《夢之世界》第七章所引）所說，現代的禁止文藝科學美術等大作，即本於此種原始思想，以為猥褻在於其物而不在感到猥褻的人，不知道倘若真需禁止，所應禁者卻正在其人也。教育會諸人之取締「豁敞脫露」，正是怕肘膝的蠱惑力，所以是老牌的野蠻思想，不能冒我們新開店的招牌：為防魚目混珠起見，不得不加添這張仿單，請賜顧者認明玉璽為記，庶不致誤。

我的意思，衣服之用是蔽體即以彰身的，所以美與實用一樣的要注意。有些地方露了，有些地方藏了，都是以彰身體之美；若是或藏或露，反而損美的，便無足取了。裙下無論露出一隻褲腳兩隻褲腳，總是沒有什麼好看，自然應在糾正之列。

「西洋女子不穿褲」的問題，我因為關於此事尚缺查考，這回不能有所論列為歉。

十三年十二月七日。

國慶日

子威兄：

今日是國慶日。但是我一點都不覺得像國慶，除了這幾張破爛的旗。國旗的顏色本來不好，市民又用雜色的布頭拿來一縫，紅黃藍大都不是正色，而且無論阿貓阿狗有什麼事，北京人就亂掛國旗，不成個樣子，弄得愈掛國旗愈覺得難看，令人不愉快。

雖然章太炎知道了或者要說這是侮蔑國旗，但我實在望了這齷齪的街市掛滿了破爛的旗，不知怎的——總覺得不像什麼國慶。其實，北京人如不掛旗，或者倒還像一點也未可知。這裡恐怕要聲明一句，我自己就是一個京兆人，或者應說京兆宛平人。

去年今日是故宮博物院開放，我記得是同你和徐君去瞻仰的。今年，聽說是不開放了，而開放了歷史博物館。這倒也很妙的。歷史博物館是在午門樓上，我們平民平常是上不去的（我想到這原來是「獻俘」的地方），這回開放拿來作十五年國慶的點綴，可以說是唯一適宜的小點綴罷。但是我終於沒有去。理由呢？說不清，不過不願意看街上五色旗下的傻臉總是其中之一。

國慶日的好處是可以放一天假，今年卻不湊巧正是禮拜日，糟糕糟糕。

十，十，十五年。

國語羅馬字

疑古兄：

你們的 Gwoyeu Romatzyh 聽說不久就要由教部發表了，這是我所十分表示歡迎的。前回看見報上一條新聞，彷彿說是教部將廢注音字母而以羅馬字代之，後來又聽說有人相信真是要文字革命了，大加反對。天下這樣低能的人真是有的！在這年頭兒，這個教育部，會來主張羅馬字代字母？這是那裡來的話！不佞似乎還高能一點，一看見知道這是威妥瑪式的改正拼法，還不是「古已有之」，用以拼中國字的麼？不過便利得多，字上不要加撇，不要標數目，而且經過教部發表，可以統一拼法，這都是很好的，但是我也覺得有不很佩服的地方。

我是個外行，對於一個個的字母不能有所可否，只對於那本中華教育改進社第四卷第四號的小冊子上七條特色中所舉三四兩條都以與英文相近為言，覺得有點懷疑。為什麼國語羅馬字與英文相近便是特色？我想這個理由一定是因為中國人讀英文的多。

但是這實際上有什麼用呢？普通能讀英文的人大抵奉英文拼法為正宗，不知道世上還有別的讀法，而國語羅馬字的字音又大半並不真與英文一致，所以讀起來的時候仍不免弄錯。如北京一字，平常照英文讀作「庇鏗」，那麼國語羅馬字的拼法也將讀為「皮盡」，至於「黎大總統」之被讀為「賴」大總統更是一樣了。

我想有人要學會一種新拼法，總須請他費一點工夫學一學才行，不可太想取巧或省力，否則反而弄巧成拙，再想補救，更為費事了。況且這國語羅馬字不是專供學英文的人用的，據文中所說還擬推廣開去，似乎更不必牽就一方面。——其實，國語羅馬字雖然大半與威妥瑪式相同，卻並不怎麼與英文相近，威妥瑪式的音似乎本來並不一定是根據英文的，所以懂得英文的人看這拼法，也只是字母認得罷了，這一層在懂得法意等文的人也一樣便利的，未必限於英文。

總之，我贊成這一套國語羅馬字，只是覺得它的發音並不怎麼像英文，就是像也未必算得什麼特色，因為這並非給英美人用的。照例亂說，不知尊意以為如何。

十五年十月十八日，**Jou Tzuohren.**

第三卷　眾生相

郊外

懷光君：

燕大開學已有月餘，我每星期須出城兩天，海澱這一條路已經有點走熟了。假定上午八時出門，行程如下，即十五分高亮橋，五分慈獻寺，十分白祥庵南村，十分葉赫那拉氏墳，五分黃莊，十五分海澱北簍斗橋到。

今年北京的秋天特別好，在郊外的秋色更是好看，我在寒風中坐洋車上遠望鼻煙色的西山，近看樹林後的古廟以及沿途一帶微黃的草木，不覺過了二三十分的時光。最可喜的是大柳樹南村與白祥庵南村之間的一段S字形的馬路，望去真與圖畫相似，總是看不厭。

不過這只是說那空曠沒有人的地方，若是市街，例如西直門外或海澱鎮，那是很不愉快的，其中以海澱為尤甚，道路破壞污穢，兩旁溝內滿是垃圾及居民所傾倒出來的煤球灰，全是一副沒人管理的地方的景象。街上三三五五遇見灰色的人們，學校或商店的門口常貼著一條紅紙，寫著什麼團營連等字樣。這種情形以我初出城時為最甚，現在似乎少好一點了，但是還未全去。

我每經過總感得一種不愉快，覺得這是佔領地的樣子，不像是在自己的本國走路；我沒有親見過，但常常冥想歐戰時的比利時等處或者是這個景象，或者也還要好一點。海淀的蓮花白酒是頗有名的，我曾經買過一瓶，價貴（或者是欺侮城裡人也未可知）而味仍不甚佳，我不喜歡喝他。

我總覺得勃蘭地最好，但是近來有什麼機制酒稅，價錢大漲，很有點買不起了。——城外路上還有一件討厭的東西，便是那紙煙的大招牌。我並不一定反對吸紙煙，就是豎招牌也未始不可，只要弄得好看，至少也要不醜陋，而那些招牌偏偏都是醜陋的。就是題名也多是粗惡，如古磨坊（Old Mill）何以要譯作「紅屋」，至於勝利女神（Victory），大抵人多知道她就是尼開（Nike），卻叫作「大仙女」，可謂苦心孤詣了。

我聯想起中國電影譯名之離奇，感到中國民眾的知識與趣味實在還下劣得很。——把這樣粗惡的招牌立在佔領地似的地方，倒也是極適合的罷。

十五年十月三十日，於溝沿。

南北

鳴山先生：

從前聽過一個故事，有三家村塾師叫學生作論，題目是「問南北之爭起於何時？」學生們翻遍了《綱鑑易知錄》，終於找不著，一個聰明的學生便下斷語云「夫南北之爭何時起乎？蓋起於始有南北之時也。」，得了九十分的分數。某秀才見了說，這是始於黃帝討蚩尤，但塾師不以為然，他說涿鹿之戰乃是討蚩（一說蚩尤即赤酋之古文），是在北方戰爭，與南方無涉，於是這個問題終於沒有解決。

近來這南北之爭的聲浪又起來了，其實是同那塾師所研究的是同樣的虛妄，全是不對的。粵軍下漢口後，便有人宣傳說南方仇殺北人，後來又謠傳劉玉春被慘殺，當作南北相仇的證據，到處傳佈，真是盡陰謀之能事。

我相信中國人民是完全統一的，地理有南北，人民無南北。歷來因為異族侵略或群雄割據，屢次演出南北分立的怪劇，但是一有機會，隨復併合，雖其間經過百十年的離異，卻仍不見有什麼裂痕，這是歷史上的事實，可以證明中國國民性之統一與強固。

我們看各省的朋友，平常感到的只是一點習慣嗜好之不同，例如華伯之好吃蟹（彭越？），品青之不喜吃魚，次鴻之好喝醋（但這也不限於晉人，貴處的「不」先生也是如此），至於性情思想都沒有多大差異，絕對地沒有什麼睽隔，所以近年來廣東與北京政府立於反對地位，但廣東人仍來到京城，我們京兆人也可以跑到廣州去，很是說得來，腦子裡就壓根兒沒有南北的意見。

自然，北京看見南方人要稱他們作蠻子或是豆皮，北方人也被南方稱作侉子，但這只是普通的綽號，如我們稱品老為治安會長，某君為疑威將軍，開點小玩笑罷了。老實說，我們北方人聞道稍晚，對於民國建立事業的出力不很多，多數的弟兄們又多從事於反動戰爭，這似乎也是真的。不過這只是量，而不是質的問題。三一八的通緝，有五分之三是北人，而反動運動的主要人物也有許多是南人，如張勳，段祺瑞，章士釗，康有為，……等輩皆是。

總之，民國以來的混亂，不能找地與人來算帳，應該找思想去算的，這不是兩地方的人的戰爭，乃是思想的戰爭。南北之戰，應當改稱民主思想與酋長思想之戰才對。現在河南一帶的酋長主義者硬要把地盤戰爭說是南北人民的戰爭，種種宣傳，「挑剔風潮」，引起國民相互的仇視，其居心實在是凶得可憐憫了。

我們京兆人民酷愛和平，聽見這種消息，實在很不願意，只希望黃帝有靈，默佑這一班不肖子孫，叫他們明白起來，安居樂業，不要再鬧什麼把戲了，豈不懿歟！先生隱居四川，恐怕未必知道這些不愉快的事情，那倒也是很好的。何時回平水去乎？不盡。

十五年十月三十一日。

養豬

持光君：

今天在燕大圖書館看見英文報說，孫傳芳在九江斬決了五十名學生，又某地將十名學生判決死刑云。我不禁想起希臘悲觀詩人巴拉達思（Palladas）的一首小詩來：

Pantes toi thanatoi teroumetha kai trephometha

Ites agele khoiron sphazomenon alogos.

大意云，我們都被看管，被餵養著，像是一群豬，給死神隨意地宰殺。——不過，死神是異物，人不能奈何他。人把人當豬看待，卻是令人駭然，雖然古時曾有「人彘」的典故。草草，不宣。

十五年十月七日。

宋二的照相

前幾天衛戍司令部槍斃肇事兵士，還將他梟首示眾，掛在中和園門口。我當時就想引責備賢者之義，寫一封信給于先生，勸他槍斃儘管槍斃，只是不要切下頭來，掛起來做這個已經欠雅觀的北京的裝飾。因為救濟燃眉的事忙，終於還未寫信，今日卻在報上又看見了宋二赴法場的照片，不禁瞿然警覺，覺得我的意見不免有點背時，不免有點「惡人之所好」了。

普通一般的市民總喜歡看殺人，雖然被強盜所訓斥，「人家砍頭有什麼好看！」也不見怪，所以在往天橋去的敞車後面總跟著許多健康快活的市民。不過這個機會是一時的，有不能普及之恨，那麼對著一顆割下的人頭，或是一張屍體的照片，仔細賞鑒，也慰情聊勝無，可以稍滿足智識欲（？）而補救向隅之缺恨。

這種好辦法是現代所謂文明國所沒有的，大約也是希世的東方文明的一部分罷？我何敢一定要違反民意而硬主張取消這些玩意兒，我只慚愧沒有充足的國粹的涵養，不能與眾同樂這種有趣味的展覽。

十五年十月末日。

包子稅

中央公園的長美軒是滇黔菜館，所以他的火腿是據說頗好的，但是我沒有吃過，只有用火腿末屑所做的包子卻是吃過，而且還覺得還好，還不貴，因為只要兩分錢一個。今天我因無事，又踱進公園裡去，順便在長美軒買了五個包子，計大洋一角，可是阿唷，夥計硬要我再拿出四個銅子來，說這是叫什麼四種特稅，凡是看戲，嫖妓，上館子，住客店，都要值十抽一，所以我應該被捐洋壹分。

我說我並不看戲嫖妓，只是吃幾個包子罷了，為什麼也要上稅呢？他說這不管，捐是一定要捐的。我沒法只能付了他四個銅元，其實又多吃虧了四厘。我問這稅是什麼用的呢？他也說不上來，說大約是為討赤吧，不過他也不能擔保。

我坐在柏林下的板椅上，一面吃著包子，心裡納罕，這個年頭兒連一個包子都不容易吃，逃不了稅。但是轉念一想，這如真是用在討赤，我們京兆公民也是應該樂輸的。——因為赤禍如何是洪水猛獸，白福如何是天堂樂土，京兆公民是最能知道的也。

（十五年十月）

奴隸的言語

斯忒普虐克（Stepniak，字義云大野之子，他是個不安本分的人，是講革命的亂黨，但是天有眼睛，後來在大英被火車撞死了！）在《俄國之詼諧》序中說，息契特林（Shchedrin-Saltykov）做了好些諷刺的譬喻，因為專制時代言論不自由，人民發明了一種隱喻法，於字裡行間表現意思，稱曰奴隸的言語。

喔，喔，這是一個多麼重大的發明！現在的中國人倘若能夠學到這副本領，可以得到多少便利，至少也可以免去多少危險。是的，奴隸的言語，這是我們所不可不急急學習的，倘若你想說話。

但是，仔細一想，中國自己原有奴隸的言語，這不但是國貨，而且還十全萬應，更為適用，更值得提倡。東歐究竟還是西方文明的地方，那種奴隸的言語裡隱約含著叛逆的氣味，著實有赤化的嫌疑，不足為訓，而中國則是完全東方文明的，奴隸的心是白得同百合一樣的潔白無他，他的話是白得同私窩子的臉一樣的明白而——無恥，天恩啦，栽培啦，侍政席與減膳啦，我們的總長啦，孤桐先生啦，真是說不盡，說不盡！

你瞧，這叫得怎樣親熱？無怪乎那邊的結果是笞五百流一萬里，這邊賜大洋一千元。利害顯著，賞罰昭彰，欲研究奴隸的言語以安身立命者，何去何從，當已不煩言而喻矣乎？

（十五年六月）

京城的拳頭

偶然聽到一個騾車夫說，二十六年前的情形比現在還要好一點，而那時乃是庚子年。同時有些愛國家則正在呼號，大家只須慎防洋人，至於拳頭向來是京城的好（案這個故典大約出在《笑林廣記》），不妨承受些許。查所謂國家主義是現今最時髦的東西，無論充導師的是著名「糊塗透頂」的人，總之是不會錯的，但是，我疑惑，我們為什麼要慎防洋人，豈不是因為怕被虐待，做奴隸麼？

現在我們既然受過庚子的訓練，而且到了現在回想起來還覺得比較地並不怎麼不舒服，那麼做外國的奴在京兆人未必是很可怕的事情了吧。拳頭總是一樣，我們不願承受「晚娘的拳頭」，但也不見得便歡迎親娘的。這一節愛國家如不瞭解，所說的都是糊塗話，——如其是無心的還可以算是低能；故意的呢，那是奴才之尤了。

丙寅端午後三日，京兆豈明。

拜腳商兌

這一個月差不多只是生病，實在也不過是小病，感冒了一點風寒，卻黏纏地重複了三次：覺得有點好了，到行裡辦一天半天的事，便又重新地生病，鼻子比前回更塞，頭也更昏更重。這兩禮拜裡簡直什麼事都沒有做，連孫中山先生的喪也終於不能去吊，別的可想而知。在家無事，「統計學」也翻看得不耐煩了，小說呢又是素不喜看的，所以真是十分地無聊。恰巧住在聖賢祠的朋友乙丙君來看我，借我好些新出的報看，使我能夠借此消磨了好幾天的光陰，這是應該感謝的。

這些定期刊裡邊有一本《心理》第三卷第三號，是我所最愛讀的，大約可說是「三生有緣，一見如故」。張耀翔先生的《拜髮主義與拜眉主義》一篇尤為最有精采的著作，我已經反覆讀了有五遍以上。

張先生的研究結論，大約——一定是不會錯的：「發為歡情之神，眉為哀情之神，故拜之。」關於這一點我不敢有什麼話說，但是，恕我大膽，我覺得張先生力辯中國人不拜腳這一節話似與事實不符（即使或者與學理符合）。張先生說，「使中國人果有腳癖者，不由詩詞中，更由何處發表其情耶？」我可以答，「便由女人小腳上發表其情耳。」中國女子之多纏足這個事實想張先生也當承認，而女子因男人愛好小腳而纏足這也是明若觀火的事實。三月間的北京報紙上就有幾段文章可以作證，不妨抄錄出來請張先生一覽。

小腳狂　慎思

我有個同鄉，久居四通八達，風氣大開的北京，並受高等教育，看來他當然是思想較新的人了。不想竟出我「意表之外」！

有一天我同這個同鄉走路，道上遇見了三四個女學生，長的極其標緻，他看見了她們，說道：「這幾個，真是好極了！尤其是那個穿粉紅色衣服的，眉鎖春山，目含秋水，年紀不過二八，確是一個處女……哎，可惜是兩隻大足！」

又一次他同我談話，他說：「你不知道我又遇見了一個美人，真是嬌小玲瓏，十分可愛！我看見她那一對金蓮，再小也沒有了。走的時候，扭扭捏捏，擺擺搖搖，真個令人魂銷！我瞻望了一會，恨不得把她摟在懷裡接吻，但是她往北走了。」

我聽了這話，忍不住要大笑，又要肉麻。這大概是個「小腳狂」。諸君，這種「小腳狂」卻不止敝友一個。（奉贈戊書券一）——見十日《晨報》「北京」。

名言錄

號為中國太戈爾的辜湯生先生，曾發表關於審美的一段說話：「中國女子的美，完全在乎纏足這一點。纏足之後，足和腿的血脈都向上蓄積，大腿和臀部自然會發達起來，顯出婀娜和飄逸的風致。」——見十八日《京報》「顯微鏡」。

張先生懷疑「拜足與纏足何關」？不承認纏足為拜足之果，其理由則為「既拜之矣則不當毀傷之」這一點。但我們要知道，「拜腳」一語乃是學術上的譯文，只說崇拜——愛重異性的腳，並不一定要點了香燭而叩拜；其次因為男人愛重小腳所以女子用人工纏小了去供給他，毀傷的與拜的不是同一方面的人；復次毀傷是第三者客觀的話，在當局者只看作一種修飾，如文身貫鼻纏乳束腰都是同類的例。

這樣看來，拜之而毀傷之，易言之，即愛之而修飾之，並無衝突的地方。中國婦女恐怕還有三分之二裹著小腳，其原因則由於「否則沒有男人要」；如此情形，無論文章上學說上辯證得如何確切，事實上，中國人仍不得不暫時被稱為世界上唯一的拜腳——而且是拜毀傷過的腳的民族。

我自己雖不拜大小各腳，少數的教授學生們也不拜之，而「文明女學士」尤「高其裙革其履」了，然而若科學的統計不能明示纏足女子的總數如何銳減，我們即一日不能免此惡名，正如我們不吸食福壽膏，唯以同胞多有阿芙蓉癖故，也就不得不忍受鴉片煙鬼國民之徽稱而無從發牢騷也。我們要知道，國民文化程度不是平攤的，卻是堆垛的，像是一座三角塔；測量文化的頂點可以最上層的少數知識階級為準，若計算其墮落程度時卻應以下層的多數愚人為准：譬如，又講到腳，可以說中國最近思想進步，經過二十多年的天足運動，學界已幾乎全是天足（雖然也有穿高底皮鞋「纏洋足」的）——然而大多數則仍為拜腳教徒云。

我自信這幾句話說得頗是公平，既不抹殺「女學士」們，也不敢對於滿街走著的擺擺搖搖的諸姑伯姊（希望這裡邊不會有我的侄女輩）們的苦心與成績當作不看見而完全埋沒。「妳」們或者都可以諒解我麼？至於「你」們，我覺得不大能夠這樣地諒解，至少張先生和站在他一邊的諸位未必和我同意，肯承認他們應有負擔拜腳國民的名號之義務。我是沒法只能承受。雖然我沒有「賞鑒」過；我不敢對藹裡斯博士抗辯，他所知道關於中國的拜腳主義似乎要比我更多而精審。

一九二五年三月三十一日，於宣南斗室。

拜髮狂

報上說孫傳芳丁文江在上海大捕革命黨，這倒也罷了，——他們不是軍閥麼？軍閥的昏憒凶暴是其本分，有什麼奇怪？然而一般上海灘的國民也跟著他們走，據報說，社會上對於剪髮的女子非常注意，稱之曰女革命云！

喂，不見世面的上海灘的朋友，你們真是一點兒都沒有長進，枉長白大的過了這十五年。我還記得以前看見沒有辮子的人，大家便說這是革命黨，到後來軍政府一聲命令，自己的也剪去了，現在又見了剪髮的女人來大驚小怪，真可以說是「不知是何心理」。

辮子是滿清的記號，剪去了它，多少可以說是含有反抗的意味；女子的頭髮難道又是孫丁的威權的表示，毀損了它就要算是叛逆麼？對於女子的膚髮衣飾的變化感到極大的激刺，無論是不安或狂喜，都有點變態的，或者竟是色情狂的，倘若他們的興奮顯然見於言動。

中國人多半是有點變態的，而上海又差不多是色情狂的區域，然則諸公之反對「女革命」也正是當然的了。張耀翔君不言乎？中國人是拜髮狂者。

（十五年十一月）

案，過了一年，聽說上海現在大盛行女子剪髮了，能不令人深今昔之感乎？十六年十一月再記。

女子學院的火

十一月二十二日北京女子學院宿舍失火，焚傷學生楊立侃廖敏二人，因救治遲誤，相繼斃命。該院負責者任可澄林素園應負何種責任我並不想說，因為這件事自有直接關係的人來管，我們不妨暫且緘默；其次則稍有骨氣的人自然知道怎樣引責，不必等別人指斥，倘若臉皮厚的就是指斥他也沒用，他反正是「笑罵由他笑罵，好官我自為之」的，你說只是白費唇舌，——我疑心現在的情形正是屬於後者；還有一層，自從研究系的日報週報之流借了三一八學生被殘殺的事件攻擊國立各校長為段章張目之後，我對於攻擊任何人都取極慎重的態度，恐怕偶一不慎，有千百分之一像了若輩，豈能再保存我半分的人氣，所以雖然這回任林顯然無可逃責，除研究系外當無不同意，唯我尚擬不措一辭，只就別的方面略述我一二的感想。

我聽了這件慘劇後首先感到的，其一是現在的文科學生缺少科學的常識。倘若楊廖二生更多知道一點酒精的性質，就不會發生這回的慘禍。這是教育家的責任，以後應當使文科學生有適當的科學知識，以便應付實際的生活，同時也要使理科學生有一點藝術的趣味。這已經是「賊出關門」的話，但總當勝於不關以至「開門揖盜」罷。

其二，我又痛切地感到現代醫院制度的缺陷。女子學院的當局因為吝惜金錢，以致草菅人命，固然咎無可辭，但資本主義的醫院制度也當負相當的責任。照道理講來，醫院是公益事業之一種，於人民的生死有直接關係，比別的事業尤為重要，應當由國家設立，一律平等地使國民能夠享其利益，這才合理，但是現今的醫院卻是營業，完全是金錢的交易，無論什麼危險急迫的病，如不先付下所勒索的錢來，便眼看你死下去，正如對溺在水裡的人講救命的價錢一樣，晏然保存他的科學家的冷淡。

本國人的大夫也夠墮落了，基督教國的白種人所辦的大醫院或者更有過之無不及。在現今資本主義的世界，這或者是當然的吧。像上邊所想像的公益的醫院除非在共產社會裡才會有，而共產主義是此刻中國的厲禁，據前衛戍司令，在海甸定有好幾塊「德政碑」的王懋帥的二十一（？）條，要不分首從悉處死刑的，我們趕緊住口，不要再談他了。

任林都是討赤巨頭吳子玉先生的幕僚，那麼在這個年頭兒他們的辦法一定都是很對，合於「禮義廉恥」的，要反對他恐怕也不無作亂犯上的嫌疑。講到底，現在做一個學生，被火酒燒傷，慢慢地抬到醫院去，讓她自己死去，這大約倒是她的本分與定命吧？自然，這還是應該感謝的，因為她有運氣，並不是死於討赤的兵燹。

十五年十一月。

男裝

前見京津日文報載有錦州女子任閣臣，男裝應募入奉軍，人莫能辨，後以月經中行軍，事乃顯露，聞于長官，優遣回裡雲。我看了當時只起了一點 grotesque 之感，此外別無什麼意思，因為我對於這些浪漫的事情，是沒有多大趣味的。

但是在多數的同胞覺得這是一種美談，韻事，值得低回詠嘆，於是報紙上的文藝欄固然熱鬧起來了。今只舉錦縣白雲居士的「題鄉人從軍女子任閣臣」詩四絕為例，其詞曰：

風雨亭中女丈夫，千秋俠骨葬青蕪，
裙邊懶畫孤山景，大半春愁付鑑湖。
不見當軍魯國娃，周夫人事盡堪誇，
者番巾幗英雄傳，儂把頭名記姓花。
荒涼三百年來事，能執干戈又見卿，
板蕩中原胡騎入，夫人好為築堅城。
仰天空唱木蘭歌，古劍年年老不磨，
數遍鬚眉無弟子，兵書直合教宮娥。

老實說，這些話我都不大能夠贊成。並不一定是因為自己當過兵的緣故，我對於兵毫不反對，而且還很贊成人去當兵，不過姑娘們我總想勸她們還是算了罷。早梳頭勤裹腳，看家生兒子的人生觀，我也知道是有點過時了，「這個年頭兒」，我覺得她們也該有一點兒「軍事知識」，能夠為護身保家計而知道怎樣使用鋼槍。

至於愛國呢，當然我們不能剝奪女子這個權利（還是義務？），她們也自有適當的辦法，雖然那是孤獨的路。成群結隊地攻上前去，那還是讓男子們去做，反正他們很多，有肯為一個主義而戰的，也有肯為幾元錢而戰的。

木蘭這位女士是有點靠不住的，恐怕是烏有先生的令愛罷，別的幾位歷史上的太太也只是說得好聽，可以供詩料罷了，於國家沒有多大的用處。只有某處的女子蘇菲雅真值得佩服，她是一八八一年四月十六日死的，已經是四十六年了。

白雲居士引風雨亭的鑑湖女俠，又說什麼胡騎，似都有點不很妥。又女扮男裝，違反男女有別之教條，比區區剪髮者情節更為重大，理應從嚴懲辦，方足以正人心而維風化，乃維持禮教的官憲反從而優遇之，則又何耶？

（十五年十二月）

頭髮名譽和程度

八月二十日《世界日報》載「歐陽曉瀾謂女附中未拒絕剪髮女生投考」，結果是拒絕投考雲無其事而不取剪髮女生卻是事實，請看這一節該女附中主任的談話：

「往時剪髮生投考者，程度均不甚佳。……至校中諸生所以未有中途剪髮者，因本校學生素愛名譽，學校既以整齊為教，學生亦不願少數人獨異。」

原來頭髮是與名譽和程度有這樣的關係，真開發我的見識不少。剪髮是不名譽的事，因為憲諭煌煌，在那裡禁止，在順民看來當然是無可疑的。但是程度呢？難道這真與頭髮有神秘的關係，烏雲覆頂則經書爛熟，青絲墜地而英算全忘乎？奇哉怪哉，亦復異哉！雖然，是殆不足異也，古已有之。

《舊約・士師記》第十六章說：

「參孫對她說，向來人沒有用剃頭刀剃我的頭，因為我自出母胎就歸上帝作拿細耳人，若剃了我的頭髮，我的力氣就離開我，我便軟弱像別人一樣。

「大利拉使參孫枕著她的膝睡覺，叫了一個人來剃除他頭上的七條髮綹。於是大利拉克制他，他的力氣就離開他了。大利拉說，參孫哪，非利士人拿你來了。參孫從睡中醒來，心裡說，我要像前幾次出去活動身體，他卻不知道耶和華已經離開他了。非利士人將他拿住，剜了他的眼睛，帶他下到迦薩，用銅鏈拘索他。他就在監裡推磨。」

是的，她們毛丫頭剪除了頭上的兩條髮綹，於是《女兒經》的信徒克制她們，她們的名譽和程度離開她們了。阿門！

（十六年八月）

男子之裹腳

陶奭齡著《小柴桑喃喃錄》卷下云，「先府君以八座家居，一敝褌十年不易，綻補幾無完處。朱少傅衡岳裡居侍養，官已三品，客至或身自行酒。近時一二貧士，偶獵科名，輒暴殄天物，窮極滋味，服飾起居，無不華煥，袒衣褻服，紅紫爛然，至於梳頭裹腳，亦使僮奴代為，不知閒卻兩手何用。」

原來男子的裹腳自明代已然，——雖然有人說始於唐代，引《鏡花緣》的林之洋故事為證。女子之纏足者無論矣，就是在北京所見不纏足的女子，我總覺得她們的腳有點異樣，穿著平底圓頭的鞋，狹小得與全體不相稱。

北京的男子也似乎好穿緊鞋，而且對於自己的腳特別注意，每見他們常用布條撣子力拂其鞋，而對於坎肩上瓜皮小帽上的灰土毫不措意，可以知之。起初覺得奇怪，後來打聽友人，這才明白：原來這些男子都有一種什麼布裹在腳上，使之狹小以為美，至於那不纏足的女子之裹著腳，由此類推，更為當然了。

中國是拜腳主義的民族，無論張耀翔先生怎樣反對，總是極的確而無可動搖的事。其實說到拜腳，恐怕真能瞭解腳之美感者世上無如古希臘與日本人，看他們所著的板履（Sandalia）與木屐（Geta，和文云下駄）就可知道，不過他們所愛的是天足，自然式樣的腳，中國人所賞識者卻是「文明腳」，人工製造的粽子年糕式的種種金蓮罷了。

十六年十月。

銅元的咬嚼

今天到郵局想買幾分郵票，從口袋裡摸出銅元來，忽然看見一個新鑄的「雙枚」。新的「中華銅幣」本是極常見的東西，不過文字都很模糊，這回的一個比較地特別清晰，所以引人注意，我就收進袋裡帶了回來。

歸到家裡拿出來仔細賞鑑，才見背面上邊橫寫「民國十三年」字樣，中間是「雙枚」二字；正面中間「中華銅幣」之上卻又橫排著四個不認得的滿洲文，下邊則是一行字體粗劣的英文曰 THE REPUBLIC OF CHINA。我看了這個銅元之後實在沒有什麼好感，忍不住要發幾句牢騷。

我不懂這滿洲文寫在那裡幹什麼的，不管它所表的是什麼意思。倘若為表示五族共和的意思，那麼應當如吳稚暉先生的舊名片一樣，把蒙古西藏及亞拉伯文都添上才行，——實際回族或者還多懂亞拉伯文的人，滿族則我相信太傅伊克坦先生以外未必有多少人懂滿文了。銅幣上寫這幾個字有何意義，除了說模擬前清辦法之外似乎找不到別的解說。這縱使不是奴性也總是惰性之表現。

寫英文更是什麼道理？難道民國是英人有份的，還是這種銅元要行使到英語國民中間去麼？錢幣的行使天然是只在本國（中國的銀錢則國內還不能彼此流通），何以要寫外國文，而且又是英文：這不是看香港的樣是什麼？

我們如客氣地為不懂漢文的外國人設法，注上一個表示價值的亞拉伯數字就盡夠了。民族之存在與自由決不只靠文字上的表示，所以我並不主張只要削除錢幣郵票上的英文便已爭回中國之獨立：中國之已為本族異族的強人的奴市在事實上已無可諱言，要爭自由也須從事實去著手。

我這裡所要說的只是中國人頭腦是怎樣地糊塗，即在銅幣或郵票上也歷歷可見。英國文人吉辛（Gissing）在筆記中曾嘆英國製牛奶黃油品質漸劣即為民德墮落之徵，的確不是過甚之詞；中國的新銅幣比朝鮮光武八年（日韓合併前六年）的銅元還要難看，豈不令人寒心。

十四年四月。

二非佳兆論

竊見吾國閹人近來有兩件舉動皆非佳兆，請申論之。二事唯何？一曰出門警蹕，二曰在家祝壽，是也。

古者，警蹕之制蓋起於人民自動，而非君王之意。皇帝最初兼術士之業，其力能興致雲雨，使牛羊繁殖稻麥成熟，故民尊重之，然而此神力又足以傷害人，如失火如漏電，觸之者輒死。或拾酋長所失之火刀，打火燃煙斗，五人遞吸，或食路邊所棄御膳之餘，及事覺皆驚怖暴卒，以福分薄不堪承受神威也；人民遇君王於道輒復回避，其理準此。

逮至後世為人君者已無如此威信，人民別無奔避之理由，今也乃由上頭發動，強迫人民之回避，是為近代之警蹕所由昉，以至於今日：其外表雖若威嚴，然其真相則甚可愧恥矣。古之警蹕，人民之畏其上也；今之警蹕，在上者之畏人民也。諸閹人之意若曰「人民之欲甘心於予者久矣，予能不時刻戒備乎？使予輕裝手杖而朝出，則輿屍而夕返也必矣，——否，或已被食其肉而寢其皮乎！戒之戒之，毋使人近吾車，毋使人越吾路：使吾與眾隔絕，吾其庶倖免。」諺有之，「白日不作虧心事，夜半敲門不出驚」，善哉言乎！在上者苟無愧於心，奚用此張惶為？今若此，似老鼠之怕貓兒，誠不免為左丘明之所恥也。

予幼時殊鮮聞祝壽之說。有之則必為五十以上之整壽，由為子女者捧觴祝嘏，是為宗法社會之禮法之一，但未嘗每歲奉行，至於使者成列學者成班東奔西走而拜壽則尤未之前聞。夫人必有生，生各有日，本極平常之事，無所用其拜。整壽之拜已屬無謂，然姑為之說曰此孝子順孫之用心，見吾親而登古希之上壽則以喜，又慮崦嵫之日薄也則以懼，及期而祝賀之紀念之，尚不失為有理。然散壽則何所取乎？

英雄哲人，雖無子孫而世人懷慕其言行亦常為之設宴祭焉，但亦非年年歲歲如是，宗教祖師作為例外。今吾國諸闊人顯然非宗教祖師也，而每年必做壽，自祝乎，他人之代祝乎，為彼為此，皆無意義。唯予於此得一解焉，即因此而悟到中國人之氣運之短促。

中國人之每歲必做壽，即不啻表示其汲汲顧影之意，十年一祝殆猶迫不及待，以得長一齒為大喜，求諸古代頗有晉人曠達之風，其在西國所謂世紀末之情調者非耶。此種思潮表露於詩酒丹青之上未始非美，若瀰漫及於上下則舉世皆偽狄卡耽，唯目前之私欲是圖，國之亡也可翹足而待。謂為非佳兆，豈非平情酌理之論乎。

案，此文又見仿宋刻本《尚豈有此理》（即《豈有此理》三集）卷一中，閱者可以參看。

一九二五年，四月一日，西國傻子節，疑今山人識。

拆牆

三月二十七日北京各報載，大總統令：「古物流傳，文獻足徵，不獨金石圖籍有關考證者應加愛護，即宮觀林木，締構維艱，剪伐宜戒，曾經該主管部署擬具保存辦法，以防毀傷販賣諸弊，但因事立制，未有通行定章，難保不積久玩生，所有京外各地方從前建築樹植及一切古物迄今存在者，應如何防護保存，著該管部署彙集成案，重訂專章，呈請通行遵照，並著稅務處妥訂禁止古物出口辦法，飭令海關切實稽察，以副政府範古模今，力維國粹之至意。此令。」

在內務部到處拆毀城牆，還擬砍伐日月壇古柏賣錢的時候，好人政府能夠發下這個命令，雖然不免是賊出關門，也總還有幾分可取。但是，我所覺得奇怪的是其中「京外」二字：照這樣看來，豈不是「京內」並不在內麼？那麼內務部（也就是「該管部署」）是可以剪伐販賣的，不過只此一家，並無分出，別人不得仿效罷了。

內務部有了這個保障，盡可「放手做去」，拆賣一切京內宮觀林木，不愁沒有錢發薪水，苦的只是平民。我走過景山背後，見東邊一帶紅牆多已拆去，剩下牆北面的許多民家，被拆去了後壁，完全暴露在外：有的用蘆席遮蓋，有的沒有，只見三間兩間的空屋，屹立在殘磚斷瓦之間，上樑皆露，三牆僅存，不似焚餘，亦如劫後，唯或壁上尚存紅箋吉語，表示日前曾有生人居住其中而已。

嗚呼，受者傷心，見者慘目，不圖在反赤之京都而遇此現象也。雖然，此內務部之政事，又有大總統令許可，泰山可移，此案不可動矣。小民露宿，先朝露以何辭；老爺風餐，豈此風之可長？非小人無以養君子，聖訓昭垂，安可違耶。

（十六年三月）

宣傳與廣告

近來南北都盛行什麼宣傳。到底宣傳是什麼東西，我不知道，但推想起來大約總是廣告之類吧？倘若如此，那麼我是不能相信，因為我是最厭惡廣告的，尤其是紙煙和電影的廣告。譬如有人說，如買了他的票布，將來他們可以分給我富翁的幾十畝田，我不會相信他，就去做赤賊；同時如有人自稱他是仁義之師，志在維持禮教云云，我也一樣地不理，或者只哼一聲罷了。

語云，事實勝於雄辯，在白紙上寫些黑字，貼來貼去，寄來寄去，賣來賣去，結果一點兒都沒用，若是事實不相副。我們在城裡的人不知道，老百姓的記性卻是頗好的，什麼都記在他的心上，無論怎麼說也騙他不過。即如廣告，大仙女咧，三炮臺咧，都不能引誘我，使我想吸一根試試看，至於「一五一公司」門外的「請吃梅蘭芳香煙」，——喔，這一句話就多麼討厭！凡是有一毫半絲的趣味的人，誰會看了這個招牌不別過頭去而還想請教呢？

（十六年四月）

外行的按語

蔡孑民先生由歐洲歸國，已於三日到上海了。「上海四日上午十二時國聞社電」，發表蔡先生關於軍閥，政客學者，學生界，共產諸問題的談話，北京《晨報》除於五日報上大字揭載外，並附有記者按語至十三行之多，末五行云：「今（蔡）初入國，即發表以上之重要談話，當為歷年潛心研究與冷眼觀察之結果，大足詔示國人，且為知識階級所注意也。」

我雖不能自信為知識階級，原可不必一定注意，但該談話既是「詔示國人」，那麼我以國人的資格自有默誦一回的義務；既誦矣不能無所思，既思矣不能無所言，遂寫成此數十行之小文，發表於小報上以當我個人的按語。

我辟頭就得聲明，我是一個外行，對於許多東西，如經濟，政治，藝術，以及宗教，雖我於原始宗教思想覺得有點興趣。然而我也並不自怯，我就以一個外行人對於種種問題來講外行話。如蔡先生的那個有名的「以美育代宗教」的主張我便不大敢附和；我別的都不懂，只覺得奇怪，後來可以相代的東西為什麼當初分離而發達，當初因了不同的要求而分離發達的東西後來何以又可相代？我並不想在這裡來反對那個主張，只是舉一個例，表示我是怎樣的喜歡以外行人來說閒話罷了。現在又是別一個例。

蔡先生那番談話，據我看來，實在是很平常的「老生常談」，未必是什麼潛心和冷眼的結果，但是《晨報》記者卻那樣的擊節嘆賞，這個緣由我們不難知道，因為那副題明明標出兩行道，「反對政客學者依附軍閥，對學生界現象極不滿。」這兩項意見就是極平常的老生常談，我們不等蔡先生說也是知道的，雖然因電文簡略，沒有具體的說明蔡先生的意思，不知究竟和我們或《晨報》記者的是否相合。

總之這既是老生常談，我們可以不必多論，我所覺得可以注意的，卻是在不見於副題的關於共產主義的談話。國聞社電報原文如下，「對共產，贊成其主義，但主採克魯泡特金之互助手段，反對馬克思之階級爭鬥。」

我在這裡又當聲明（這真麻煩透了），我並不是共產黨，但是共產思想者，即蔡先生所謂贊成其主義，我沒有見過馬克思的書皮是紅是綠，卻讀過一點克魯泡特金，但也並沒有變成「安那其」。我相信現在稍有知識的人（非所謂知識階級）當無不贊成共產主義，只有下列這些人除外：軍閥，官僚，資本家（政客學者附）。

教士呢，中國沒有，這不成問題。其實照我想來，凡真正宗教家應該無一不是共產主義者。宗教的目的是在保存生命，無論這是此生的或是當來的生命；淨土，天堂，蓬萊，烏托邦，無何有之鄉，都只是這樣一個共產社會，不過在時間空間上有遠近之分罷了。共產主義者正是與他們相似的一個宗教家，只是想在地上建起天國來，比他們略略性急一點。所以我不明白基督教徒會反對共產，因為這是矛盾到令我糊塗。

總之在吸著現代空氣的人們裡，除了憑藉武力財力占有特權，想維持現狀的少數以外，大抵都是贊成共產主義者，蔡先生的這個聲明很可以作這些人的代白。但是主義雖同，講到手段便有種種說法。蔡先生的主張自有其獨特的理由，可以不必管他，但在我卻有點別的意見。

說也慚愧，我對於階級爭鬥的正確的界說還不知道，平常總只是望文生義的看過去，但《互助論》卻約略翻過，彷彿還能記得他的大意。倘若我那望文生義的解說沒有多大錯誤，那麼這與互助似乎並無什麼衝突，因為互助實在只是階級爭鬥的一種方法。

克魯泡特金自己也承認互助是天演之一因子，並不是唯一的因子，他想證明人生並不專靠生存競爭，也靠互助，其實互助也是生存競爭，平和時是互相扶助，危險時即是協同對敵了。

主張互助的以為虎狼不互相食，所以人類也就不可互鬥。動物以同類為界，因為同類大抵是同利害的（爭食爭偶時算作例外），但是人的同類不盡是同利害的，所以互助的範圍也就縮小，由同類同族而轉到同階級去了。這原是很自然的事情。蔡先生倘若以為異階級也可互助，且可以由這樣的互助而達到共產，我覺得這是太理想的了。世上或者會有像托爾斯泰，有島武郎這樣自動地願捐棄財產的個人，然而這是為世稀有的現象，不能期望全體仿行。日本日向地方的新村純是共產的生活，但其和平感化的主張我總覺得有點迂遠，雖然對於會員個人自由的尊重這一點是極可佩服的。

我不知怎的不很相信無政府主義者的那種樂觀的性善說。階級爭鬥已是千真萬確的事實，並不是馬克思捏造出來的，正如生存競爭之非達爾文所創始，乃是自有生物以來便已實行著的一樣：這一階級即使不爭鬥過去，那一階級早已在爭鬥過來，這個情形隨處都可以看出，不容我們有什麼贊成或反對的餘地。

總之，由我外行人說來，這階級爭鬥總是爭鬥定的了，除非是有一方面是耳口王的聖人，或是那邊「財產奉還」（如日本主張皇室社會主義的人所說），或是這邊願意捨身給他們吃。這自然都是不可能的，至少在我看來。那麼究竟還只是階級爭鬥。至於詳細的鬥法我因為是外行不大知道，但互助總也是其中方法之一。

蔡先生是現在中國舉世宗仰的人，我不該批評他，但我自信並非與國民黨擾亂到底的某系，而是屬於蔡先生的「某籍」的，說幾句話當無「挑剔風潮」的嫌疑，所以便大膽地把這篇外行而老實的按語發表了。

十五年，二月九日。

臥薪嚐膽

伶人劉漢臣高三奎因為假演戲為名宣傳赤化，已於一月十八日夜十一點半在天津槍斃以靖地方了。

我於舊戲完全是門外漢，所以不知道有那幾本赤化戲可以利用，只聽說該伶等當日演過什麼《臥薪嚐膽》，或者這齣戲是不很好的也未可知。但我記起一月十八日的《國民晚報》上載有關於孫聯帥的事情，說「每食僅以鹹菜與炒豆芽佐餐，夜間睡眠亦不鋪臥具，往往和衣睡臥於稻草堆上，……頗有臥薪嚐膽之情勢云」，似乎又是屬於討赤方面的，不會有什麼違礙。

或者該伶等是以別一齣戲死的。我所不了然的便是他們所演的赤化戲到底是什麼，至於伶人原是倡優隸卒之流，死了一兩個也是極平常的事，自然不值得怎麼考究了。

（十六年一月）

革命黨之妻

本京日文報載上海法界白來尼蒙馬浪路慈安里住民錢剛於十五日晚被捕，次日槍斃。報上所記逮捕時的情形很有意思，據說錢氏回家正在叩門，突有兩人上前，拿出手槍，威嚇他不准聲張，即要帶走，錢妻開門出視，見兩個便衣持槍的人逼住她的丈夫，以為是綁票的土匪，即趕去把一個人的手槍奪去，另一人隨開兩槍，打在錢妻右頰及腿部，昏倒在地，經巡捕趕到抬往醫院救治，傷勢頗重云。

那兩個人，原來乃是淞滬戒嚴司令部的密探，他們的搜捕逆黨綏靖地方的手段實在精奇極了，我不知道錢剛是什麼人，想來未必是我的友人潘起莘君的學生錢江罷，雖然北京的某晚報上是這樣寫過。我也不知道錢君的妻已好了呢，還是死了？

同日報上又見許多「浙紳」呈薦省長的電文，具名的第二名乃是徐錫麒，第一名自然是章太炎。我不禁想起十九年前在安徽被殺的徐錫麟烈士來。他是被殺了，而且心肝還被恩銘的衛兵吃了去（據說後來改葬時查出肋骨斷了好幾根），他的妻並沒有受傷，而他的弟卻做了浙紳了。我想到，凡革命黨有妻是一件不幸的事，而有兄弟也是別一種不幸。

（十六年一月）

孫中山先生

孫中山先生終於故去了。料想社會上照例來蓋棺論定，一定毀譽紛起，一時難得要領。我們於孫中山先生無恩無怨，既非此黨亦非彼系的人，說幾句話或者較為公平確實，所以我來寫這幾行質樸無華的紀念文字。

我不把孫中山先生當作神人，所以我承認他也有些缺點，——就是希臘的神人也有許多缺點，且正因此而令人感到親近。我們不必苦心去想替他辯解，反正辯解無用，不辯解也無妨，因為我們要整個地去看出他的偉大來，不用枝枝節節地計較。武者小路實篤在詩集《雜三百六十五》中有一首小詩道：

「一棵大樹，
要全部的去看他，
別去單找那蟲蛀的葉！
呔，小子！」

我們也應當這樣地看。我們看孫中山先生第一感到的是他四十年來的革命事業。我們不必去細翻他的傳記，繁徵博引地來加以頌讚，只這中華民國四字便是最大的證據與紀念：只要這民國一日不倒，他的榮譽便一日存在，凡是民國的人民也就沒有一人會忘記他。

正確地說，中華民國的下二字現在還未實現，所做到的單是上二字，──辛亥時所謂「光復舊物」，雖然段芝泉先生打倒復辟卻又放溥儀到大連去，於中國有什麼後患尚不可知。

我未曾見過孫中山先生一面，但始終是個民族主義者，因此覺得即使他於三民五權等別的政治上面沒有主張及成就，即此從中國人的腦袋瓜兒上拔下豬尾巴來的一件事，也就盡夠我們的感激與尊重了，我上邊說無恩無怨，其實也有語病，因為我們無一不受到光復之恩，事業固然要多人去實做才能成功，而多人之中非有一人號召主持則事也無成，孫中山先生便是中國民族解放運動上的這樣的一個人。

孫中山先生年紀也不小了，重要事業的一部分也已完成了，此刻死去，正如別人所說可以算是「心安而理得」了；還有未完成的工作自應由後死者負擔去繼續進行，本來不能專靠著他老人家，要他活一百二十歲來替後生們謀幸福生活。不過仔細思想，有不能不為孫中山先生悲者，便是再老實地說，中國連民族革命也還實在沒有完成。不必說溥儀在逃與遺老謀叛，就是多數國民也何嘗不北望傾心，私祝松花江之妖魚為「小皇」而來！

孫中山先生在歡迎聲中來，在哀悼聲中死於中國的首都北京，可謂備受全國之尊崇，但「夷考其實」則商會反對歡迎而建議復尊號，市人以「孫文」為亂黨一如滿清時，甚至知識階級亦在言論界上吐露敵視之意，於題目及語氣間寄其祈望速死的微旨。嗚呼，此是何等世界！昔者耶穌欲圖精神的革命，卒為猶太人強迫羅馬總督磔之於十字架上，孫中山先生以革命而受群眾的仇恨，在習於為奴的中國民族中或者也是當然的吧。

孫中山先生不以革命死於滿清或洪憲政府之手，而得安然壽終於北京之一室，在愛惜先生者未嘗不以為大幸，但由別一方面看來卻又不能不為先生感到無限的悲哀也。

中國人所最歡迎的東西，大約無過於賣國賊，因為能夠介紹他們去給異族做奴隸，其次才是自己能夠作踐他們奴使他們的暴君。我們翻開正史野史來看，實在年代久遠了，奴隸的癮一時難以戒絕，或者也是難怪的，——但是此後卻不能再任其猖獗了。照現在這樣下去，不但民國不會實現，連中華也頗危險，《孫文小史》不能說絕無再板的機會。

我到底不是預言家保羅，本不必寫出這樣的《麵包歌》來警世，不過「心所為危不敢不告」，希望大家注意。崇拜孫中山先生的自然還從三民五權上去著力進行，我的意見則此刻還應特別注重民族主義，拔去國民的奴氣惰性，百事才能進步，否則仍然是路柳牆花，賣身度日，孫中山先生把他從滿人手中救出，不久他還爬到什麼國的腳下去了。「不幸而吾言中，不聽則國必亡！」

十四年三月十三日。

偶感

一

李守常君於四月二十八日被執行死刑了。李君以身殉主義，當然沒有什麼悔恨，但是在與他有點戚誼鄉誼世誼的人總不免感到一種哀痛，特別是關於他的遺族的困窮，如有些報紙上所述，就是不相識的人看了也要悲感。——所可異者，李君據說是要共什麼的首領，而其身後蕭條乃若此，與畢庶澄馬文龍之擁有數十百萬者有月鱉之殊，此豈非兩間之奇事與啞謎歟？

同處死刑之二十人中，還有張挹蘭君一人也是我所知道的。在她被捕前半個月，曾來見我過一次，又寫一封信來過，叫我為《婦女之友》做篇文章，到女師大的紀念會去演說，現在想起來真是抱歉，因為忙一點的緣故這兩件事我都沒有辦到。

她是國民黨職員還是共產黨員，她有沒有該死的罪，這些問題現在可以不談，但這總是真的，她是已被絞決了，拋棄了她的老母。張君還有兩個兄弟，可以侍奉老母，這似乎可以不必多慮，而且，——老母已是高年了（恕我忍心害理地說一句老實話），在世之日有限，這個悲痛也不會久擔受，況且從洪楊以來老人經過的事情也很多了，知道在中國是什麼事都會有的，或者她已有練就的堅忍的精神足以接受這種苦難了罷？

【附記】

我記起兩本小說來，一篇是安特來夫的《七個絞犯的故事》，一篇是梭羅古勃的《老屋》。但是雖然記起卻並不趕緊拿來看，因為我沒有這勇氣，有一本書也被人家借去了。

十六年五月三日。

二

報載王靜庵君投昆明湖死了。一個人願意不願意生活全是他的自由，我們不能加以什麼褒貶，雖然我們覺得王君這死在中國幼稚的學術界上是一件極可惜的事。

王君自殺的緣因報上也不明了，只說是什麼對於時局的悲觀。有人說因為恐怕黨軍，又說因有朋友們勸他剪辮；這都未必確罷，黨軍何至於要害他，剪辮更不必以生死爭。我想，王君以頭腦清晰的學者而去做遺老弄經學，結果是思想的衝突與精神的苦悶，這或者是自殺——至少也是悲觀的主因。

王君是國學家，但他也研究過西洋學問，知道文學哲學的意義，並不是專做古人的徒弟的，所以在二十年前我們對於他是很有尊敬與希望，不知道怎麼一來，王君以一了無關係之「征君」資格而忽然做了遺老，隨後還就了「廢帝」的師傅之職，一面在學問上也鑽到「樸學家」的殼裡去，全然拋棄了哲學文學去治經史，這在《靜庵文集》與《觀堂集林》上可以看出變化來。（譬如《文集》中有論《紅樓夢》一文，便可以見他對於軟文學之瞭解，雖在研究思索一方面或者《集林》的論文更為成熟。）

在王君這樣理知發達的人，不會不發見自己生活的矛盾與工作的偏頗，或者簡直這都與他的趣味傾向相反而感到一種苦悶，——是的，只要略有美感的人決不會自己願留這一支辮髮的，徒以情勢牽連莫能解脫，終至進退維谷，不能不出於破滅之一途了。

一般糊塗卑鄙的遺老，大言辛亥「盜起湖北」，及「不忍見國門」云云，而仍出入京津，且進故宮叩見鹿「司令」為太監說情，此輩全無心肝，始能恬然過其秏子蝗蟲之生活，絕非常人所能模仿，而王君不慎，貿然從之，終以身殉，亦可悲矣。語云，其作始也簡，其將畢也巨，學者其以此為鑒：治學術藝文者須一依自己的本性，堅持勇往，勿涉及政治的意見而改其趨向，終成為二重的生活，身心分裂，趨於毀滅，是為至要也。

寫此文畢，見本日《順天時報》，稱王君為保皇黨，云「今夏慮清帝之安危，不堪煩悶，遂自投昆明湖，誠與屈平後先輝映」，讀之始而肉麻，繼而「髮豎」。甚矣日本人之荒謬絕倫也！日本保皇黨為欲保持其萬世一系故，苦心於中國復辟之鼓吹，以及逆徒遺老之表彰，今以王君有辮之故而引為同志，稱其忠藎，亦正是這個用心。

雖然，我與王君只見過二三面，我所說的也只是我的想像中的王君，合於事實與否，所不敢信，須待深知王君者之論定；假如王君而信如日本人所說，則我自認錯誤，此文即拉雜摧燒之可也。民國十六年六月四日，舊端陽，於北京。

三

聽到自己所認識的青年朋友的橫死，而且大都死在所謂最正大的清黨運動裡，這是一件很可憐的事。

青年男女死於革命原是很平常的，裡邊如有相識的人，也自然覺得可悲，但這正如死在戰場一樣，實在無可怨恨，因為不能殺敵則為敵所殺是世上的通則，從國民黨裡被清出而槍斃或斬決的那卻是別一回事了。

燕大出身的顧陳二君，是我所知道的文字思想上都很好的學生，在閩浙一帶為國民黨出了好許多力之後，據《燕大週刊》報告，已以左派的名義被殺了。北大的劉君在北京被捕一次，幸得放免，逃到南方去，近見報載上海捕「共黨」，看從英文譯出的名字恐怕是她，不知吉凶如何。

普通總覺得南京與北京有點不同，青年學生跑去不知世故地行動，卻終於一樣地被禍，有的還從北方逃出去投在網裡，令人不能不感到憐憫。至於那南方的殺人者是何心理狀態，我們不得而知，只覺得驚異：倘若這是軍閥的常態，那麼驚異也將消失，大家唯有復歸於沉默，於是而沉默遂統一中國南北。

七月五日，於北京。

四

昨夜友人來談，說起一月前《大公報》上載吳稚暉致汪精衛函，挖苦在江浙被清的人，說什麼毫無殺身成仁的模樣，都是叩頭乞命，畢瑟可憐云云。本來好生惡死人之常情，即使真是如此，也應哀矜勿喜，決不能當作嘲弄的資料，何況事實並不盡然，據友人所知道，在其友處見一馬某所寄遺書，文字均甚安詳，又從上海得知，北大女生劉尊一被殺，亦極從容，此外我們所不知道的還很多。

吳君在南方不但鼓吹殺人，還要搖鼓他的毒舌，侮辱死者，此種殘忍行為蓋與漆髑髏為飲器無甚差異。有文化的民族，即有仇殺，亦至死而止，若戮辱屍骨，加以後身之惡名，則非極墮落野蠻之人不願為也。

吳君是十足老中國人，我們在他身上可以看出永樂乾隆的鬼來，於此足見遺傳之可怕，而中國與文明之距離也還不知有若干萬里。

我聽了友人的話不禁有所感觸。整一個月以前，有敬仔君從河北寄一封信來，和我討論吳公問題，我寫了一張回信，本想發表，後來聽說他們已隨總司令而下野，所以也就中止了；現在又找了出來，把上半篇抄在這裡：

「我們平常不通世故，輕信眾生，及見真形，遂感幻滅，憤恚失望，繼以訶責，其實亦大可笑，無非自表其見識之幼稚而已。語云，『少所見，多所怪，見橐駝謂馬腫背，』痛哉斯言。愚前見《甲寅》《現代》，以為此輩紳士不應如是，輒『動感情』，加以抨擊，後稍省悟，知此正是本相，而吾輩之怪訝為不見世面也。今於吳老先生亦復如此，千年老尾既已顯露，吾人何必更加指斥，直趨而過之可矣。……」

我很同情於友人的憤激的話（但他並不是西什麼，替他聲明一句），我也仍信任我信裡的冷靜的意見，但我總覺得中國這種傳統的刻薄卑劣根性是要不得的，特別尤其在這個革命時代。我最佩服克魯巴金（？）所說的俄國女革命黨的態度，她和幾個同志懷了炸彈去暗殺俄皇，後來別人的彈先發，亞力山大炸倒在地，她卻仍懷了炸彈跑去救助這垂死的傷人，因為此刻在她的眼中他已經不是敵人而是受苦的同類了（她自己當然被捕，與同志均處死刑了。），但是，這豈是中國人所能懂的麼？

十六年九月。

人力車與斬決

胡適之先生在上海演說，說中國還容忍人力車所以不能算是文明國。胡先生的演說連《順天時報》的日本人都佩服了，其不錯蓋無疑了，但我懷疑，人力車真是這樣的野蠻，不文明麼？工業的血汗榨取，肉眼看不出，也就算了，賣淫，似乎也不比拉人力車文明罷，大家卻都容許，甚至不容許人力車的文明國還特別容許這種事業，這是怎的？常見北京報載婦人因貧拉洋車，附以慨嘆，但對於婦女去賣淫並不覺得詫異，在替敝國維持禮教的日本《順天時報》第五板上還天天登著什麼「傾國傾城多情多義之紅喜」等文字，可見賣淫又是與聖道相合——不，至少是不相衝突了。這一點可真叫人糊塗住了，我希望胡先生能夠賜以解決。

江浙黨獄的內容我們不得而知，傳聞的羅織與拷打或者是「共黨」的造謠，但殺人之多總是確實的了。以我貧弱的記憶所及，《青天白日報》記者二名與逃兵一同斬決，清黨委員到甬斬決共黨二名，上海槍決五名姓名不宣布，又槍決十名內有共黨六名，廣州捕共黨一百十二人其中十三名即槍決，……清法著實不少，槍斃之外還有斬首：不知胡先生以為文明否？

我彷彿記得斬決這一種刑法是大清朝所用的，到了清末假維新的時候似乎也已廢除，——這有點記不大清楚，但在孫中山先生所創造的民國，這種野蠻的刑法總是絕對沒有，我是可以保證的。

我想，人力車固然應廢，首亦大可以不斬；即使斬首不算不文明，也未必足以表示文明罷。昔托爾斯泰在巴黎見犯人身首異處的剎那，痛感一切殺人之非，胡先生當世明哲，亦當有同感，唯惜殺人雖常有，究不如人力車之多，隨時隨地皆是耳，故胡先生出去只見不文明的人力車而不見也似乎不很文明的斬首，此吾輩不能不甚以為遺恨者也。

尤奇者，去年一月中吳稚暉先生因為孫傳芳以赤化罪名斬決江陰教員周剛直，大動其公憤，寫了《恐不赤，染血成之歟？》一文，登在北京報上；這回，吳先生卻沉默了。我想他老先生或者未必全然贊成這種殺法罷？大約因為調解勞資的公事太忙，沒有工夫再來管這些閒事罷？——然而奇矣。

（十六年七月）

詛咒

《古城週刊》第二期短評裡說前此天津要處決幾個黨案的犯人，轟動了上萬的人在行刑地點等候著看熱鬧，而其主要原因則因為其中有兩個是女犯。短評裡還引了記者在路上所聽見的一段話：

甲問，「你老不是也上上權仙去看出紅差嗎？」

乙答，「是呀，聽說還有兩個大娘們啦，看她們光著膀子挨刀真有意思呀。」

這實在足以表出中國民族的十足野蠻墮落的惡根性來了！

我常說中國人的天性是最好淫殺，最凶殘而又卑怯的。——這個，我不願外國流氓來冷嘲明罵，我自己卻願承認；我不願帝國主義者說支那因此應該給他們去分吃，但我承認中國民族是亡有餘辜。這實在是一個奴性天成的族類，凶殘而卑怯，他們所需要者是壓制與被壓制，他們只知道奉能殺人及殺人給他們看的強人為主子。

我因此覺得孫中山其實迂拙得可以，而口講三民主義或無產階級專政以為民眾是在我這一邊的各派朋友們尤為其愚不可及，——他們所要求於你們的，只有一件事，就是看光著膀子挨刀很有意思！

（十六年九月）

怎麼說才好

十九日《世界日報》載六日長沙通訊，記湘省考試共產黨員詳情，有一節云：「有鄔陳氏者，因其子係西歪（青年共產黨）的關係，被逮入獄，作『曠安宅而弗居舍正路而弗由論』，洋洋數千言，並首先交卷，批評馬克司是一個病理家，不是生理家外，並於文後附志略歷。……各當道因賞其文，憐其情，將予以寬釋。」

原來中國現在還適用族誅之法，因一個初中一年級生是CY的關係，就要逮捕其母。湖南是中國最急進的省分，何以連古人所說的「罪人不孥」這句老生常談還不能實行呢？

我看了這節新聞，實在連遊戲話都不會說了，只能寫得這兩行極迂闊極無聊的廢話，——我承認，這是我所說過的最沒有意思的廢話，雖然還有些聽南來的友人所講的東南清黨時的虐殺行為，我連說廢話的勇氣都沒有了。這些故事壓在我的心上，我真不知怎樣說才好，只覺得小時候讀李小池的《思痛記》時有點相像。

偶閱陳錦《補勤詩存》卷五東南壬申新樂府之十五《青狸奴》一篇，有云：「誰知造物工施報，於今怕說官兵到，無分玉石付昆炎，逢人一樣供顛倒。天生佳麗獨何辜，暮暮朝朝忍毒痡，婦女明知非黨惡，可堪天罰戮妻孥！」陳君為先祖業師，本一拘謹老儒，以孝廉出為守令，而乃同情於附逆婦女，作此「冤死節也」之樂府，末云，「天心厭亂憐嬌小，落花滿地罡風掃，二千餘人同死亡（原注，金陵賊敗，同時自盡婦女二千餘人），國殤無算哀鴻少。」詩雖不佳，但其論是非不論順逆之仁恕的精神卻是甚可佩服。

我覺得中國人特別有一種殺亂黨的嗜好，無論是滿清的殺革黨，洪憲的殺民黨，現在的殺共黨，不管是非曲直，總之都是殺得很起勁，彷彿中國人不以殺人這件事當作除害的一種消極的手段（倘若這是有效），卻就把殺人當作目的，借了這個時候儘量地滿足他的殘酷貪淫的本性。

在別國人我也不能保證他們必不如此，但我相信這在中國總是一種根深蔕固的遺傳病，上自皇帝將軍，下至學者流氓，無不傳染得很深很重，將來中國滅亡之根即在於此，決不是別的帝國主義等的關係，最奇怪的是，智識階級的吳稚暉忽然會大發其殺人狂，而也是智識階級的蔡胡諸君身在上海，又視若無睹，此種現象，除中國人特嗜殺人說外，別無方法可以說明。

其實，惡人之所好，是謂拂人之性，自然是很危險的，對於有些人的沉默也很可以諒解，而且，就是我們本來也何必呢？從前非宗教大同盟風靡一世的時候，我本不是什麼教徒，只覺得這種辦法不很對，說了幾句閒話，結果是犯了眾怒，被亂罵一通，還被共產派首領稱為資本主義的走狗！這回的說閒話，差不多也要蹈前回的覆轍，《新鋒》上有居庸關外的忠實同志已經在那裡通信說這是赤化了，嚇得山叔老人趕緊爬下火山去，是的，我們也可以看個樣，學個乖，真的像瓶子那樣地閉起嘴來罷！

火山之上是危險的，那麼站到火山之下來罷，雖然噴起火來是一樣的危險，總比站在山上要似乎明哲一點？聽說中國有不知七十二呢還是八十一個舊火山，站來站去總避不開他們的左近，不過只要不去站在山頂上就算好了罷。

怎麼說才好？不說最好：這是一百分的答案。但不知道做得到否，這個我自己還不能定，須得去東安市場找那學者們所信用的問心處去問他一問才好。喔，尾巴寫得這樣長了，「帶住」罷。

十六年九月二十日，於京師。

雙十節的感想

本年的雙十節我同一個友人往中央公園去看光社展覽會，一路上遇見好幾件事情，引起了一點感想，現在列記於下，不知讀者中有和我同感者否？

今年的雙十節在北京特別鄭重，也不知道為什麼緣故，從八日起就掛旗，一直掛了三天，雖然仍舊是些骯髒破爛的五色旗，究竟也表示得鄭重，比平常的國慶日熱鬧得多了。這頗令我喜歡。我初來北京的這一年，正遇見張辮帥，親眼見槍彈從頭上飛過，不知道差了幾個米里密達。

今年呢，大家對於這個國旗知道這樣尊重了，即使市民們沒有詩人的熱情，叫它做情人或阿嬤，總是要掛它三天了；無論是什麼軍閥，也聲聲口口叫我中華民國了。這樣看來，中華民國——至少中華民國這個名稱總可以保存，我所最怕的復辟這件事不至於再會發生的了。這是我所以喜歡的原因。

我們走進了中央公園的大門，我很吃了一驚（我的朋友也說吃了一驚，雖然他的吃驚的原因與我的有點小小不同），在出入口的中間擺了幾張桌子，上邊堆滿了印刷品，有三位女士（我記得其中有一位是斷髮的）和兩位先生，在那裡很忙地揀集各種印刷品，遞給在旁邊攤著手等著的人們。

人類是富於模仿性的，而且老實說，貪得的性又是誰會沒有呢，所以我也走近前去伸出手來，我的朋友自然也伸著手。等了一刻，總算各抓到一把，欣欣然地走進鐵柵門，右邊站著一位員警，吩咐道，「好好兒地收起來，不要丟在地上！」我只答應了一聲「喳！」卻不明白他吩咐的意思是在敬惜字紙呢，還是為什麼。

我們既拿到了這個東西，便不去看光社，先找一家茶攤坐下，一面喝著龍井，把那些紙片細細地研究，才知道這是三四方面軍團宣傳部的出品，種類甚多，我最運氣，得到十種，我的朋友卻只有八種。

我的十種可以分作三類，計雙十節類四，閻錫山類五，以及告農民類一是也。關於宣傳文現在且按下不表，單講我吃驚的理由是什麼呢？這並不為別的，我只覺得這幾位青年似乎都是我的熟人，正如我的朋友所感到的那樣，彷彿覺得這兩位女士說不定就是我們的學生。這當然未必會是真的，總之或者是坐冷板凳太久之故，有點頭腦糊塗了，所以如此錯覺罷，——是的，我後來坐在茶桌傍看走過的一個個的青年又覺得似乎就是在大門口的幾位，於是可以見我老眼的昏迷了。

我的朋友說他初看見的時候，想到有一年有青年學生們在太和殿發給傳單之事，所以吃了一驚；不過這一層我卻沒有感到，固然是因為我沒有到太和殿去，一半也因為我較多世故，知道這是截然兩件事，連聯想都不想到了。老實說，這是我比我的朋友還要較為聰明的地方。

末了還是去看光社的照相展覽會。在那裡與好些藝術家點了頭，剛看到 Dr. Shen 的作品的時候，偶然回過頭去，卻不意忽然地「隔著玻璃看見」了它！（依據嚴侯官《英文漢詁》，「最凡之名」Collective Noun 為「罔兩」屬，獨用單數。）

從董事會的後窗望出去，在端門的西邊，甬道旁的幾間小屋面前，有一群人在那裡正用晚餐，大抵都穿著長衫，有的帶呢帽，有的頂著瓜皮帽，而流品不齊，看去大都像是店鋪的夥計，卻來這個處所野餐，這也奇了！難道是趁了國慶日來「辟克尼克」的麼？——非也，有本地的朋友告訴我，這乃是政府的公僕，國民的監督，上海灘上所謂包打聽，而中古英文稱曰 **Spier** 者是也。

喔，喔，我今天真好運氣，見了好些世面，好物事，而光社展覽品不與焉！原來這是這樣的，下次我在馬君的屋裡遇到書店掌櫃，就不免要神經過敏，言動要特別謹慎些也不可知，在書店掌櫃們或者是有點不敬，但我實在覺得有如兩顆蠶豆之不可辨別，為做明哲起見不得不爾，至於在街上走時滿眼皆是此輩，尤其不敢妄談國事等等，那更是適當的了。

日子過去了，感想也漸淡薄下去了，特別是不愉快的印象，雖然總不會淡薄到沒有。但是好的一方面卻比較地長久留存一點：張少帥部下的女宣傳員是剪髮的，宣傳文是白話的，覺得很有一番新氣象，北方的禁剪髮禁白話的政令大約只是所謂舊派的行為，不見得能夠成功，想到這裡彷彿又可以樂觀起來了罷？民國十六年十月十二日夜。

回家之後，把宣傳文全套研究了三日三夜，不怕宣傳部列位疑心我要奪渠們的飯碗，我實在覺得不很出色，不很有力。說到這一點，倒不能不推重那日本人的北京漢文報——Notorious的《順天時報》。大家知道《順天時報》是日本帝國主義的機關報，專替本國軍閥政府說話，但為日支共存共榮計，也肯為別國反動勢力盡義務，充當名譽（？）宣傳員，到底因為有教育有訓練的緣故，這些忠義的「外臣」的工作有時竟比內臣還要切實有效。

照這幾天的報紙看來，登載「某方消息」多麼起勁，浦口各處據它說都已克服了，此外某處某處也都「將」佔據了，這都是官報所未見的，而忠勇的《順天時報》獨能如此竭力效命，豈不殊堪嘉尚麼？

該報社長及主筆實在應該各贈勳五位，照洪憲朝某博士例，列為外臣，與「入籍教授」相對，未始不是熙朝盛事，只可惜袞袞諸公沒有見到，未免有功高賞薄之恨罷了。——我又想到宣傳部招考條例，月薪是二十至七十元，那也未免太少，難怪宣傳成績不很有力，不能與該《順天時報》相比了。

十四日附記。

酒後主語小引

現時中國人的一部分已發了風狂，其餘的都患著癡呆症。只看近來不知為著什麼的那種執拗凶惡的廝殺，確乎有點異常，而身當其沖的民眾卻似乎很麻木，或者還覺得舒服，有些被虐狂（Masochism）的氣味。

簡單的一句話，大家都是變態心理的朋友。我恐怕也是癡呆症裡的一個人，只是比較的輕一點，有時還要覺得略有不舒服；憑了遺傳之靈，這自然是極微極微的，可是，嗟夫，豈知就是憂患之基呢？這個年頭兒，在風狂與癡呆的同胞中間，那裡有容人表示不舒服之餘地。你倘若有牢騷，只好安放在肚子裡，要上來的時候，唯一的方法是用上好黃酒將他澆下去，和兒時被老祖母強迫著吞仙丹時一樣。

這個年頭兒真怪不得人家要喝酒。但是普通的規則，喝了酒就會醉，醉了就會喜歡說話，這也是沒有法子的事。只要說的不犯諱，沒有違礙字樣，大約還不妨任其發表，總要比醒時所說的糊塗一點兒。

我想為《語絲》寫點文章，終於寫不成，便把這些酒後的胡思亂想錄下來，暫且敷衍一下。前朝有過一種名叫「茶餘客話」的書，現在就援例題曰「酒後主語」罷。

民國十五年七月二十六日燈下記。

土之盤筵小引

壘柴為屋木，和土作盤筵。

——路德延《孩兒詩》

有一個時代，兒童的遊戲被看作犯罪，他的報酬至少是頭上鑿兩下。現在，在開化的家庭學校裡，遊戲總算是被容忍了；但我想這樣的時候將要到來，那刻大人將莊嚴地為兒童築「沙堆」，如築聖堂一樣。

我隨時抄錄一點詩文，獻給小朋友們，當作建築壇基的一片石屑，聊盡對於他們的義務之百分一。這些東西在高雅的大人先生們看來，當然是「土飯塵羹」，萬不及聖經賢傳之高深，四六八股之美妙，但在兒童我相信他們能夠從這裡得到一點趣味。我這幾篇小文，專為兒童及愛兒童的父師們而寫的，那些「蓄道德能文章」的人們本來和我沒有什麼情分。

可惜我自己已經忘記了兒時的心情，於專門的兒童心理學又是門外漢，所以選擇和表現上不免有許多缺點，或者令兒童感到生疏，這是我所最為抱歉的。

一九二三年七月十日。

沙堆（Sand Pile）見美國霍耳論文，在《兒童生活與教育之各方面》內。

小書

寒假中整理舊稿，想編一種「苦雨齋小書」，已成就兩冊，其一是《冥土旅行》及其他三篇，其二是《瑪加爾的夢》。重讀《冥土旅行》一過，覺得這桓靈時代的希臘作品竟與現代的《瑪加爾的夢》異曲同工，所不同者只因柯洛連珂曾當西比利亞的政治犯，而路吉亞諾思乃是教讀的「哲人」（Sophistes）而已。

在人性面前，二千年的時光幾乎沒有什麼威力。然而我們青年非常自餒，不敢讀古典文學，恐怕墮落，如古代聖徒之於女人；有人譯一篇上古詩文，又差不多就有反革命之嫌疑。我想，這其實何至於此呢？

據我看來，有時古典文學作者比現在的文士還要更明智勇敢，或更是革命的；我們試翻閱都吉迪台思的歷史，歐利比台思的戲劇，當能看出他們的思想態度還在歐戰時的霍普忒曼諸人之上，就是一例。

中國青年現在自稱二十世紀人，看不起前代，其實無論那一時代（不是中國）的文人都可以作他們的師傅，針砭他們淺薄狹隘的習氣。舊時代的思想自然也有不對的，這便要憑了我們的智力去辨別他；倘若我們費了許多光陰受教育，結果還連這點判斷力都沒有，那麼不是這種教育已經破產，就一定我們自己是低能無疑了。

十六年二月十日。

第四卷　探天道

古文秘訣

明陶奭齡著《小柴桑喃喃錄》兩卷，據自序上說乃「柴桑老人錄所以訓子侄之言也」。其書彷佛模擬《顏氏家訓》，並不是什麼了不得的大著述，十年前在鄉間，很有點「鄉曲之見」，喜歡搜集明清越人的著作的時候，因為這是陶石樑的著書，又是崇禎八年（一六三五）刻本，所以從大路口的舊書店裡把他帶回家來了。今天偶然拿出來翻閱，在上卷第五葉看見這一節文章，覺得很有意思。

「元末閩人林釴為文好用奇字，然非素習，但臨文檢書換易，使人不能曉，稍久，人或問之，並釴亦自不識也。昔有以意作草書，寫畢付侄謄錄，侄不能讀，指字請問，佇視良久，恚曰，何不早問？所謂熱寫冷不識，皆可笑。」

我於是想起徐文長的話來了。我見過明刻湯海若的選集兩卷，名曰「問棘郵草」，是徐渭批釋，張汝霖校的。《牡丹亭》文章的漂亮大家都是知道的，「良辰美景奈何天」這幾節我幼時還讀熟能背，現在看他的正經詩文卻是怎樣地古奧不通。上卷裡有一篇《感士不遇賦》，都是些怪話，徐文長在題目下批上「逼騷矣」三字，表示稱讚之意，於末後卻注上這幾句：

「不過以古字易今字，以奇語易今語，如論道理卻不過只有些子。」

但這決不是什麼貶詞，實在只是發表怎麼作古文的奧義罷了，因為他在篇首眉批中這樣地說過：

「有古字無今字，有古語無今語時卻是如此。」

在這裡我們可以看出作古文的人的幾項意見，（1）此刻作文也須如此，因為古時如此；（2）作文重在古字古語，道理不打緊；（3）其方法則在於以古字易今字。我雖是不會作古文的，卻深信這確是向來作古文的不傳之秘法，現在偶然在兩部四庫不收的「閒書」上碰巧發見，從此度得金針，大家想去逼騷逼杜都沒有什麼困難了。我並不想註冊專利，所以公佈出來，聊以嘉惠後學。

「末了我因此又得了一個副產物的大發見，便是做古文的都是在作文章而不是說話。我當初以為作古文也是說話，如我們作文的樣子，不過古文家把「喊，劉二，給我拿飯來！」

這一句話改作「諮汝劉仲饔盛予」而已，現在才知道不然：他們如這樣說，並不是真叫是拿飯來（這樣說時劉二本來也不會懂），實在只因古人有過這一類的話所以也學說一句。第一個說是說話，是表現意思，無論他用怎樣的詞句；第二個說即是做文章，是猴子學人樣了。我們能夠鑒賞真的古文，不管他怎麼古，但是見了那些偽古文便滿身不舒服，即使不至於噁心，就是這個緣故。

（十四年三月）

新名詞

革命家主張文學革命，把改造國語的責任分配給文人，其實他們固然能夠造成新文體，至於造出新名詞卻大半還是新聞家的事，文人的力量並不很大。然而世上的新聞家大抵與教育家相像，都是有點低能的，所以成績不很高明，有時竟惡俗得討厭。

例如「模特兒」與「明星」這兩個字，本是很平常的名詞，一個是說人體描寫的模型，一個是說藝術界的名人，並不限於電影，而且因了古典文學的 Astèr 的聯想，又別有一種優美的意味，但經上海的新聞家一用，全然變了意義，模特兒乃是不穿褲的姑娘，當然不限於 Atelier（美術習作室）裡，明星則是影戲的女優，且有點兒惡意了。

在我們東鄰文明先進國的日本，關於這一點也不曾表示出多大的進步。十七八年前文學上的自然主義這名稱，即因道學家的反對而俗化，後來幾乎成為野合的代名詞，到近來這幾年始漸廢止。一方面英語譯音的新名詞忽然盛行，如新式婦女不稱 Atarasoiki Onna 而曰 Modan Caalu，殊屬惡劣可笑，其他如勞動節之稱 Meedee，情書之稱 Labuletta 之類，不勝枚舉，有一種流行的通俗雜誌，其名即為 Kingu（大抵是說雜誌之「王」罷？），此種俗惡名詞在社會上的勢力可以想見了。有本國語可用而必譯音，譯又必以英語為唯一正宗，殊不可解；學會英文而思路不通，受了教育而沒有教化，日本前車之鑒大可注意。

近來東大的藤村博士主張中學廢止英文，我極表贊同，雖然這不是治本的辦法，但治本須使大家理性發達，則又是一種高遠的理想，恐怕沒有實現的日子也。

十六年五月十六日。

牛山詩

志明和尚作打油詩一卷，題曰「牛山四十屁」，這是我早就知道的，但是書卻總未有見到，只在《履園叢話》卷二十一中看見所錄的一首。近來翻檢石成金的《傳家寶》，在第四集中發見了一卷《放屁詩》，原來就是志明的原本，不過經了刪訂，只剩了四分之三，那《履園叢話》裡的一首也被刪去，找不著了。

我細看這一卷詩，也並不怎麼古怪，只是所謂寒山詩之流，說些樂天的話罷了。裡邊也有幾首做得還有意思，但據我看來總都不及《履園叢話》的一首，——其詞曰：

春叫貓兒貓叫春，聽他越叫越精神，
老僧亦有貓兒意，不敢人前叫一聲。

我因此想到，石成金的選擇實在不大可靠，恐怕他選了一番倒反把較好的十首都刪削去了。

（十六年三月）

舊詩呈政

北京近來又有點入於恐怖時代了。青年們怕受無妄之災，皇皇不可終日，只有我們這班老人，不但已經「不惑」，而且也可以知天命了，還能安居於危邦亂世，增加一點閱歷。

正想乘天氣陰沉的時候寫一點短文，表示滿足感激之至意，奈腰痛未癒，不能如意，只好重錄七年前的一首舊詩，改換題目上的一個字，算作閒話，聊以塞責云爾。

十六年四月九日。

智人的心算

「二五得一十，」

別人算盤上都是這樣，

《筆算數學》上也是這樣。

但是我算來總是十一。

難道錯的偏是我麼？

二十四史是一部好書，

中間寫著許多興亡的事蹟。

但在我看來卻只是一部立志傳：

劉項兩人爭奪天下，

漢高祖豈不終於成功了麼？

堵河是一件危險的事，
古來的聖人曾經說過了，
我也親見間壁的老彼得被洪水沖去了。
但是我這回不會再被沖去，
我準定抄那老頭兒的舊法子了。

十一年六月二十日舊作。

藹理斯的詩

承衣萍君贈我一本藹理斯小傳，係戈耳特堡（Isaac Goldberg）所著，他另有一部大的，這是「小藍皮書」之第二一三冊，雖只有六十頁，說的頗得要領。我們現在只知道藹理斯的研究批評，他卻還做過一部小說，和許多詩。

南非女作家須拉納爾（Olive Schreiner）曾說藹理斯是在基督與山魈中間的一個交

叉，戈耳特堡更確切的說，在他裡邊是有一個叛徒與一個隱士。這便是那個在心裡的叛徒，使他做這一首詩紀念俄國女子蘇菲亞貝洛夫斯奇亞（Sophia Perovskia）的，蘇菲亞因暗殺事件於一八八一年四月十六日「正法」。詩大意曰，

「她不欲與那些人共其命運，
那些將世界造成罪惡之窩的人們，
但她願意接受他們的報酬，那奇異的王冠的棘刺；
她敢於劈開生命之自由的麵包，
倒出生命之酒來，與人們共飲；
努力賠償了歷代所欠的負債，
直到置了一個札爾於死地，
她死了，為了生命的緣故。
英雄與烈士仍在愛，在受苦；
正如從地裡的鐵廠出來的火花一般，
他們被投在天空去照那最黑的暗夜。
這歷來如此，也將永久如此，

在這憂患世界的鐵砧上
上帝擱上人心加以槌擊的時候。」

在《新民叢報》時代，因了《世界十女傑》的小冊子的傳播，蘇菲亞之名曾膾炙人口，但在近來似乎很少人知道了。記得董秋芳君所譯《爭自由的波浪》中似有一篇講到蘇菲亞的文章，但也懶得去查了。

十六年四月十日。

馬太神甫

我自己知道不是批評家，同時對於中國的許多所謂批評家也不能有多大的信任。他們只是胡說霸道，他們一無所知，單有著一個「素樸的信仰」（「Simple Faith」）。讀捷克人揚珂拉夫林所著《戈歌里評傳》，見記戈歌里晚年迷信馬太神甫的一章裡有這一節話：

「戈歌里從巴勒斯丁回來後，就去覲見馬太神甫。伊凡謝格羅夫對於這個名人曾有研究，紀錄二人初見的情形很是奇異，幾乎令人難信。

『你是什麼教？』神甫見戈歌里後嚴厲地問。

『我是正教。』

『你不是新教麼？』

『不，我不是新教。的確不是。我是正教。……我是戈歌里。』

『在我看來你只是一隻豬。你不問我請求上帝的恩惠和我的祝福，你這是算什麼正教徒！』這虔敬的馬太神甫如此回答。

這種記載我們不能無條件地相信。但是，經過謹慎考慮之後，我們可以說，這種情形大抵是會有的。

雖然關於馬太神甫傳說不一，我們總結起來可以這樣地說，他是那種原始性格，是用整塊所造成的，他向著一方面走，就只因為他的內生活還未分化，還是單純的緣故。這正是他的褊狹，使他的意思與道德方面都能強固。他的意思與道德確是嚴酷的。他獨斷地相信自己，在他的嚴厲的生活上是堅忍的，但他的禁欲主義說不定即是精神上的權力要求的變相。」

這所說的是宗教的狂信者，但在思想文藝方面也同樣地有這種人。馬太神甫對戈歌里所說的幾句話差不多就是現代所謂批評家們共同的口吻。我真疑惑，是不是當來的文藝與學術真要信仰化了。

（十六年二月）

道學藝術家的兩派

我最愛那「不道德」的詩人惠耳倫（Paul Verlaine），尤其是法朗西（France）小說中所描寫的那個老罪人，我真想發命令說，「葛思達斯，進天堂來！」倘若我有這個權力。然而我因此很討厭那道學家，以及那道學的「藝術家」（Pharisaic「Artists」）。這種道學藝術家可以分作兩類，卻是一樣的討厭：我所最討厭的東西除了這個之外只有非戲子而喜高聲唱戲的人們了，（但在我耳目所及之外唱著我也不去管他。）這兩類如具體的說，可以稱作（1）《情波記》派與（2）《贈嬌寓》派。

《情波記》的著者是什麼人，現在可以不說，因為我們不是在評論個人，只是「借光」請來代表他這一派的思潮。這一派的教條是：假如男女有了關係，這都是女的不好，男的是分所當然，因為現社會許可男子如是，而女子則古云「傾城傾國」，又曰「禍水」。

倘若後來女子厭棄了他，他可以發表二人間的秘密，恫嚇她逼她回來，因為夫為妻綱，而且女子既失了貞當然應受社會的侮辱，連使她失貞的也當然在內。這些態度真不配說有一毫藝術氣，但是十足地道學氣了，道學云者即照社會公眾所規定許可而行，自覺滿足，並利用以損人利己之謂也。所謂拆白黨的存在之理由也即在此，不過他們不自稱藝術家，稍有不同耳。這類《情波記》派的思想如不消滅，新的性道德難有養成的希望，因為他是傳統的一個活代表。

《贈嬌寓》的妙詩想大家不曾忘記罷？他是傳統的又一個活代表，所以也是真正的老牌道學家。大家或者要問，那樣猥褻的詩怎樣會是道學的呢？我說，猥褻我是決不反對的，而且還彷彿有點歡迎的樣子，但是要猥褻得好，即是一則要有藝術趣味，二則要他是反道學的，與現行的禮教權威相抗的，這才可取；若是照現社會所許可而說猥褻話，那與《情波記》的利用男性的權利一樣地是卑劣的道學根性。

只看詩中「雜事還堪續秘辛」一句便表示道學氣無復餘蘊，因為楊升庵做過一篇《雜事秘辛》，所以敢續他一下子：第一個敢做的是藝術家，跟著走的便無意思，他不是冒險只是取巧了。野蠻社會裡對於男女私情懲辦極嚴，卻有敢嘗試的人，可以稱作殉情，沒有這個勇氣而循俗去狎妓或畜妾，卻不免是卑怯的漁色。

這個譬喻可以拿來用在藝術上，我們承認《雅歌》或《雜事秘辛》或《沉淪》是藝術作品，但不能不拒絕傳統的肉麻詩於門外，請他同《情波記》一類歸在所謂道學藝術項下去。近來青年缺少革命氣，偶有稍新或近似激烈的言行，仔細一看卻仍是傳統思想的變相，上邊所說兩派思潮即其一例，特為指出其謬，「或於世道人心不無裨益云爾。」

（十四年三月）

風紀之柔脆

我有一個馬糞紙糊成的小匣，內藏從報紙上剪下的各種妙文，長篇巨製如聖心主筆之《孫文真死矣》評，吉光片羽如「該辜鴻銘」之小腳美論，搜羅俱備，以供無聊賴時之消遣與動感情時之取材。今日無事不免又打開來看，卻發見了一片不知何年何月的上海報上的小新聞。其文曰：

「查禁女孩入浴堂洗浴

淞滬員警廳昨發通令云，案據保安隊長陳偉報稱，竊查淞滬城一帶各浴堂，每有十歲上下之女孩，入內洗浴，雖屬年齡幼稚，究屬有關風紀，應請飭區查禁等情，據此，除分行外，合行通令知照，仰即油印佈告分貼各浴堂內，一律查禁，仍將辦理情形，具復備查云。」

在咱們「七歲不同席」的禮義之邦這是平常不過的事，本不值得特別剪下保存，但我所佩服者是陳偉隊長的兩句文章：「雖屬年齡幼稚，究屬有關風紀」，說的多麼老煉圓穩，雖然屬字重出，關紀兩字也失黏，須得改作「究為紀有風關」才好。

這原是講文章，至於意思則我本來不很懂，因為風紀是怎樣的東西在我的粗腦裡完全不明白，是屬於物理學的呢，還是屬於化學？真是「黑漆皮燈籠」，糊裡糊塗之至。

我以前只聽人家說，「某人與某人相好，……出了風化案件」，知道男女相好與社會風紀有密切的關係，——怎麼那一面剛配好，這一面（即在風紀上）就立刻出毛病，這個微妙的感應理由自然終於不大瞭解，——現在才知道更神秘了，只要一個十歲左右的女孩進浴堂去洗澡，於風紀上就發生危險：彷彿這個風紀比以前變成更嫩更脆更易損了。這是什麼緣故？難道風紀經了淞滬員警廳保安隊的嚴密保護，所以像嬌養的小兒一樣愈加怯弱下去的麼？

友人三放君是個老實的紳士，他見我不明白便告訴我說，「這公文的意思並沒有什麼難懂，無非說浴堂裡的男人們看了十歲左右的女孩未免動情，將使他們出去多做壞事，於是而風紀有關了。」我相信他所說是真話，然而這一來卻更使我迷惑，因為我還不大相信中國男子墮落至於如此（這恐怕是我樂天太過之一種毛病）。

十歲左右，這豈不是說以十歲為中心，或左而少一歲為九，或右而多一歲為十一乎？雖準之古聖王的禮法已多二以至四歲，早非列入「易損品」內不可，但以常情論之，則渠們實在只是「孩」而女者，並不是「女」之孩者，在常人決不視為性的對象；今使保安隊長之言而信，事實上確與風紀有關，是即證中國人之變態，乃有此種「嗜幼」（Paidophilia）之傾向，如此病的國民其能久於人世乎？

吾願此僅係道學家張惶之詞，其結果只是一個人有點變態，於民族前途尚無大妨礙耳。然而我們上稽古人之傳統，傍考同胞之言行，殊不敢使一人獨負其責，終乃不能不承認中國人之道德或確已墮落至於非禁止十歲左右女孩入浴堂不能維持風紀矣，嗚呼，豈不深可寒心乎哉！

（十四年四月）

薩滿教的禮教思想

四川督辦因為要維持風化，把一個犯奸的學生槍斃，以昭炯戒。

湖南省長因為求雨，半月多不回公館去，即「不同太太睡覺」，如《京副》上某君所說。

茀來則博士（J. G. Frazer）在所著《普須該的工作》（Psyche's Task）第三章迷信與兩性關係上說，「他們（野蠻人）想像，以為只須舉行或者禁戒某種性的行為，他們可以直接地促成鳥獸之繁殖與草木之生長。這些行為與禁戒顯然都是迷信的，全然不能得到所希求的效果。這不是宗教的，但是法術的；就是說，他們想達到目的，並不用懇求神靈的方法，卻憑了一種錯誤的物理感應的思想，直接去操縱自然之力。」這便是趙恆惕求雨的心理，雖然照感應魔術的理論講來，或者該當反其道而行之才對。

同書中又說，「在許多蠻族的心裡，無論已結婚或未結婚的人的性的過失，並不單是道德上的罪，只與直接有關的少數人相干；他們以為這將牽涉全族，遇見危險與災難，因為這會直接地發生一種魔術的影響，或者將間接地引起嫌惡這些行為的神靈之怒。不但如此，他們常以為這些行為將損害一切禾穀瓜果，斷絕食糧供給，危及全群的生存。凡在這種迷信盛行的地方，社會的意見和法律懲罰性的犯罪便特別地嚴酷，不比別的文明的民族，把這些過失當作私事而非公事，當作道德的罪而非法律的罪，於個人終生的幸福上或有影響，而並不會累及社會全體的一時的安全。

「倒過來說，凡在社會極端嚴厲地懲罰親屬姦，既婚姦，未婚姦的地方，我們可以推測這種辦法的動機是在於迷信；易言之，凡是一個部落或民族，不肯讓受害者自己來罰這些過失，卻由社會特別嚴重地處罰，其理由大抵由於相信性的犯罪足以擾亂天行，危及全群，所以全群為自衛起見不得不切實地抵抗，在必要時非除滅這犯罪者不可。」這便是楊森維持風化的心理。

固然，捉姦的愉快也與妒忌心有關，但是極小的一部分罷了，因為合法的賣淫與強姦社會上原是許可的，所以普通維持風化的原因多由於怕這神秘的「了不得」——彷彿可以譯作多島海的「太步」。

中國據說以禮教立國，是崇奉至聖先師的儒教國，然而實際上國民的思想全是薩滿教的（**Shamanistic** 比稱道教的更確）。中國決不是無宗教國，雖然國民的思想裡法術的分子比宗教的要多得多。講禮教者所喜說的風化一語，我就覺得很是神秘，含有極大的超自然的意義，這顯然是薩滿教的一種術語。

最講禮教的川湘督長的思想完全是野蠻的，既如上述，京城裡「君師主義」的諸位又如何呢？不必說，都是一窟隴的狸子啦。他們的思想總不出兩性的交涉，而且以為在這一交涉裡，宇宙之存亡，日月之盈昃，家國之安危，人民之生死，皆係焉。只要女學生齋戒——一個月，我們姑且說，便風化可完而中國可保矣，否則七七四十九之內必將陸沉。這不是野蠻的薩滿教思想是什麼？我相信要瞭解中國須得研究禮教，而要瞭解禮教更非從薩滿教入手不可。

十四年九月二日

鄉村與道教思想

一

改良鄉村的最大阻力，便在鄉人們自身的舊思想，這舊思想的主力是道教思想。

所謂道教，不是指老子的道家者流，乃是指有張天師做教主，有道士們做祭司的，太上老君派的拜物教。平常講中國宗教的人，總說有儒釋道三教，其實儒教的綱常早已崩壞，佛教也只剩了輪迴因果幾件和道教同化了的信仰還流行民間，支配國民思想的已經完全是道教的勢力了。

我們不滿意於「儒教」，說他貽害中國，這話雖非全無理由，但照事實看來，中國人的確都是道教徒了。幾個「業儒」的士類還是子曰詩云的亂說，他的守護神實在已非孔孟，卻是梓潼帝君伏魔大帝這些東西了。在沒有士類來支撐門面的鄉村，這個情形自然更為顯著。

《新隴》雜誌裡說，在陝西甘肅住的人民總忘不了皇帝，「你碰見他們，他們不是問道，紫微星什麼時候下凡，就是問道，徐世昌坐江山坐得好不好？」我想他們的保皇思想，並不是從「率土之濱莫非王臣」或「三月無君則吊」這些經訓上得來的，他們的根據便只在「真命天子」這句話。這是玄穹高上帝派來的，是紫微星彌勒佛下凡的，所以才如此尊重！中國鄉村的人佩服皇帝，是的確的，但說他全由儒教影響，是不的確的。他們的教主不是講《春秋》大義的孔夫子，卻是那預言天下從此太平的陳摶老祖。

我常看見宋學家的家庭裡，生員的兒子打舉人的父親，打了之後，兩個人還各以儒業自命，所以我說儒教的綱常本已崩壞了。在鄉村裡，自然更不消說，鄉間有一種俗劇，名叫「目連戲」，其中有一節曰「張蠻打爹」，張蠻的爹說，「從前我打爹的時候，爹逃就完了，現在他打我，我逃他還追哩。」這很可以表示民間道德的頹廢了。

可是一面「慎終追遠」卻頗考究，對於嗣續問題尤為注意，不但有一點產業的如此，便是「從手到口」的窮朋友，也是一樣用心。《新生活》二十八期的《一個可憐的老頭子》裡，老人做了苦工養活他的不孝的兒子，他的理由是「倘若逐了他出去，將來我死的時候那個燒錢紙給我呢？」孔子原是說「祭如在」，但後來儒業的人已多回到道教的精靈崇拜上去，怕若敖氏鬼的受餓了。鄉村的嗣續問題，完全是死後生活的問題，與族姓血統這些大道理別無關係了。

此外還有許多道教思想的惡影響，因為相信鬼神魔術奇蹟等事造成的各種惡果，如教案，假皇帝，燒洋學堂，反抗防疫以及統計調查，打拳械鬥，煉丹種蠱，符咒治病種種，都很明顯，可以不必多說了。

但有一件事，從前無論那個愚民政策的皇帝都不能做到，卻給道教思想製造成功的，便是相信「命」與「氣運」。他們既然相信五星聯珠是太平之兆，又相信紫微星已經下凡，那時同他們講民主政治，講政府為人民之公僕，他們那裡能夠理解？

又如相信資本家都是財神轉世，自己的窮苦因為命裡缺金，那又怎敢對於他們有不平呢？項羽亡秦，並不因他有重瞳異相的緣故，實在只為他說，「彼可取而代也！」把自己和秦始皇一樣看待，皇帝的威嚴就消滅了。中國現在到處是大亂之源，卻不怕他發作，便因為有這「命」的迷信。人相信命，便自然安分，不會犯上作亂，卻也不會進取；「上等社會」的人可以高枕無憂，但是想全部的或部分的改造社會的人的努力，卻也多是徒勞，不會有什麼成績了。

以上是我對於鄉人的思想的一點意見，至於解決的方法，卻還沒有想出。就原始的拜物教的變遷看來，有兩條路：其一，發達上去，進為一神的宗教；其二，被科學思想壓倒，漸歸消滅。所以有人根據了第一條路，想用基督教來消滅他，這原是很好的方法，但相差太遠，不易融化，不過改頭換面，將多神分配作教門聖徒，事實上還是舊日的信仰。第二條路更是徹底了，可是灌輸科學思想的方法很有應該研究的地方，須得專門的人出來幫助，這一篇裡不能說了。

一九二〇年七月十八日，在北京。（《新生活》第三十九期）

二

上文是六年前所寫，那一天正是長辛店大戰，槍炮聲震天，我還記得很清楚，至於這是誰和誰打，可是忘記了，因為京畿戰爭是那麼多，那麼改變得快。什麼都變得快，《新生活》也早已停刊了，所沒有改變的就只是國民的道教思想。

我以前曾指出禮教的根本由於性的恐怖之迷信，即出於薩滿教，那麼現今軍閥學者所共同提倡的實在也就是道教思想。我拿出舊稿來看，彷彿覺得是今天做的，所以忍不住要重登他一回，不過我的意思略有變更，覺得上文末尾所說的兩種辦法都是不可能的。

我要改正的是，「澈底」是決沒有的事，傳教式的科學運動是沒有用的，最好的方法還只是普及教育，訴諸國民的理性。所可惜者，現今教育之發展理性的力量似乎不很可信，而國民的理性也很少發展的希望。我不禁想起英國茀來則（Frazer）教授著《普須該的工作》（Psyche's Task）裡的《社會人類學的範圍》文中的話來，要抄錄他幾句。

社會人類學亦稱文化人類學，是專研究禮教與傳說這一類的學問，據他說研究有兩方面，其一是野蠻人的風俗思想，其二是文明國的民俗。他說明現代文明國的民俗大都即是古代蠻風之遺留，也即是現今野蠻風俗的變相，因為大多數的文明衣冠的人物在心裡還依舊是個野蠻。他說：

「我現在所想說明的是，為什麼在有可以得到知識的機會之人民中間，會有那各種政治的，宗教的，道德的迷信遺留著。這理由是如此：那些高等思想，常是發生於上層，還未能從最高級一直浸潤到最下級的心裡。這種浸潤大抵是緩慢的，到得新思想達到底層的時候（倘若果真能夠達到），那也已變成古舊，在上層又另換了別的了。

「假如我們能夠把兩個同國同時代但是智力相反的人的頭揭開來，看一看他們的思想，那恐怕是截不相同，好像是兩個種族的人。有一句話說得好，人類是梯隊式地前進，這就是說，他們的行列不是橫排的，但是一個個的散行進行，大家跟著首領都有若干不同的距離。這不但是民族中間如此，便是同國同時代的個人中間也是這樣的。

「正如一個民族時常追過同時的別民族，在同一國家內，一個人也不斷地越過他的同僚，結果是凡能脫去迷信的拘束者成為民族中的最先進的人，一般走不快的則還是讓迷信壓在他的背上，縛住他的腳。我們現在丟開譬喻，直說起來，迷信之所以遺留者，因為這些雖然已使國內的明白人感到憎惡，但與別一部分的人的思想感情還正相諧合，他們雖被上等的同胞訓練過，有了文明的外表，在心裡還仍舊是一個野蠻。所以，例如那些對於大逆及魔術的野蠻刑罰，凶惡的奴制，在這個國裡，直到近代還容許著。

「這些遺風可以分作兩類，即是公的或私的，換言之，即看這是規定在法律內，或是私下施行，無論是否法律所默許。我剛才所舉的例是屬於前項的。沒有多久，巫在英國還是當眾活焚，叛逆者當眾剖腹，蓄奴當作合法制度，還留存得長久一點。這種公的迷信的真性質不容易被人發見，正因為他是公的，所以直到被進步的潮流所掃去為止，總有許多人擁護這些迷信，以為是保安上必要的制度，為神與人的法律所讚許的。

「普通所謂民俗學，卻大抵是以私的迷信為限。在文明國裡最有教育的人，平常幾乎不知道有多少這樣野蠻的遺風餘留在他的門口。到了上世紀這才有人發見，特別因了德國格林兄弟的努力。自此以後就歐洲農民階級進行統系的研究，遂發見驚人的事實，各文明國的一部分——即使不是大多數——的人民，其智力仍在野蠻狀態之中，即文化社會的表面已為迷信所毀壞。只有因了他的特殊研究而去調查這個事件的人，才會知道我們腳底下的地已被不可見之力洞穿得多麼深了。

「我們似乎是站在火山之上，隨時都會噴出煙和火來，把若干代的人辛苦造成的古文化的宮闕亭院完全破滅。勒南（Renan）在看了巴斯多木的希臘廢廟之後，再與義大利農民的醜穢蠻野相比，說道，『我真替文明發抖，看見他是這樣的有限，建立在這樣薄弱的基礎上，單依靠著這樣少數的個人，即使是在這文明主宰的地方。』

「倘若我們審查這些為我國民所沉默而堅定地執守住的迷信，我們將大吃一驚，發見那生命最長久的正是那最古老最荒唐的迷信，至於雖是同樣地謬誤卻較為近代，較為優良的，則更容易為民眾所忘卻。……」

夠了，抄下去怕要太長了。總之，照他這樣說來，民眾終是迷信的信徒，是不容易濟度的。茀來則教授又說：

「實際上，無論我們怎樣地把他變妝，人類的政治總時常而且隨處在根本上是貴族的（案我很想照語源譯作『賢治的』）。任使如何運用政治的把戲總不能避免這個自然律。表面上無論怎樣，愚鈍的多數結局是跟聰敏的少數人走，這是民族的得救，進步的秘密。高等的人智指揮低等的，正如人類的智慧使他能制伏動物。

「我並不是說社會的趨向是靠著那些名義上的總督，王，政治家，立法者。人類的真的主宰是發展知識的思想家，因為正如憑了他的高等的知識，並非高等的強力，人類主宰一切的動物一樣，所以在人類中間，這也是那知識，指導管轄社會的所有的力。……」

這或者是唯一的安慰與希望罷。

民國十五年十月二日，時北京無戰爭。

王與術士

在「此刻現在」這個黑色的北京，還有這樣餘裕與餘暇，拿五六塊錢買一本茀來則（J. G. Frazer）的《古代王位史講義》來讀，真可以說有點近於奢侈了。但是這一筆支出倘若於錢袋上的影響不算很輕，幾天的燈下的翻閱卻也得了不少的悅樂。

這是一九〇五年在坎不列治三一學院演講的稿本，第三板的《金枝》（The Golden Bough）中說的更為詳盡，其第一份「法術與王的進化」兩冊，即是專講這個問題的，但那一部大書我們真是嗅也不敢一嗅，所以只好找這九篇講義來替代，好像是吞一顆戒煙丸。他告訴我們法術（Magic）的大要，術士怎樣變成酋長，帝王何以是神聖不可侵犯：簡單的一句話，帝王就是術士變的。

這一點社會人類學上的事實給予我們不少的啟示，特別是對於咱們還在迷信奉天承運皇帝之中華民國的國民。君是什麼東西？我們現在比黃宗羲知道得更明確了。他本來是一個妖言惑眾的道士，說能呼風喚雨，起死回生，老百姓信賴他，又有點怕他，漸漸的由國師而正位為國君，他的符牌令旗之類就變了神器和傳國之寶。

無論如何克聖克神允文允武的皇帝，一經照出原形，也就只是賽康節一流人，雖然或者還可以做軍師，總覺得不配做君師了。君為臣綱，現在已經過時了，至少在知識階級總要明白這一點。皇帝這東西的發生本來不是偶然的，於當時的文化過程上正是必要而且還很有益的，不過這正如嬰兒的襁褓，年紀稍大的時候便縛手縛腳地不好穿了。

著者在第三講裡曾這樣說：

「法術的職業既影響及於野蠻社會之制度，大抵統治之權遂歸於最有才能者之手中，此即將權力從多數移轉於一人，亦即由民眾政治——實乃老人們的少數政治移轉於獨裁政治，蓋野蠻社會率由元老會議而非以壯年男子全體管理之也。此種改變，無論原因如何，或上代主宰的性質如何，總之是很有益的。

「君主之興起，在人類脫離野蠻狀態上殆為一必要的條件。世上更沒有別人像你們所謂民主的野蠻民族那樣為習俗與傳統所束縛者，也沒有別的社會那樣的進步遲緩困難者。以為野蠻是最自由的人類的舊說，正與事實相反，野蠻人雖不是一個看得見的主人的奴隸，但對於過去，對於先祖的鬼魂，他是一個完全的奴隸，他們跟住他從生到死，執了鐵棍統治著他。凡他們所做的都是模範，不文的法律，他須得盲目地無言地遵從。所以有才智的人絕無機會可以去改革一點舊習慣。

「最能幹的人被最弱最笨的拉倒，因為一個不能升高，一個卻可以跌倒，自然以低等的立為標準。……人群發展之勢力一旦開始發動（這是不能永久迫壓的），文明的進步就比較地急速了。一個人崛起握了大權，他便可以在他的一生中成就好些改革，這在以前就是若干代的時光也還不能做成的；而且假如他是一個特別有智慧精力的人，他也自然會利用這些機會。就是暴君的胡為亂想也有用處，足以破壞那沉重地壓在野蠻人身上的習慣的鎖鏈。……

「這並非過言，上古的專制政治是人類的良友，而且又是，雖然聽去有點似乎古怪，自由的良友。因為在最絕端的專制，最厲害的暴政之下，比那表面似乎自由，而個人的景況自搖籃以至墳墓全由習俗的鐵模鑄好了的野蠻生活，更有自由行動的餘地，即自由地去想自己的思想，定自己的運命。」

哈利孫女士（J.E.Harrison）在她的《希臘宗教研究結論》中法術與神皇這一節裡，也簡單地說及：

「這個改變似乎是一個損失，因為成人的民主團體的統治換了一個獨裁君主了。但是歷史到處證明，真的自由在有才能的個人崛起占權時同時發生，全部落的民治只是一個空名，實在乃是元老專政（Gerontocracy）的暴政，幾個老人為青年們授戒，強迫他們承受部落的傳統。」

元老政治比專制還要有害，在現今高唱聖教，以若干老人統治中國的時代，這句話不由的覺得很是刺耳。在現今我們當然不再夢想明主，但族長更不見得可喜，國民大會也是別一種的元老專政，因為最弱最笨的正是老人的正統孫子。事實與科學決不是怎麼樂觀的。我讀這本小書也不禁悵然，覺得彷彿背上騎著一個山中老人，有如亞拉伯的水手辛八。

十六年四月二日。

注：水手辛八（Sinbad）的故事見《天方夜談》，又有單行譯本，名「航海述奇」，上海廣智書局發行，辛八名本此。

求雨

北京軍民長官率領眾和尚求雨，各報均有記載，《順天時報》還附有官紳排班長跪的照相，不知意思是美是刺，但總令我聯想起日前該報的衛道特刊即春丁祭孔的照片來，覺得中日兩國的帝制思想的濃厚了。

宗教的情緒或者是永遠的，但宗教的形式是社會時代的產物，是有變化的。上古時代只有家長是全權的人，那時的宗教也只是法術，他自己便是術士，控制自然以保障生存都是他的事，其中重要的一件也就是「致雨」。

帝制成立，致雨的職務歸於酋長（因為他原是術士變的），再轉而屬於祭師，宗教代法術而興起，致雨不復全憑「感應術」的原則去擂鼓撒水以象徵雷雨，或用權杖符咒強制執行，卻跪下去叩頭如搗蒜，請求玄穹高上帝開恩，於是由自力的致雨一變而為完全他力的「求雨」了。

當初是家長的觀點，覺得自然或其鬼（Daimones）都是同他平等的，他有力量可以指揮抵禦他們；後來的觀點乃是臣民奴隸的，鬼神是皇帝的老子，不然也是他的伯叔兄弟，總之都非以主子論不可。

帝制在有些地方還存在，有些地方已經廢去了，但它的影響還是很大，這種主奴關係的宗教觀念十分堅固地存著，日本不必說了，在中國大多數也還相信天帝的攝理與跪拜的效力，——中華民國對於天廷還嚴謹地遵守帝制（有些青年在名片上印一小制字，那是別一問題，只是小疏忽罷了）。正如中國向來的「會黨」制度大半是在補償崩壞的家族主義的要求一樣，民國以來勃興的同善社一類的東西，據我看來，也多是對於帝制的追慕之非意識的表現，因復辟絕望，只能於現世以外去求滿足，從天上去找出皇帝及其所附屬的不測的恩威來。

我不是非宗教派，但對於這些君主制度的宗教儀式覺得不大喜歡，無論屬於那一教派：這不能應時改善些麼？不能由主僕隸屬而變為情人似的關係的麼？或者說，宗教的要求第一是卑下。這自然是的，但我想情人間卑下有時豈不也很充分，而且還比君臣更天然更澈底。是的，男女間的專制恐怕甚於暴君，但這是兩相情願的，故沒齒無怨；人如有喜歡專制的本能，那麼很可以在這方面去消納，減少社會上帝制的空氣，不亦善哉。

附記

末後所云專制，只是說 Sadistic 與 Masochistic 之傾向而已。合併聲明。

十六年六月一日。

再求雨

六月三十日《世界日報》載長辛店通訊：「入夏以來，天旱不雨，弄得秋收無望，昨天長辛店紳商等便聯合各界，求雨三天。求雨的形式，是用寡婦二十四名，童男女各十二名，並用大轎抬了龍王遊行，用人扮成兩個忘八，各商家用水射擊他，鼓樂喧天，很是熱鬧。」

前回北京也求過一回雨，形式是用許多紳商排班跪在地上，許多和尚作樂念經，這回所用的更是奇妙了，是寡婦兩打，童男女各一打，忘八一雙，雖然渠們的用法未曾說明。案紳商是貴重的東西，長跪乞恩，自足感動天廷，賜予甘霖，理由很是充足，但長辛店的那些傢伙是什麼用意呢？

水淋甲魚，大約是古時乞雨用蛇醫的遺意，因為他是水族，多少與龍王敖廣有點瓜葛，可以叫他去轉達一聲。那個共計四打的寡婦童男女呢？我推想這是代表「旱」的罷？經書上說過，「若大旱之望雲霓也」，或者用那一大批人就是表示出這個意思來的？希望江紹原先生於暑假之中分出一部分工夫來研究一下求雨與性的問題，一定會得到很有趣的結果。

十六年七月三日。

半春

中國人的頭腦不知是怎麼樣的，理性大缺，情趣全無，無論同他講什麼東西，不但不能瞭解，反而亂扯一陣，弄得一塌糊塗。關於涉及兩性的事尤其糟糕，中國多數的讀書人幾乎都是色情狂的，差不多看見女字便會眼角掛落，現出獸相，這正是講道學的自然的結果，沒有什麼奇怪。但因此有些事情，特別是藝術上的，在中國便弄不好了。

最明顯的是所謂模特兒問題。孫聯帥傳芳曾禁止美術學校裡看「不穿褲子的姑娘」，現在有些報屁股的操觚者也還在諷刺，不滿意於這種誨淫的惡化。維持風教自然是極不錯的，但是，據我看來，他們似乎把裸體畫與春畫，裸體與女根當作一件東西了，這未免使人驚異他們頭腦之太簡單。

我常聽見中流人士稱裸體畫曰「半春」，也是一證，不過這種人似乎比較地有判斷力了，所以已有半與不半之分。最近在天津的報上見到一篇文章，據作者說，描畫裸體中國古已有之，如《雜事秘辛》即是，與現代之畫蓋很相近云。

我的畫史的知識極是淺薄，但據我所知道卻不曾聽說有裸體畫而細寫女根的部分者。在印度的瑜尼崇拜者，以及，那個，相愛者，那是別一個問題，可以不論；就一般有教養的人說起來，女根不會算作美，雖然也不必就以為醜，總之在美術上很少有這種的表現。率直地一句話，美術上所表現者是女性美之裸體而非女根，有魔術性之裝飾除外，如西洋通用的蹄鐵與前門外某銀樓之避火符。法國文人果爾蒙（Remy de Gourmont）在所著《戀愛的物理學》第六章雌雄異形之三中說，

「女性美之優越乃是事實。若強欲加以說明，則在其唯一原因之線的勻整。尚有使女體覺得美的，乃是生殖器不見這一件事。蓋生殖器之為物，用時固多，不用時則成為重累，也是瑕疵；具備此物之故，原非為個人，乃為種族也。試觀人類的男子，與動物不

同而直立，故不甚適宜，與人扭打的時候，容易為敵人所覬覦。在觸目的地位，特有餘剩的東西，以致全身的輪廓美居中毀壞了。若在女子，則線的諧調比較男子實幾何學的更為完全也。」

照這樣說來，藝術上裸女之所以為美者，一固由於異性之牽引，二則因線之勻整，三又特別因為生殖器不顯露的緣故。中國人看裸體畫乃與解剖書上之局部圖等視，真可謂異於常人，目有X光也。報載清肅王女金芳麿患性狂，大家覺得很有趣味，群起而談，其實這也何足為奇，中國男子多數皆患著性狂，其程度雖不　，但同是「山魈風」（Satyriasis）的患者則無容多疑耳。

（十六年二月二十六日）

野蠻民族的禮法

三年前的筆記裡有這樣的一條，係閱英國茀來則所著《普須該的工作》（Frazer，Psyche's Task）時所記之一：

「野蠻禮法對於親屬有規避之例。非洲班都諸部落男子避其妻母，並及妻黨，不得相見，此外瑪撒等諸族亦然。美洲加里福尼半島及智利土人，英屬幾尼亞之加列勃人等亦同，妻黨之外並及中表，唯以異性為限，蘇門答臘土人亦避妻黨：其意蓋以防微杜漸，著者故以不見可欲則心不亂解之也。

「班都族之亞康巴人又父避其女，自女成人時始，至嫁後乃止；蘇門答臘之魯蒲人翁媳不相見；加羅林群島土人則父女母子兄弟姊妹互避，不同坐，不共杯盞，男子長成則外宿 Fel（未婚男子公共宿所）中；黑島群島之少年亦居外舍，避其母及姊妹，互避名字，並名之部分（非名字而中含有其一部分的一切言詞）亦諱之，母子食不授受，置地令自取；又蘇門答臘之巴爾達人規避之例亦同。

「著者引其所著《族徽與外婚》（Totemism and Exogamy）云，『巴爾達人規避之俗，非出於道德之整肅，正由於道德之頹弛；巴爾達人以為男女獨遇，即成私通，……荷蘭教士報告中曾云，此種規則雖跡近荒謬，但在其地實為必要。』案中國古時所定男女七歲異席，授受不親，並考《孟子》嫂溺援之以手之文，禮俗亦正相近，又今婦女亦尚多諱言其名，當亦因名為身之一部，準感應魔術由偏及全之律，易於因緣為奸耳。」

這篇筆記我本來沒有發表的意思，近來看見浙江省議會裡什麼人的一篇查辦第一師範男女共學的計畫的議案，竭力主張男女的隔離，我所以將各地規避的成例紹介給他們，以供參考。倘若他們承認這辦法在中國「實為必要」如荷蘭教士所說，那我也不同他們多辯，不過最後要重複申明一聲，那些實行男女隔離的模範禮法的是蘇門答臘的土人們呵。

以上是民國九年冬天所寫，登在《新青年》八卷五號上面，已經是七年前的事了。到了此刻現在，在寫筆記的十年之後，覺得這種禮法在中國實是必要，所以不辭重複再行公布一次，——這回卻是一點都沒有諷刺之意，確是老老實實地，因為，我想，中國人豈但只是蘇門答臘的土人們而已呢？

中華民國十六年九月十七日。

從猶太人到天主教

「她走到她父親的園裡，
摘下一個又紅又綠的蘋果，
拿這誘那可愛的休公子，
誘他進到屋裡。
她引他走過一重暗門，

一重重地走過了九重，
她把他放在一張棹上，
像一隻豬似的宰了他。

最初流出濃濃的血，
隨後流出了那稀薄的，
隨後流出心裡的鮮血，
裡邊再也沒有餘留了。

她用一餅鉛箔捲了他，
叫他好好地睡著，
她把他拋在聖母井裡，
有三十丈深的井裡。」

這是英國敘事民歌「休公子」（「Sir Hugh」）的第六至九節。全篇共十七節，說林肯地方有童子二十四人在那裡拍球，球落在猶太人家裡，休進去，被猶太人殺死，其母求得死體葬之，寺鐘自鳴，空中聞誦經聲云。

第十三節敘老母覓子處，語頗悽楚，最為世所知：

「她走到猶太人的園裡，
猜他在採摘蘋果，
倘若你在這裡，我的休兒呵，
請你對我說話。」

據說這是一二五五（南宋理宗寶祐三年）的事情，英詩人屈塞（Chaucer）在《坎忒伯利故事》中又借了尼公的口講過一遍，更使他有名了。

這篇故事當作文學看，頗有趣味，但裡邊卻含有一個極野蠻的迷信。猶太人謀殺休公子，到底為什麼呢？有人說是把他釘在十字架上，以侮弄基督，但普通則說是殺了童子瀝取鮮血，當作逾越節的羔羊用。大家知道《出埃及記》上說起，耶和華除滅以色列人的仇敵，叫他自己的人民用羊血塗門為記，他就逾越過去，不加災害，以後每年舉行這個節日，這一回不過輪到休公子身上，做了無辜的羔羊的替身罷了。

這小小一件故事不打緊，在事實上卻發生了不少之悲劇，歐洲有些半開化的地方如匈加利俄羅斯之類，直到近來還相信猶太人要攫去基督教的童男女瀝血祀神，引起許多次反猶太的慘殺行為。猶太人在上古時代究竟是否用人於社，我不知道，或者用過也難說吧，但中世紀以來似乎沒有這回事，至少在被虐殺的這幾回總沒有證據，這個責任是完全在迫害基督教徒的人的肩上。

基督教是博愛的宗教，但他有一個古老的傳統，上帝有時候還很嚴厲，而且同戲劇上缺少不得淨醜一樣，又保存著一位魔鬼，於是而邪術與聖道對立，變成文化上的一個大障礙。

《出埃及記》二十二章十八節說，「行邪術的女人不可容她存活！」相信有邪術，自然就有反邪術之運動，然而其實他的醜惡也並不下於邪術，倘若說世界上真有邪術。據英國勒吉（W. E. Lecky）說，法國宗教審問所曾在都露絲將行邪術者四百人同時正法，義大利珂摩省內一年內計共殺一千人，日內瓦地方則在三個月內將行邪術者五百人活焚云。從這一筆總帳上看起來，相信猶太人要刺休公子的血而加以私刑這一件事不但很不重要，而且也還可以算是當然的了。

世界總是在進化的，近二三百年來思想解放，學術發達，宗教上的迷信也消散，發現其博愛的本色，現代的基督教已經與中世紀的很有些不同了。但是運命是最奇妙的東西，以前說鄉下的低能老婆子或猶太人行邪術去搜來燒死的人，現在卻反被指為行邪術，引起極大的反對了：「洋鬼子」挖心肝眼珠做藥的傳說在中國流傳了幾十年，直到現在還發出福州天主教士殺孤兒熬藥的新聞，不但本地學生界都相信以至發生直接行動，就是北京的新聞界也似乎深信不疑，登載紀事以及論說，表示憤激之意。

這件事實在太妙了。我們如回想基督教在中世紀的狂信的迫害，看到現在翻過來倒受了不白的惡名，正合於「請君入甕」這一句老話，或者也覺得好玩，但是以我的常識（這自然也有失敗的時候）看來總不能相信現代基督教徒真會有蒸「孤兒露」的事情！一面因為同胞還相信人肉可以做藥，又使我感到滿身的不愉快。相信有邪術的人才會去處死行邪術者，自己說人家用人肉做藥，亦即是自己相信人肉可以做藥。無論「國粹」的醫書上怎樣地稱道天靈蓋紫河車紅鉛等的功用，無論斯威夫忒（Swift）如何勸貧窮的父母把周歲孩子賣給「盒子鋪」去而梁山泊也有人肉包子，但我總不相信在現代醫術上孤兒肉會有什麼治病的效力，——如我們外行話不能信用，可以去請問專門的醫學博士。

挑了十幾個死屍要進福州城去到底為什麼，這些死屍到底是否被謀死的，這些事須得由本地合法的機關切實查明，才能明瞭真相，此刻不能速斷，但是拳匪以前的迷信到現在還是通行，而且還能得到一部分智識階級的信用，這不得不說是一種怪現象，或是不祥之兆。這種故事用作文藝的材料，如希律時代的「嬰兒殺戮」一樣，未始沒有意思，倘若當作事實，一點不懷疑地去信用他，中國智識階級的頭腦如不是太幼稚，或者也是太老了罷。

十六年一月二十六日。

非宗教運動

這個運動我不知道現在還在否？倘若是有的，我們可以來談談它；倘若沒有了，我們也不妨來談談它，反正總是有過的。

他們若是非一切宗教，那也還有風趣，還說得過去，正如哲學的無政府主義一樣，雖然我不明白人的宗教要求是否有一天全會消滅。

他們若是只非一派的宗教，而且又以中外新舊為界，那麼這只是復古潮流的一支之表現於宗教方面者罷了。

我們最近在北京接到有光紙排印的唐時國師印度密宗不空和尚奉旨所譯《護國般若波羅密多心咒》，其詞曰，(京音)「阿拉代咖拉代阿拉大咖拉代嗎哈普拉經娘八拉密特蘇哇哈。」據說，「每晨至少虔誦一百另八遍，輾轉勸導，免難獲福，功德不可思議。」頒發這些有光紙傳單的善人居士自然不會含有資本家的色彩，但說合於科學竊恐也是未必。非宗教者對於這些不加一點非難，是否因為它（佛教）古而寬容之，雖然本來也是外國的異端。

同善社等等「道教」——非李耳先生的教派，乃用作 Shamanism 的意義——的復活是大家知道的事實，也不見非宗教者以一矢相加遺。「孔教」也將復活起來了，公私立學校內不久將如教會學校的強迫做禮拜，不但設一兩組「查經班」，還要以經書為唯一的功課，自小學以至於大學：非宗教者亦有所聞否？

《群強報》上已記載的很明白，關外已在那裡這樣辦了，凡事必由關外而至關內，歷史明明白白地告訴我們（這是漢族的醜奴性），所以孔教也將重由山海關進來無疑。非宗教家與反孔先生於意云何？——吾過矣！使吾言而信，中國的所謂非宗教實即復古潮流之一支，然則其運動之（非意識的）目的原不過執殳前驅為聖教清道，豈有倒戈相向之事耶！中國的非宗教運動即為孔教復興之前兆，吾敢提出此大膽的預言與民國十四年內的事實挑戰。

（十四年四月）

關於非宗教

一九二二年春間中國發生非宗教大同盟，有「滅此朝食」等口吻，我看了不以為然，略略表示反對，一時為世詬病，直到現在還被……等輩拿來做影射的材料，但是我並不諱言，而且現在也還是這個態度。我以為宗教是個人的事情，信仰只是個人自由的行動之一，但這個自由如為政治法律所許可保護，同時也自當受他的節制。

一切的行動在不妨害別人的時候可以自由，出了這個範圍便要受相當的干涉，這是世間的通例，我想宗教也就是如此，固不必因為是宗教而特別優遇，也無須因為是宗教而特別輕視他。譬如一個人信仰耶和華，在自己的教堂裡祈禱，當然應該讓他自由，但他如在道旁說教，恐嚇誘惑，強勸人入教等，員警就當加以禁止；一個人在家吃三官素，拜財神菩薩，也可以不問，但他如畫符念咒，替人家治病，或者在半夜三更祭神大放爆竹，那就應帶區究辦了。

因為我不是任何宗教家，所以並不提倡宗教，但同時也相信要取消宗教是不可能的；我的意思是只想把信仰當做個人的行動之一，與別的行動一樣地同受政治法律的保障與制裁，使他能滿足個人而不妨害別人。前回江紹原君批評馮友蘭博士的《人生哲學》的時候，我也對紹原說過，我倒是頗贊同馮博士的意見的，所不同者馮博士是以哲學為根據，我只是憑依我這最平凡的一點兒常識罷了。

非宗教者如為破除迷信擁護科學，要除滅宗教這東西本身，沒收教會，拆毀寺廟，那我一定還是反對，還提出我的那中庸為主張來替代這太理想的破壞運動。但是，假如這不算是積極的目的，現在來反對基督教，只當作反帝國主義的手段之一，正如不買英貨等的手段一樣，那可是另一問題了。

不買英貨的理由，並不因為這是某一種貨，乃是因為英國的貨，所以不買，現在反基督教的運動如重在當作反帝國主義的手段，並不因為是宗教的緣故而反對他，那麼非宗教的意見雖仍存在，但在這裡卻文不對題，一點都用不著了。

我們雖相信基督教本身還是一種博愛的宗教，但理論與事實是兩件事，英國自五卅以來，在上海沙基萬縣漢口等處迭施殘暴，英國固忝然自稱基督教國，而中外各教會亦無一能打破國界表示反對者，也係事實，今當中國與華洋帝國主義殊死鬥之時，欲憑一番理論一紙經書，使中國人曉然於基督教與帝國主義之本係截然兩物，在此刻總恐怕不是容易的事吧。城門失火，殃及池魚，對於基督教固然不能不說是無妄之災，但是沒有法子，而且這個責任還應由英國負之，至少也應當由歐洲列強分負其責。

我所說的反對基督教運動，是指由政治的見地，由一種有組織的負責的機關破壞或阻遏外國宗教團體的事業進行而言，若福州廈門一帶的反教事件，純係愚民的暴動，當然不算在內。說教士毒死孤兒，或者挖了眼睛做藥，都是拳匪時代的思想，現在卻還流行著，而且還會占這樣大的勢力，實在可為寒心。

在這一點，現在做政治的反基督教運動的人或者倒不可不多加考慮，這劑劇藥裡的確也不是沒有餘毒。

一九二七年一月二十四日，於北京。

尋路的人（贈徐玉諾君）

我是尋路的人。我日日走著路尋路，終於還未知道這路的方向。

現在才知道了：在悲哀中掙扎著正是自然之路，這是與一切生物共同的路，不過我們意識著罷了。

路的終點是死，我們便掙扎著往那裡去，也便是到那裡以前不得不掙扎著。

我曾在西四牌樓看見一輛汽車載了一個強盜往天橋去處決，我心裡想，這太殘酷了，為什麼不照例用敞車送的呢？為什麼不使他緩緩的看沿路的景色，聽人家的談論，走過應走的路程，再到應到的地點，卻一陣風的把他送走了呢？這真是太殘酷了。

我們誰不坐在敞車上走著呢？有的以為是往天國去，正在歌笑；有的以為是下地獄去，正在悲哭；有的醉了，睡了。我們——只想緩緩的走著，看沿路的景色，聽人家談論，儘量的享受這些應得的苦和樂；至於路線如何，或是由西四牌樓往南，或是由東單牌樓往北，那有什麼關係？

玉諾是於悲哀深有閱歷的，這一回他的村寨被土匪攻破，只有他的父親在外邊，此外的人都還沒有消息。他說，他現在沒有淚了。——你也已經尋到了你的路了罷。

他的似乎微笑的臉，最令我記憶，這真是永遠的旅人的顏色。我們應當是最大的樂天家，因為再沒有什麼悲觀和失望了。

一九二三年七月三十日。

兩個鬼

在我的心頭住著 Du Daimone，可以說是兩個——鬼。我躊躇著說鬼，因為他們並不是人死所化的鬼，也不是宗教上的魔，善神與惡神，善天使與惡天使。他們或者應該說是一種神，但這似乎太尊嚴一點了，所以還是委屈他們一點稱之曰鬼。

這兩個是什麼呢？其一是紳士鬼，其二是流氓鬼。據王學的朋友說人是有什麼良知的，教士說有靈魂，維持公理的學者們也說憑著良心，但我覺得似乎都沒有這些，有的只是那兩個鬼，在那裡指揮我的一切的言行。這是一種雙頭政治，而兩個執政還是意見不甚協和的，我卻像一個鐘擺在這中間搖著。有時候流氓占了優勢，我便跟了他去彷徨，什麼大街小巷的一切隱密無不知悉，酗酒，鬥毆，辱罵，都不是做不來的，我簡直可以成為一個精神上的「破腳骨」。但是在我將真正撒野，如流氓之「開天堂」等的時候，紳士大抵就出來高叫「帶住，著即帶住！」

說也奇怪，流氓平時不怕紳士，到得他將要撒野，一聽紳士的吆喝，不知怎的立刻一溜煙地走了。可是他並不走遠，只在衖頭衖尾探望，他看紳士領了我走，學習對淑女們的談吐與儀容，漸漸地由說漂亮話而進於擺臭架子，於是他又趕出來大罵道，「Nohk oh dausangtzr keh niarngsaeh，fiaulctōng tserntseuzeh doodzang kaeh moavaeh toang yuachu！」（案此流氓文大半有音無字，故今用拼音，文句也不能直譯，大意是說「你這混帳東西，不要臭美，肉麻當作有趣」。）這一下子，棋又全盤翻過來了。而流氓專政即此漸漸地開始。

諾威的巨人易卜生有一句格言曰，「全或無。」諸事都應該澈底才好，那麼我似乎最好是去投靠一面，「以身報國」似的做去，必有發達之一日，一句話說，就是如不能做「受路足」的無賴便當學為水平線上的鄉紳。不過我大約不能夠這樣做。我對於兩者都有點捨不得，我愛紳士的態度與流氓的精神。紳士不肯「叫一個鏟子是鏟子」，我想也是對的，倘若叫鏟子便有了市儈的俗惡味，但是也不肯叫作別的東西那就很錯了。

我不很願意在作文章時用電碼八三一一，然而並不是不說，只是覺得可以用更好的字，有時或更有意思。我為這兩個鬼所迷，著實吃苦不少，但在紳士的從肚臍畫一大圈及流氓的「村婦罵街」式的言語中間，也得到了不少的教訓，這總算還是可喜的。我希望這兩個鬼能夠立憲，不，希望他們能夠結婚，倘若一個是女流氓，那麼中間可以生下理想的王子來，給我們作任何種的元首。

（十五年七月）

拈鬮

近日檢閱舊稿，有《我最》這一篇小文，前半已經過了時，沒有用了，但後半卻還有意思，想保存他，今暫且改錄在這裡，作為一節閒話。

今日在抽屜底裡找出祖父在己亥年（一八九九）所寫的一本遺訓，名曰「恆訓」，見第一章中有這樣一節：

「少年看戲三日夜，歸倦甚。我父斥曰，汝有用精神為下賤戲子所耗，何昏愚至此！自後逢歌戲筵席，輒憶前訓，即托故速歸。」

我讀了不禁覺得慚愧，好像是警告我不要多同無聊人糾纏似的。無論去同正人君子或文人學士廝打，都沒有什麼意思，都是白費精神，與看戲三日夜是同樣的昏愚。雖然我不是什麼賢孫，但這一節祖訓我總可以也應該身體力行的。讓我離開了下賤戲子，去用我自己的功罷。

我的工作是什麼呢？只有上帝知道。我所想知道一點的都是關於野蠻人的事，一是古野蠻，二是小野蠻，三是「文明」的野蠻。我還不曉得是那一樣好，或者也還只好來拈鬮。拈鬮，拈鬮！……不知道是那一樣好。倘若是他的意思，叫我拈到末一個鬮，那麼南無三寶！我又得回到老局面裡去，豈不冤哉。……這且不要管他，將來再看罷。拈鬮，拈鬮！等拈出鬮來再看。我總希望不要拈著第三個鬮，因為那樣做是昏愚。

這是十四年九月二十七日的話，到現在已經是一年半了。鬮呢，還得重拈。這回我想揀出那第一個來，若是做得到。

十六年三月二十日。

我學國文的經驗

我到現在做起國文教員來，這實在在我自己也覺得有點古怪的，因為我不但不曾研究過國文，並且也沒有好好地學過。平常做教員的總不外這兩種辦法，或是把自己的賅博的學識傾倒出來，或是把經驗有得的方法傳授給學生，但是我於這兩者都有點夠不上。我於怎樣學國文的上面就壓根兒沒有經驗，我所有的經驗是如此的不規則，不足為訓的，這種經驗在實際上是誤人不淺，不過當作故事講也有點意思，似乎略有浪漫的趣味，所以就寫他出來，送給《孔德月刊》的編輯，聊以塞責：收稿的期限已到，只有這一天了，真正連想另找一個題目的工夫都沒有了，下回要寫，非得早早動手不可，要緊要緊。

鄉間的規矩，小孩到了六歲要去上學，我大約也是這時候上學的。是日，上午，衣冠，提一腰鼓式的燈籠，上書「狀元及第」等字樣，掛生蔥一根，意取「聰明」之兆，拜「孔夫子」而上課，先生必須是秀才以上，功課則口授《鑒略》起首兩句，並對一課，曰「元」對「相」，即放學。此乃一種儀式，至於正式讀書，則遲一二年不等。我自己是那一年起頭讀的，已經記不清了，只記得從過的先生都是本家，最早的一個號叫花塍，是老秀才，他是吸雅片煙的，終日躺在榻上，我無論如何總記不起他的站立著的印象。

第二個號子京，做的怪文章，有一句試帖詩云「梅開泥欲死」，很是神秘，後來終以風狂自殺了。

第三個的名字可以不說，他是以殺盡革命黨為職志的，言行暴厲的人，光復的那年，他在街上走，聽得人家奔走叫喊「革命黨進城了！」立刻腳軟了，再也站不起來，經街坊抬他回去；以前應考，出榜時見自己的前一號（坐號）的人錄取了（他自己自然是沒有取），就大怒，回家把院子裡的一株小桂花都拔了起來。

但是從這三位先生我都沒有學到什麼東西，到了十一歲時往三味書屋去附讀，那才是正式讀書的起頭。所讀的書我還清清楚楚地記得，是一本「上中」，即《中庸》的上半本，大約從「無憂者其唯文王乎」左近讀起。書房裡的功課是上午背書上書，讀生書六十遍，寫字；下午讀書六十遍，傍晚不對課，講唐詩一首。老實說，這位先生的教法倒是很寬容的，對學生也頗有理解，我在書房三年，沒有被打過或罰跪。

這樣，我到十三歲的年底，讀完了《論》《孟》《詩》《易》及《書經》的一部分。「經」可以算讀得也不少了，雖然也不能算多，但是我總不會寫，也看不懂書，至於禮教的精義尤其茫然，乾脆一句話，以前所讀之經於我毫無益處，後來的能夠略寫文字及養成一種道德觀念，乃是全從別的方面來的。因此我覺得那些主張讀經救國的人真是無謂極了，我自己就讀過好幾經（《禮記》《春秋左傳》是自己讀的，也大略讀過，雖然現在全忘了），總之就是這麼一回事，毫無用處，也不見得有損，或者只耗廢若干的光陰罷了。

恰好十四歲時往杭州去，不再進書房，只在祖父旁邊學做八股文試帖詩，平日除規定看《綱鑒易知錄》，抄《詩韻》以外，可以隨意看閒書，因為祖父是不禁小孩看小說的。他是個翰林，脾氣又頗乖戾，但是對於教育卻有特別的意見：他很獎勵小孩看小說，以為這能使人思路通順，有時高興便同我講起《西遊記》來，孫行者怎麼調皮，豬八戒怎樣老實，——別的小說他也不非難，但最稱賞的卻是這《西遊記》。

晚年回到家裡，還是這樣，常在聚族而居的堂前坐著對人談講，尤其是喜歡找他的一位堂弟（年紀也將近六十了罷）特別反覆地講「豬八戒」，彷彿有什麼諷刺的寓意似的，以致那位聽者輕易不敢出來，要出門的時候必須先窺探一下，如沒有人在那裡等他去講豬八戒，他才敢一溜煙地溜出門去。

我那時便讀了不少的小說，好的壞的都有，看紙上的文字而懂得文字所表現的意思，這是從此刻才起首的。由《儒林外史》，《西遊記》等漸至《三國演義》，轉到《聊齋志異》，這是從白話轉到文言的徑路。教我懂文言，並略知文言的趣味者，實在是這

《聊齋》，並非什麼經書或是《古文析義》之流。

《聊齋志異》之後，自然是那些《夜談隨錄》等的假《聊齋》，一變而轉入《閱微草堂筆記》，這樣，舊派文言小說的兩派都已入門，便自然而然地跑到唐代叢書裡邊去了。不久而「庚子」來了。到第二年，祖父覺得我的正途功名已經絕望，照例須得去學幕或是經商，但是我都不願，所以只好「投筆從戎」，去進江南水師學堂。

這本是養成海軍士官的學校，於國文一途很少緣分，但是因為總辦方碩輔觀察是很重國粹的，所以入學試驗頗是嚴重，我還記得國文試題是「云從龍鳳從虎論」，覆試是「雖百世可知也論」。入校以後，一禮拜內五天是上洋文班，包括英文科學等，一天是漢文，一日的功課是，早上打靶，上午八時至十二時為兩堂，十時後休息十分鐘，午飯後體操或升桅，下午一時至四時又是一堂，下課後兵操。

在上漢文班時也是如此，不過不坐在洋式的而在中國式的講堂罷了，功課是上午作論一篇，餘下來的工夫便讓你自由看書，程度較低的則作論外還要讀《左傳》或《古文辭類纂》。在這個狀況之下，就是並非預言家也可以知道國文是不會有進益的了。

不過時運真好，我們正苦枯寂，沒有小說消遣的時候，翻譯界正逐漸興旺起來，嚴幾道的《天演論》，林琴南的《茶花女》，梁任公的《十五小豪傑》，可以說是三派的代表。我那時的國文時間實際上便都用在看這些東西上面，而三者之中尤其是以林譯小說為最喜看，從《茶花女》起，至《黑太子南征錄》止，這其間所出的小說幾乎沒有一冊不買來讀過。這一方面引我到西洋文學裡去，一方面又使我漸漸覺到文言的趣味，雖林琴南的禮教氣與反動的態度終是很可嫌惡，他的擬古的文章也時時成為惡札，容易教壞青年。

我在南京的五年，簡直除了讀新小說以外別無什麼可以說是國文的修養。一九〇六年南京的督練公所派我與吳週二君往日本改習建築，與國文更是疏遠了，雖然曾經忽發奇想地到民報社去聽章太炎講過兩年「小學」。總結起來，我的國文的經驗便只是這一點，從這裡邊也找不出什麼學習的方法與過程，可以供別人的參考，除了這一個事實，便是我的國文都是從看小說來的，倘若看幾本普通的文言書，寫一點平易的文章，也可以說是有了運用國文的能力。

現在輪到我教學生去理解國文，這可使我有點為難，因為我沒有被教過這是怎樣地理解的，怎麼能去教人。如非教不可，那麼我只好對他們說，請多看書。小說，曲，詩詞，文，各種；新的，古的，文言，白話，本國，外國，各種；還有一層，好的，壞的，各種，都不可以不看，不然便不能知道文學與人生的全體，不能磨煉出一種精純的趣味來。自然，這不要成為亂讀，須得有人給他做指導顧問，其次要別方面的學問知識比例地增進，逐漸養成一個健全的人生觀。

寫了之後重看一遍，覺得上面所說的話平庸極了，真是「老生常談」，好像是笑話裡所說，賣必效的臭蟲藥的，一重一重的用紙封好，最後的一重裡放著一張紙片，上面只有兩字曰「勤捉」。但是除滅臭蟲本來除了勤捉之外別無好法子，所以我這個方法或者倒真是理解文章的趣味之必效法也未可知哩。

一九二六年，九月三十日，於北京。

婦女運動與常識

現在的中國人民，不問男女，都是一樣的缺乏常識，不但是大多數沒有教育的人如是，便是受過本國或外國高等教育的所謂知識階級的朋友也多是這樣。他們可以有偏重一面的專門學問，但是沒有融會全體的普通智識，所以所發的言論就有點莫名其妙，終於成為新瓶裡裝的陳「的渾」酒。這樣看來，中國人民正是同樣的需要常識，並不限於女子，不過現在因為在「婦女運動號」上做文章，所以先就女子的方面立說罷了。

婦女運動在中國總算萌芽了，但在這樣糊裡糊塗，沒有常識的人們中間，我覺得這個運動是不容易開花，更不必說結實了；至少在中堅的男女智識階級沒有養成常識以前，這總是很少成功的希望的。婦女運動是怎樣發生的呢？大家都知道，因為女子有了為人或為女的兩重的自覺，所以才有這個解放的運動。

中國卻是怎樣？大家都做著人，卻幾乎都不知道自己是人；或者自以為是「萬物之靈」的人，卻忘記了自己仍是一個生物。在這樣的社會裡，決不會發生真的自己解放運動的：我相信必須個人對於自己有了一種瞭解，才能立定主意去追求正當的人的生活，希臘哲人達勒思（Thales）的格言道，「知道你自己」（Gnōthi seauton），可以說是最好的教訓。我所主張的常識，便即是使人們「知道你自己」的工具。

平常說起常識，總以為就是所謂實用主義的教育家所提倡的那些東西，如寫契據或看假洋錢之類，若是關於女子的那一定是做蛋糕和繡眼鏡袋了。我的意思卻是截不相同。女子學做蛋糕原來也是好的（其實男子也正不妨學做），但只會做蛋糕等事不能就說是盡了做人的能事了，因為要正經的做人，還有許多事情應該知道。倘若不然，那麼只能無意識的依著本能和習慣過活，決不會有對於充實的生活的要求了。正當的人生的常識，據我的意見，有這幾種是必要的，分為五組，列舉於下，並附以說明。

A 具體的科學

【第一組】 關於個人者

甲 理論的

一人身生理

特別注意性的知識

二心理學

乙 實際的

一醫學大意

二教育

【第二組】 關於人類及生物者

甲

一生物學

進化論遺傳論

二社會學

文化發達史

三歷史

乙

一善種學

二社會科學

【第三組】　關於自然現象者

甲

一天文

二地學

三物理

四化學

乙

實業大要

B 抽象的科學

【第四組】　關於科學基本者

一數學

二哲學

C 創造的藝術

【第五組】

甲

一藝術概論

二藝術史

乙

一文藝

二美術

三音樂

以上開了一大篇賬，一眼看去，彷佛是想把百科知識硬裝到腦裡去，有如儒者之主張通天地人，或者不免似乎有點冥頑，其實是不然的。這個計畫本來與中學課程的意思相同，不過學校功課往往失卻原意，變成專門的預備，以致互相妨礙，弄得一樣都沒有成績；現在所說的卻是重在活用，又只是一種大要，所以沒有什麼困難而有更大的效果。

譬如第一組的人身生理，目的是在使學者知道自身的構造與機能，不必一定要能諳記全身有幾塊骨頭等，只要瞭解大體，知道痰不能裹食，食不能裹火，或者無論怎樣「靜坐」，小肚裡的氣決不會湧上來，從頭頂上鑽出去，那就好了。能夠有善於編輯的人，盡可以在一百頁的書裡說明生理的基本事件，其餘的或者還可簡短一點，所以這繁多的項目也不成問題的了。

第一組的知識以個人本身為主，分身心兩部；生理又應注重性的知識，這個道理在明白的人早已瞭解（在糊塗人也終於說不清楚），所以可以無需再加說明。

第二組是關於生物及人類全體的知識，一項的生物學敘述生物共通的生活規則，以及進化遺傳諸說，並包含普通的動植物及人類學（形質方面的）。二項社會學即總括廣義的人類學與民俗學，實即為人類文化的研究，凡宗教道德制度技術一切的發達變遷都歸納在內，範圍很是廣大，其專事紀錄者為歷史。

以上兩組的知識最為切要，因為與我們關係至為密切，要想解決切身的重要問題，都非有這些知識做根柢不可。譬如有了性的知識可以免去許多關於性的黑暗和過失；有了文化史的知識，知道道德變遷的陳跡，便不會迷信天經地義，把一時代的習慣當作萬古不變的真理了。所以在人生的常識中，這兩組可以算是基本的知識。

第三組是關於天然現象的知識，第四組是科學的基木知識，可以不加說明。以上四組分為ＡＢ兩部，都是科學知識，他們的用處是在於使我們瞭解本身及與本身有關的一切自然界的現象，人類過來的思想行為的形跡，隨後憑了獨立的判斷去造成自己的意見，這是科學常識所能夠在理智上給予我們的最大的好處了。

第五組特別成為一部，是藝術一類，他們的好處完全是感情上的。或者有人疑惑，藝術未必是常識裡所必需的東西，但我覺得並不如此。在全人生中藝術的分子實在是很強的，不可輕易的看過。我曾在《北京女高師週刊》上一篇文章裡說過：

「我們的天性欲有所取，但同時也欲有所與；能使我們最完全的滿足這個欲求的，第一便是文學。我們雖然不是文學專家，但一樣的有這欲求；不必在大感動如喜悅或悲哀的時候，就是平常的談話與訪問，也可以說是這個欲求的一種明顯的表示，因為這個緣故，文學於我們，當作一種的研究以外，還有很重要的意義與密切的關係，因為表現自己和理解他人在我們的現代生活裡是極重要的一部分。」

雖然所說的只是文學，本來可以包括藝術的全體。所謂藝術的常識並不是高深的鑒賞與批評，只是「將藝術的意義應用在實際生活上，使大家有一點文學的風味，不必人人是文學家而各能表現自己與理解他人；在文字上是能通暢的運用國語，在精神上能處處以真情和別人交涉」。

在中國，別的幾組的知識，或者還容易養成，至於這一種卻是十分為難，雖然也是十分需要，因為向來把藝術看的太與人生遠隔了，所以關於這一項很須注意才行。

養成這些常識，大抵在中國以外的各國，有適用的書物，沒有什麼困難，但中國便不能如此順遂。書籍中說是沒有一本適宜的，大約並不為過；生理教科書裡都是缺少一篇的，可以想見科學家對於人身的觀念了。社會學類更沒有一本好書，說也奇怪，除了嚴幾道的一二譯本外竟沒有講到文化發達的書了。愛爾烏特所編的《社會學》在美國雖然怎樣有名，在現在這個目的上是不適用的。我們所要求的是一種文化史大綱，彷彿威士德瑪克的《道德思想的起源與發達》，泰勒的《原始文化》一流的著作，而簡要賅括，能夠使我們瞭解文化的大概的一部書。別的方面，大約也是這樣。

中國不能說是沒有專門學者，本來不應該還有這樣的「常識荒」的現象，但事實總是事實，我們也就不能不歸咎於學者的太專門了，只是攀住了一隻角落，不能融會貫通的一瞥人文的全體，所以他們的見識總是有點枝枝節節的，於供給全的人生的常識不免不甚適合了。

在中國沒有這樣的一套常識叢書，也沒有養成全的個人的一種學院的時候，我們這種希望原只能當作理想，說了聊以快意，但如能涉獵外國書物，也可以達到幾分目的。這雖然不是很容易的事，但為做人的大問題的緣故，不能太辭勞悴了；而且我們也還夢想有好事的人們出來，去擔任編叢書設學院的事，所以這一個養成常識的主張也還不能算是十分渺茫的高調罷。

這一年來，中國婦女問題的聲浪可以說是很高了，不喜歡談戀愛問題的人，也覺得參政之類是可以談的了，但是一方面卻又有頑固的反動，以為女子是天生下來專做蛋糕的，這個道理同火一般的明白，更不成什麼問題。我也承認運動解放的女子裡有多數還未確實的自覺，但對於那些家政萬能的學者更要表示不滿。究竟他們是否多少瞭解自己，還是很大的疑問，更不必說知道女子了。我不知道他們根據什麼（大約是西國的風俗）？便斷定女子只應做蛋糕，尤其不懂有什麼權利要求女子給他們做蛋糕？

這真是一個笑話罷了。倘若以為這是日常生活裡的需要，各人都應知道，那麼也不必如此鄭重的提倡，也不能算作常識的項目，更不能當作人生的最高目的。我希望現在主持婦女運動的女子和反對婦女運動的男子都先去努力獲得常識，知道自己是什麼，人與自然是什麼，然後依了獨立的判斷實做下去，這才會有功效。——然而那些「蛋糕第一」的學者們，大約未必肯見聽從，他們大約永遠不會知道「自己是什麼」的了。

（一九二三年一月）

論做雞蛋糕

近來對於女子教育似乎有兩派主張，一派是叫女學生要專做雞蛋糕，一派是說不應該做。這兩派的人自然各有理由，不肯相下，現在姑且不去管他，照我個人的意見說來，我卻是贊成做雞蛋糕的。

本來雞蛋糕這東西是點心中頗好吃的一種，從店鋪裡買來的一定價錢不很便宜，那麼倘若自己能做，正是極好的事，所以我對於女學生做雞蛋糕學說表示贊成。但是，我得聲明，我不是正統的雞蛋糕學派，因為他們的理由是老爺愛吃雞蛋糕故太太應做之，說得冠冕一點是夫為妻綱思想的遺風，這是我所始終反對的。我的主張本來並不限於女子，便是男子也該會做雞蛋糕，不但是雞蛋糕，便是煮飯洗衣男子也該會做，不過現在是談女子教育，所以只就這一方面立論罷了。

我並不是學教育的，也不曾熟知中國女子，因此我不能以什麼教育家或是丈夫的資格來陳述她們的缺點，提議教育上的補救方法。我只是以旁觀的地位，就見聞所得，說一句老實話，覺得現代女子的確有一個缺點，即缺乏知識之實用。

我決不說世風日下，以為舊婦女比新的要好要能幹：糊塗的經驗與空洞的知識一樣是無用的。若是做真的雞蛋糕等等，多謝有些學校及雜誌的提倡，恐怕新婦女的手段未必怎麼不及她們的老輩，所可惜的是對於人生這一個大雞蛋糕她們也同老姑母們一樣的沒有辦法。我說她們應該懂的是這個雞蛋糕的做法。

處理人生的方案我想是沒有人可以擬定傳授的，須得各自去追求才對，但是這上面必要的常識卻是可以修得。這可以分為普通知識之獲得及其實用來說。在現在這個過渡時代裡，只憑了傳統的指導去生活，固然也還可暫時敷衍過去，不過這不是我所希望于青年男女者，所以應毋庸議，雖然那種生活法或者倒是頗安全而且舒服的，倘若那個人的個性不大發達，沒有什麼思想。為現代的新青年計，人生的基本知識是必要的，大要就是這幾種學科：

一，自然科學類，內有天文學，地質學，生物學三種。

二，社會科學類，內只人類學一種，但包含歷史等在內。

一眼看去，這都是專門學問，非中學課程中所有，要望青年男女得到這種知識，豈非夢話。這個情形我原是知道的，不過我的意思是只要瞭解大意便好，並不是專攻深造，大約不是很難的事。我的空想的計畫是，先從生物學入手，明瞭了生物的生理及其一生的歷史，再從進化說去看生物變遷之跡，就此過渡到地質學方面，研究我們所住的這塊地的歷史及現狀，以後再查考地球在太陽系的位置，並太陽系與別的星星的關係，那就移到天文學上去了。

這是右翼，左翼是人類學，青年先從這裡知道民族分類的情形，再注意於「社會人類學」的一部分，明白社會組織以及文化道德的發達變遷，於是這號稱萬物之靈的人類的歷史大旨可以知道了。此外在右翼還可加入理化數學，左翼加入政治經濟，但如有了上邊的基本知識也就足以應用，不但《女兒經》及其他都用不著，就是不讀聖經賢傳，在一生裡也可以沒有什麼過惡了。

這種常識教科書，倘若有適當的人來編，我想不是什麼難事，或者只要二十萬言就可以寫成四本書，此外單行小冊自然愈多愈好。只可惜中國人於編書一事似乎缺少才能，我看了那些刊行的灌輸知識的叢書，對於上面所說的樂觀的話覺得未免有點過分。

我們假定這些知識已經有了，但是如不能利用，還是空的。本來凡有知識無一不是有益有用的，只要人能用他。中國人因為奴性尚未退化，喜因而惡創，善記憶而缺乏思索，雖然獲得新知識也總是堆積起來，不能活用，古希臘哲人云「多識不能益智」，正是痛切的批評。

據英國故部丘（S. H. Butcher）教授說，希臘的「多識」（Polymathié）一語別有含義，係指一堆事實，記在心裡，未曾經過理知的整理之謂。中國人的知識大抵如此，我常說這好像是一家藥材店，架上許多抽屜貯藏著各種藥品，一格一格的各不相犯，烏頭附子與茯苓生地間壁放著，待有主顧時取用。

中國人的腦子裡也分作幾隔，事實與迷信同時並存，所以學過生理的人在講臺上教頭骨有幾塊，生病時便相信符水可以止痢，石燕可以催生，而靜坐起來「丹田」裡有一股氣可以穿過橫隔膜，鑽通顱骨而出去了。現在當一反昔日之所為，把所得的知識融會貫通，打成一片，組織起一種自己的人生觀，時時去與新得的知識較量，不使有什麼分裂或矛盾，隨後便以這個常識為依憑，判斷一切日常的事件與問題。

這樣做去，雖然不能說一定可以安身立命，有快樂而無煩悶，總之這是應當如此的，而且有些通行的謬誤思想，如天地人為三才，天上有專管本國的上帝，地球是宇宙之中心，人身不潔，性欲罪惡，道德不變，有什麼天經地義，等等謬見，至少總可以免除了罷。

我對於文明史的研究全是外行，但我相信，凡不必要的束縛與犧牲之減少即是文明的信徵，反是者為野蠻。一民族的文明程度之高下，即可以道德律的寬嚴簡繁測定之，而性道德之解放與否尤足為標準，至於其根本緣因則仍在於常識的完備，趣味的高尚，因是而理知與感情均進於清明純潔之域。

中國號稱禮教之邦，而夷考其實，社會上所主張的道德多是以傳統迷信為根基的過去的遺物（現在亦並不實行，只是借此以文過飾非，或為做文章的資料），一般青年卻都茫然不知辨別，這是很可嘆的事，所以常識之養成在此刻中國實為刻不可緩的急務，願大家特別注意，不要再沉湎於自己騙自己的「東方精神文明」的鴉片煙酒裡了。

我臨了重複的說，現代女子的確太缺乏知識，不要說知識實用了。在賢母良妻式的女學校「求學」的女學生，不愁不會做雞蛋糕，但是此外怎樣？結婚，育兒，當然是可能的，向來目不識一丁字的女人不是都能盡職麼？難道這於學問有什麼相干？是的，我要說，什麼事都要學，單憑本能與經驗是不中用的。聖經上說，「未有學養子而後嫁者也，」這正是賢者千慮之一失，現在應當倒過來說，未有嫁而後學養子者也。想做賢母良妻之人，不知道女人，男人，與小兒是什麼東西，這豈不是笑話？

這個問題說起來很長，與本文只是一部分的關係，現在且不說下去了，只勸告諸君，侯勃忒夫人（Mrs. S. Herbert）的《兩性志》（Sex-lore，A. & C. Black）與《兒童志》（Child-lore，Methuen & Co.）二書可以一讀，即使不讀另外關於兩性及兒童心理的書。

民國十五年七月二十日，於北京。

北溝沿通信

某某君：

一個月前你寫信給我，說薔薇社周年紀念要出特刊，叫我做一篇文章，我因為其間還有一個月的工夫，覺得總可以偷閒來寫，所以也就答應了。但是，現在收稿的日子已到，我還是一個字都沒有寫，不得不趕緊寫一封信給你，報告沒有寫的緣故，務必要請你原諒。

我的沒有工夫作文，無論是預約的序文或寄稿，一半固然是忙，一半也因為是懶，雖然這實在可以說是精神的疲倦，乃是在變態政治社會下的一種病理，未必全由於個人之不振作。還有一層，則我對於婦女問題實在覺得沒有什麼話可說。

我於婦女問題，與其說是頗有興趣，或者還不如說很是關切，因為我的妻與女兒們就都是女子，而我因為是男子之故，對於異性的事自然也感到牽引，雖然沒有那樣密切的關係。我不很贊同女子參政運動，我覺得這只在有些憲政國裡可以號召，即使成就也沒有多大意思，若在中國無非養成多少女政客女豬仔罷了。想來想去，婦女問題的實際只有兩件事，即經濟的解放與性的解放。然而此刻現在這個無從談起，並不單是無從著手去做，簡直是無可談，談了就難免得罪，何況我於經濟事情了無所知，自然更不能開口，此我所以不克為薔薇特刊作文之故也。

我近來讀了兩部書，覺得都很有意思，可以發人深省。他們的思想雖然很消極，卻並不令我怎麼悲觀，因為本來不是樂天家，我的意見也是差不多的。其中的一部是法國呂滂（G. Le Bon）著《群眾心理》，中國已有譯本，雖然我未曾見，我所讀的第一次是日文本，還在十七八年前，現在讀的乃是英譯本。

無論人家怎樣地罵他是反革命，但他所說的話都是真實，他把群眾這偶像的面幕和衣服都揭去了，拿真相來給人看，這實在是很可感謝雖然是不常被感謝的工作。群眾還是現在最時新的偶像，什麼自己所要做的事都是應民眾之要求，等於古時之奉天承運，就是真心做社會改造的人也無不有一種單純的對於群眾的信仰，彷彿以民眾為理性與正義的權化，而所做的事業也就是必得神佑的十字軍。

這是多麼謬誤呀！我是不相信群眾的，群眾就只是暴君與順民的平均罷了，然而因此凡以群眾為根據的一切主義與運動我也就不能不否認，——這不必是反對，只是不能承認他是可能。婦女問題的解決似乎現在還不能不歸在大的別問題裡，而且這又不能脫了群眾運動的範圍，所以我實在有點茫然了，婦女之經濟的解放是切要的，但是辦法呢？方子是開了，藥是怎麼配呢？這好像是一個居士遊心安養淨土，深覺此種境界之可樂，乃獨不信阿彌陀佛，不肯唱佛號以求往生，則亦終於成為一個烏托邦的空想家而已！但是，此外又實在是沒有辦法了。

還有一部書是維也納婦科醫學博士鮑耶爾（B.A.Bauer）所著的《婦女論》，是英國兩個醫生所譯，聲明是專賣給從事於醫學及其他高等職業的人與心理學社會學的成年學生的，我不知道可以有那一類的資格，卻承書店認我是一個Sexologiste，也售給我一本，得以翻讀一過。

奧國與女性不知有什麼甚深因緣，文人學士對於婦女總特別有些話說，這位鮑博士也不是例外，他的意見倒不受佛洛依特的影響，卻是有點歸依那位《性與性格》的著者華寧格耳的，這於婦女及婦女運動都是沒有多大好意的。但是我讀了卻並沒有什麼不以為然，而且也頗以為然，雖然我自以為對於女性稍有理解，壓根兒不是一個憎女家（Misogyniste）。我固然不喜歡像古代教徒之說女人是惡魔，但尤不喜歡有些女性崇拜家，硬頌揚女人是聖母，這實在與老流氓之要求貞女有同樣的可惡；我所贊同者是混和說，華寧格耳之主張女人中有母婦娼婦兩類，比較地有點兒相近了。

這裡所當說明者，所謂娼婦類的女子，名稱上略有語病，因為這只是指那些人，她的性的要求不是為種族的繼續，乃專在個人的欲樂，與普通娼妓之以經濟關係為主的全不相同。鮑耶爾以為女子的生活始終不脫性的範圍，我想這是可以承認的，不必管他這有否損失女性的尊嚴。

現代的大謬誤是在一切以男子為標準，即婦女運動也逃不出這個圈子，故有女子以男性化為解放之現象，甚至關於性的事情也以男子觀點為依據，讚揚女性之被動性，而以有些女子性心理上的事實為有失尊嚴，連女子自己也都不肯承認了。

其實，女子的這種屈服於男性標準下的性生活之損害，決不下於經濟方面的束縛，假如鮑耶爾的話是真的，那麼女子這方面即性的解放豈不更是重要了麼？鮑耶爾的論調雖然頗似反女性的，但我想大抵是真實的，使我對於婦女問題更多瞭解一點，相信在文明世界裡這性的解放實是必要，雖比經濟的解放或者要更難也未可知：社會文化愈高，性道德愈寬大，性生活也愈健全，而人類關於這方面的意見卻也最頑固不易變動，這種理想就又不免近於晝夢。

反女性的論調恐怕自從「天雨粟鬼夜哭」以來便已有之，而憎女家之產生則大約在盤古開天闢地以後不遠罷。世人對於女性喜歡作種種非難譭謗，有的說得很無聊，有的寫得還好，我在小時候見過唐代叢書裡的一篇《黑心符》，覺得很不錯，雖然三十年來沒有再讀，文意差不多都忘記了。我對於那些說女子的壞話的也都能諒解，知道他們有種種的緣由和經驗，不是無病呻吟的，但我替她們也有一句辯解：你莫怪她們，這是宿世怨對！我不是奉「《安士全書》人生觀」的人，卻相信一句話曰「遠報則在兒孫」，《新女性》發刊的時候來徵文，我曾想寫一篇小文題曰「男子之果報」，說明這個意思，後來終於未曾做得。

男子幾千年來奴使婦女，使她在家庭社會受各種苛待，在當初或者覺得也頗快意，但到後來漸感到勝利之悲哀，從不平等待遇中養成的多少習性發露出來，身當其衝者不是別人，即是後世子孫，真是所謂天網恢恢疏而不漏，怪不得別人，只能怨自己。

若講補救之方，只在莫再種因，再加上百十年的光陰淘洗，自然會有轉機，像普通那樣地一味怨天尤人，全無是處。但是最後還有一件事，不能算在這筆賬裡，這就是宗教或道學家所指點的女性之狂蕩。我們只隨便引佛經裡的一首偈，就是好例，原文見《觀佛三昧海經》卷八：

若有諸男子　年皆十五六
盛壯多力勢　數滿恒河沙
持以供給女　不滿須臾意

這就是視女人如惡魔，也令人想起華寧格耳的娼婦說來。我們要知道，人生有一點惡魔性，這才使生活有些意味，正如有一點神性之同樣地重要。對於婦女的狂蕩之攻擊與聖潔之要求，結果都是老流氓（Roué）的變態心理的表現，實在是很要不得的。華寧格爾在理論上假立理想的男女性（FM），但知道在事實上都是多少雜糅，沒有純粹的單個，故所說母婦娼婦二類也是一樣地混和而不可化分，雖然因分量之差異可以有種種的形相。

因為娼婦在現今是准資本主義原則賣淫獲利的一種賤業，所以字面上似有侮辱意味，如換一句話，說女子有種族的繼續與個人的欲樂這兩種要求，有平均發展的，有偏於一方的，則不但語氣很是平常，而且也還是極正當的事實了。

從前的人硬把女子看作兩面，或是禮拜，或是詛咒，現在才知道原只是一個，而且這是好的，現代與以前的知識道德之不同就只是這一點，而這一點卻是極大的，在中國多數的民眾（包括軍閥官僚、學者紳士、遺老道學家、革命少年、商人、勞、農、諸色人等）恐怕還認為非聖無法，不見得能夠容許哩。

古代希臘人曾這樣說過，一個男子應當娶妻以傳子孫，納妾以得侍奉，友妓（**Hetaira** 原語意為女友）以求悅樂。這是宗法時代的一句不客氣的話，不合於現代新道德的標準了，但男子對於女性的要求卻最誠實地表示出來。義大利經濟學家密乞耳思（**Robert Michels**）著《性的倫理》（英譯在現代科學叢書中）引有威尼思地方的諺語，云女子應有四種相，即是：

街上安詳，（**Matrona in strada**，）

寺內端莊，（**Modesta in chiesa**，）

家中勤勉，（**Massa in casa**，）

□□顛狂，（**Mattona in letto.**）

可見男子之永遠的女性便只是聖母與淫女（這個佛經的譯語似乎比上文所用的娼婦較好一點）的合一，如據華寧格耳所說，女性原來就是如此，那麼理想與事實本不相背，豈不就很好麼？

以我的孤陋寡聞，尚不知中國有何人說過（上海張競生博士只好除外不算，因為他所說缺少清醒健全）但外國學人的意見大抵不但是認而且還有點頌揚女性的狂蕩之傾向，雖然也只是矯枉而不至於過直。

古來的聖母教崇奉得太過了，結果是家庭裡失卻了熱氣，狹邪之巷轉以繁盛；主婦以儀式名義之故力保其尊嚴，又或恃離異之不易，漸趨於乖戾，無復生人之樂趣，其以婚姻為生計，視性為敲門之磚，蓋無不同，而別一部分的女子致意於性的技巧者又以此為生利之具，過與不及，其實都可以說殊屬不成事體也。

我最喜歡談中庸主義，覺得在那裡也正是適切，若能依了女子的本性使她平勻發展，不但既合天理，亦順人情，而兩性間的有些麻煩問題也可以省去了。不過這在現在也是空想罷了，我只希望注意婦女問題的少數青年，特別是女子，關於女性多作學術的研究，既得知識，也未始不能從中求得實際的受用，只是這須得求之於外國文書，中國的譯著實在沒有什麼，何況這又容易以「有傷風化」而禁止呢？

我看了鮑耶爾的書，偶然想起這一番空話來，至於答應你的文章還是寫不出，這些又不能做材料，所以只能說一聲對不起，就此聲明恕不做了。草草不一。

十一月六日，署名。

抱犢谷通信

我常羨慕小說家，他們能夠撿到一本日記，在舊書攤上買到殘抄本，或是從包花生米的紙上錄出一篇東西來，變成自己的絕好的小說。我向來沒有這種好運；直到近來才拾得一卷字紙，——其實是一個朋友前年在臨城附近撿來的，日前來京才送給我。這是些另另碎碎的紙張，只有寫在一幅如意箋上的是連貫的文章，經我點竄了幾處，發表出來，並替他加上了一個題目。這是第一遭，不必自己費心而可以算是自己的作品，真是僥倖之至。

這篇原文的著者名叫鶴生，如篇首所自記，又據別的紙片查出他是姓呂。他大約是「肉票」之一，否則他的文件不會掉在失事的地方，但是他到抱犢谷以後下落終於不明：孫美瑤招安後放免的旅客名單上遍查不見呂鶴生的名字。

有人說，看他的文章頗有非聖無法的氣味，一定因此為匪黨所賞識，留在山寨裡做軍師了；然而孫團長就職時也不聽說有這樣一個參謀或佐官。又有人說，或者因為他的狂妄，被匪黨所殺了也未可知；這頗合於情理，本來強盜也在擁護禮教的。總之他進了抱犢谷，就不復再見了。甲子除夕記。

癸亥孟夏，鶴生。

我為了女兒的事這幾天真是煩惱極了。

我的長女是屬虎的。這並不關係什麼民間的迷信，但當她生下來以後我就非常擔心，覺得女子的運命是很苦的，生怕她也不能免，雖然我們自己的也並不好。撫養我的祖母也是屬虎，——她今年是九十九歲，——她的最後十年我是親眼看見的，她的瘦長的虔敬的臉上絲絲刻著苦痛的痕跡，從祖父怒罵的話裡又令我想見她前半生的不幸。

我心目中的女人一生的運命，便是我這祖母悲痛而平常的影像。祖母死了，上帝安她的魂魄！如今我有了一個屬虎的女兒（還有兩個雖然是屬別肖的）不禁使我悲感，也並不禁有點迷信。

我雖然終於是懦弱的人，當時卻決心要給她們奮鬥一回試一試，無論那障害是人力還是天力。要使得她們不要像她們的曾祖母那樣，我苦心的教育她們；給她們人生的知識和技能，可以和諧而又獨立地生活；養成她們道德的趣味，自發地愛貞操，和愛清潔一樣；教她們知道戀愛只能自主地給予，不能賣買；希望她們幸福地只見一個丈夫，但也並不詛咒不幸而知道幾個男子。我的計畫是做到了，我祝福她們，放她們出去，去求生活。但是實際上卻不能這樣圓滿。

她們嘗過了人生的幸福和不幸，得到了她們各自的生活與戀愛，都是她們的自由以及責任。就是我們為父母的也不必而且不能管了，——然而所謂社會卻要來費心。他們比父親丈夫更嚴厲地監督她們，他們造作謠言，隨即相信了自己所造作的謠言來加裁判。

其實這些事即使是事實也用不著人家來管，並不算是什麼事。我的長女是二十二歲了（因為她是我三十四歲時生的），現在是處女非處女，我不知道，也沒有知道之必要，倘若她自己不是因為什麼緣故來告訴我們知道。我們把她教養成就之後，這身體就是她自己的，一切由她負責去處理，我們更不須過問。便是她的丈夫或情人——倘若真是受過教育的紳士，也決不會來問這些無意義的事情。這或者未免太是烏托邦的了，我知道在智識階級中間還有反對娶寡婦的事，但我總自信上邊所說的話是對的，明白的人都應如此。

文明是什麼？我不曉得，因為我不曾研究過這件東西。但文明的世界是怎樣，我卻有一種界說，雖然也只是我個人的幻覺：我想這是這樣的一個境地，在那裡人生之不必要的犧牲與衝突盡可能地減少下去。我們的野蠻的祖先以及野蠻的堂兄弟之所以為野蠻，即在於他們之多有不必要的犧牲與衝突。他們相信兩性關係於天行人事都有影響，與社會的安危直接相關，所以取締十分地嚴重，有些真出於意表之外。

現在知道這些都是迷信，便不應再這樣的做，我想一個人只要不因此而生添癡狂低能以貽害社會，其餘都是自己的責任，與公眾沒有什麼關係。或者這又是理想的話，至少現在難能實現，但文明的趨勢總是往這邊走；或者這說給沒有適當教養的男女聽未免稍早，但在談論別人的戀愛事件的旁觀者不可不知這個道理，努力避去遺傳的蠻風。

我現在且讓一步承認性的過失，承認這是不應為的，我仍不能說社會的嚴厲態度是合於情理。即使這是罪，也只是觸犯了他或她的配偶，不關第三者的事。即使第三者可以從旁評論，也當體察而不當裁判。「她」或者真是有「過去」，知道過一兩個男子，但既然她的丈夫原許了（或者他當初就不以為意，也未可知），我們更沒有不可原許，並不特別因為是自己的女兒。我不是基督教徒，卻是崇拜基督的一個人：時常現在我的心目前面令我最為感動的，是耶穌在殿裡「彎著腰用指頭在地上畫字」的情景。「你們中間誰是沒有罪的，誰就可以先拿石頭打她。」我們讀到這裡，真感到一種偉大和神聖，於是也就覺得那些一臉凶相的聖徒們並不能算是偉大和神聖。我不能擺出聖人的架子，說一切罪惡都可容忍，唯對於性的過失總以為可以原許，而且也沒有可以不原許的資格。

那些偽君子——假道學家，假基督教徒，法利賽人和撒都該人等，卻偏是喜歡多管這些閒事，這是使我最覺得討嫌的。假如我有一個敵人，我雖願意和他拼個你死我活，但決不能幸樂他家裡的流言，更不必說別人的事了。你們偽君子平常以此為樂，到底是什麼意思？你們依恃自己在傳統道德前面是個完人，相信在聖廟中有你的分，便傲慢地來侮蔑你的弟妹，說「讓我來裁判你」，至多也總是說，「讓我來饒恕你。」我們不但不應裁判，便是饒恕也非互相饒恕不可，因為我們脆弱的人類在這世界存在的期間總有著幾多弱點，因了這弱點，並不因了自己的優點才饒恕人。

你們偽君子們不知道自己也有弱點，只因或種機緣所以未曾發露，卻自信有足以凌駕眾人的德性，更處處找尋人家的過失以襯貼自己的賢良，如把別人踏得愈低，則自己的身分也就抬得愈高，所以幸災樂禍，苛刻的吹求，你們的意思就只是竭力踐踏不幸的弟妹以助成你的得救！

你們的仲尼耶穌是這樣的教你的麼？你們心裡的淫念使你對於淫婦起妒忌怨恨之念，要拿石頭打死她們，至今也還在指點譏笑她。這是怎樣可憐憫可嫌惡的東西！你們笑什麼？你們也配笑麼？我不禁要學我所愛讀的小說家那樣放大了喉嚨很命的叫罵著說。

……

這篇東西似乎未完，但因為是別人的文章，我不好代為續補。看文中語氣，殆有古人所謂「老牛舐犢」之情，篇名題作「抱犢谷通信」，文義雙關，正是巧合也。編者又記。

訶色欲法書後

案右文見《法苑珠林》卷七五，十惡篇六邪淫部二訶欲類中，上頭冠以「佛說月明菩薩經云」八字，查《閱藏知津》的西土聖賢撰集下，「《菩薩訶色欲法》，一紙欠，南宜北槁，姚秦天竺沙門鳩摩羅什譯。」這就是上文的來源與說明。

我翻印這篇東西的理由，第一因為文章實在流暢，話也說的痛快，「不為此物之所惑也！」這真是擲地作金石聲。第二因為現代似乎頗歡迎「厭女派」（Misogynistes）的文章，我也想來介紹一篇，但是終於只找到這篇刊文。我當初在《欲海回狂》上只見到一部分，很是惋惜，後來在西山養病，得見全豹，便把它抄了下來，紙尾還有年月的數目「二一七五」，這回居然得到發表的機會，但數目已經是「二五一一三〇」了。

我知道這篇色欲法有點訶得太舊，太是寺院氣，現代的厭女哲學最新的是日爾曼派的了。基督教的不淨觀已經過了時，雖然它的影響當然還遺留在人心上，不管是怎麼新教國：馬丁路得反正也是把女人當作夜壺看的。自然，我們所要說的是哲學家，他們的思想頭號新鮮的，例如叔本華咧，尼采咧，還有華寧格耳。房分略遠一點，有擺倫與斯忒林堡，是著名文士，十分厭女人，也是十分喜歡女人的。但是最聞名的祖師總要算叔本華，他的《婦女論》是現代厭女宗的聖書。

不過，我是有點守舊癖的人，不大喜歡新的，翻板的東西。據他們說，叔本華的厭女哲學全是由於性愛缺陷之反動，好像失戀者的責罵，說得好時可以得人家的同情，卻不大能夠說服人，除非是他的同病。叔本華和他母親的關係大家大約是知道的，她雖然沒有像擺倫老太太似的把他的腳拗，卻也盡夠不對了；這種情形據心理分析家說來是於子女有極大不幸的影響的。

後來未必全然因為他的貓臉的關係吧，總之他沒有娶妻，但冶遊當然是常有的，所以終於患了梅毒，——這件事似乎使他更是深惡痛絕那可憎的女性了。他的前輩特煞特（De Sade）侯爵也是如此，因為不幸的結婚與戀愛關係，一變而為現代厭女宗的開山，又是「煞提死木死」（Sadismus 可譯云「他虐狂」）的代表者。

他的著作裡充滿這兩種特色，但是文章似乎不很高明，不甚見知於世，除了那些醫生之流。然而他的思想有些便都傳授給叔本華先生了。

據柏林皮膚生殖科醫生醫學博士伊凡勃洛赫在《現代的兩性生活》上說，《婦女論》中的意見有許多與煞特侯爵所說相同，論中最精采的一節，痛嘲女人形體的醜惡云（借用張慰慈先生譯文），「只有那般為性欲所迷的男子才把這一種短小的狹肩膀的，闊大腿的，短小腿的人種叫做優美的女性！」

煞特侯爵在他的小說《朱力厄特》（Juliette）第三卷中說著同樣的話，「從你所崇拜的一個偶像身上脫去了她的衣服。這就是那兩條短而且彎的腿，使你這樣地顛倒昏迷的麼？」

他又在一部小說上說，那些能夠斷絕情欲，不與那「墮落的虛偽的惡毒的東西」交接的男子，真是幸福的人。

我不說叔本華是抄襲的詩人，但的確覺得他這些思想並不怎麼新奇，雖然因了他的文章總還是值得讀的。他說為性欲所迷，這實是平凡之至的話。生而為有性動物的人，有那一件事不含有性欲的影響，就是看花，據赫孫（W. H. Hudson）藹理斯（Havelock Ellis）等人說，也有性的意味，花色之優劣以肉體聯想為標準，花香則與性之氣體等相近。人要不為她所迷，好似孫猴子想跳出我佛如來的掌心，有點不大容易。在我想來，涅槃之樂還不如喝一杯淡酒，讀兩首讚嘆短小腿的人種的詩，不論古今，因為我是完全一個俗人，凡人。叔本華據說是熱心於涅槃的，那自然也是很好，中國老小居士知道了一定要大樂，東方文化去救西洋可見並不始於歐戰之後。（其實，基督教也是我們東方的，更是古已有之，但是此刻現在這且莫談。）那麼，月明師父的確是他的前輩，我們能夠編訂他的文章，抄進這個報裡，可以說也與有光榮焉了罷。

勃洛赫醫生（Dr. Bloch）卻聽了勃然大怒，在厭女思想一章中說，「叔本華，斯忒林堡，華寧格耳等，完全與特煞特同一精神，著書宣傳對於女性之輕蔑；這個種子遇見了現代青年卻正落在肥地上了。那些年青的傻子便都鼓起了『男性的傲慢』，覺得自己對於那劣性是『精神的武士』了；那些滿足清醒了的蕩子們也來學時髦，說厭女（當然都是暫時的），聊以維持他們的自尊。倘若我們要說『生理的低能』，讓我們把這個名稱加在這般討厭的人們身上。正如喬治希耳特在《往自由的路》上所說，這樣的男性的狂妄只是精神缺陷症的一種變化。」喔，喔，勃大夫未免太不幽默一點了。

我想，隆勃羅所的天才都有點風狂的話是不錯的，但在藝術上這風狂卻沒有什麼要緊，而且可以說是好的，因為他能夠給我們造出大藝術來。不過，你自己如不是有點天分而想去學他們，或相信了他們的風話，那就有些危險，與相信普通風子的話沒有多大差別。勃大夫的警告如給這些平凡的讀者，那也是頗有益的，所以把它抄在這裡，要請識者原諒。

喔，在《訶色欲法》後寫「鞋子話」（用古文寫大約是履言二字）不意竟有本文四倍以上之長，可謂糊塗矣，而且其中頗有「重女輕男」的嫌疑，更屬不合，理合趕緊收束，寫竟如上文。

一九二五年十一月三十日夜中，豈明謹識。

（注）赫孫所說見《鳥與人》（Birds and Man）一篇講花的顏色的論文。

【附】訶色欲法

月明菩薩

女色者世間之枷鎖，凡夫戀著，不能自拔。女色者世間之重患，凡夫困乏，至死不免。女色者世間之衰禍，凡夫遭之，無厄不至。

行者既得舍之，若復顧念，是為從獄得出，還復思入；從狂得正，而復樂之；從病得差，復思得病。智者怒之，知其狂而顛蹶，死無日矣。

凡夫重色，甘為之僕，終身馳騾，為之辛苦，雖複鐵質寸斬，鋒鏑交至，甘心受之，不以為患，狂人樂狂，不是過也。

行者若能棄之不顧，是則破枷脱鎖，惡狂厭病，離於衰禍，既安且吉，得出牢獄，永無患難。

女人之相，其言如蜜，而其心如毒。譬如渟淵澄鏡，而蛟龍居之；金山寶窟，而師子處之。當知此害，不可暫近。室家不和，婦人之由；毀宗敗族，婦人之罪。實是陰賊，滅人慧明；亦是獵圍，鮮得出者。譬如高羅，群鳥落之，不能奮飛；又如密網，眾魚投之，刳腸俎幾；亦如暗坑，無目投之，如蛾赴火。是以智者知而遠之，不受其害；惡而穢之，不為此物之所惑也。

第五卷　觀世變

讀報的經驗

我們平常的習慣，每日必要看報，幾乎同有了癮一樣，倘若一天偶然停刊，便覺得有點無聊。所以報紙與我們的確很有關係，如有好的報紙供我們讀，他的好處決不下於讀書。但是好的報紙卻很難得，我想就經驗上感到的缺點寫幾條出來，以供大家的參考，並希望五周年後的《晨報》能夠漸成為理想的好報紙。

據自己的經驗，拿起報來大抵先看附刊，——有些附刊很離奇的，也別有一種趣味。其中最先看的是雜感通信一類的小品，以次及於詩文小說。我們固然期望常有真的文藝作品出現，但這是不可勉強的事，所以不得不暫以現狀為滿足，只希望於青年思想界多有撥觸，振作起一點精神來。

玄學問題愛情定則這些辯論，雖然有人或者以為非紳士態度，我卻覺得是很好的。附刊的職分，在「多做文學思想上的事業」，但係日刊而非專門的雜誌，所以性質應當輕鬆一點，雖然也不可過於挖苦或痛罵，現在通行的幾種附刊，固然還大有可以改良發展的餘地，不過大都還過得去，我們且不必求全責備的去說了。

其次，我們所注意的，是政治新聞。自己雖然毫無政見，對於別人的政論也沒甚趣味，但關於這一方面的事情總有點知道的必要，所以每天照例的要看一遍。既然如上邊所說，對於政治本無趣味，平常看報倒也隨便過去，並不想在這些報導裡邊求得什麼大道理，但在沒有新聞可看的時候卻又很覺得寂寞了。

恰巧中國報界有一種奇妙的習慣，無論政治上社會上鬧著什麼大亂子，倘若遇到什麼令節良辰，便刻日停工休息，有時整一兩個星期的全國沒有一張報紙；我真奇怪，像我這樣不談政治的人，在那時候還不免時常覺得焦躁，不知道時局是什麼情形了，那些業談政治的人們卻處之晏然，似乎並沒有什麼不滿意，究竟其故安在。

中國過節的癮實在很大，轟轟烈烈的外交運動到年底也要休假，商會的罷市也要節後舉行，都是很好的前例，報界的一兩個星期的停刊或者是當然的事也未可知。但我還希望中國報界中至少有一二家能夠破除這個成例，來學一學鄰國的「年中無休刊」；我知道這個犧牲一定不很小，不過真是熱心辦報的人未必便擔受不起，何況其中又並非沒有特別利益可得，只要中國人不至於過節過的如此入迷，以致連報也不要看。

即使退一步說，過年過節時不能照常出版，那麼減少一半可，甚至每日只出號外似的一塊，傳達緊要新聞，亦無不可。在中國這樣懶蛇似的國內政治以至軍事行動到了過節也會休息，真正沒有什麼緊要新聞可以傳達也未可知，但我總希望有一二家報館起來改革，打破言論出版界的停滯的空氣也好。

最後，我們看那社會新聞和廣告，關於現在的社會新聞的編法，有好幾處缺點可以舉出來。其一是重複，常常有同一新聞，記的略有異同，先後重出，或者在一張報上登了出來。這是一個小毛病，看了卻也不很愉快。其二是有頭無尾，一個案件只在發生時記了一回，以後便無下文。

中國的社會新聞大抵都是投稿，並不經過本社記者的查訪，而且多只道聽塗說，並不就本案關係人或關係官廳加以探詢，所以多半不很確實，讀者也只當作消閒材料，看過就算。先前孫美瑤旅長在臨城鬧事之後，報上說火車要改鐘點，聲明容後續訪，而終於信息杳然；要乘火車的人當然會到車站去問改正的時刻，但報上記事有頭無尾，總是一個缺點。這樣的正經事尚且如此，別的小案件更不必說了。

其三是太迎合社會心理，上兩點關於編輯方法，這一點是關於材料的。中國人看新聞，多當他做《聊齋》看，只須檢查舊《申報》或《點石齋畫報》的題目，不是「怪胎何來」，便是「貞烈可風」或「打散鴛鴦」，就可明白。現在的報紙上不大看見這類的標題了，但查考他的內容還是同二十年前一樣。

論理，新聞上只要記載重大的事件與公眾有利害關係的，或特殊事物之有趣味的便夠了，如說某處學術講演，某地強盜殺人，或三貝子花園的猴子生了小猴，中央公園的二月藍開了之類，至於別的個人的私事一概不必登載。然而群眾喜歡聽講人家的壞話，報紙為迎合社會心理起見，於是也多載所謂風化的新聞，攻訐的還不算在內。這類新聞表面上可以分為名教的與卑猥的兩種，而根本上卻是同樣的惡劣而且不健全。他們敘述某貞女之「以一言之微竟爾殞身」，或「兩塊骨頭」之在道士廟私會，有時更遠及數千里外幾個月前的個人隱密以充篇幅。這當然由於讀者無形的要求，但從新聞上論究竟價值何在。

據我想來，除了個人的食息以外，兩性的關係是天下最私的事，一切當由自己負責，與第三者了無交涉，即使如何變態，如不構成犯罪，社會上別無顧問之必要，所以紀述那種新聞以娛讀者，實在與用了性的現象編造笑話同是下流根性。

或者說，這些事與風化有關，故有登載的價值。我殊不解，一位貴夫人的二十年前的禁欲，一對男女的不曾公佈的同居，會於所謂風化的隆替生什麼影響，世間如有風化，那只是一時代的兩性關係的現象，裡邊含有貞女節婦，童男義夫，也含有那兩塊骨頭以及其他，我們不能任意加以筆削。

我並不是希望新聞記者去力斥守節之愚而盛稱幽會之雅，因為這也是極謬的；我只希望記者對於這些事要有一點常識，不要把兩性關係看得太神秘太重大，聽到一點話便搖筆鋪敘，記的津津有味，要知道這是極私的事沒有公佈的必要，那就好了。性的事實並不是不可記述的，不過那須用別一種方法，或藝術的發表為文學美術，或科學的為性的心理之研究，都無不可，卻不宜於做在社會新聞上供庸眾之酒醉飯飽後的玩弄。他們如有這種要求，可以不去理他；公眾對手的報紙固然不好無視社會心理，但有許多地方也只能拒絕。至於有些報上載些介紹式的菊訊花訊，那本不在我們所說的報紙範圍以內，自不必去說他的好壞了。

我於新聞學完全是外行，現在所說只是我個人的意見，沒有什麼根據，而且頗有惡人之所好的地方，未必容易實行，倘若能夠因此引起極少數的局部的改革，那就是這篇小文的最大的成功了。

（十二年十一月）

關於重修叢台的事

今年暑假中，燕京大學的王德曦黃文寶二君往邯鄲去調查社會的狀況，見到叢台故址，於是集款重修，教我寫一篇文字。我於文章既非所長，又未嘗親到叢台，當然沒有什麼話可說，惟有關於保存古蹟的事卻略有一些意見，所以就寫了下來。

保存古蹟這一種運動，在開化的國裡大抵是有的。保存的目的可以分作兩重，一是美術的，二是歷史的；但是古蹟未必都有美術的價值，所以這第二重的意義便占了重要的位置。

法國芒達倫貝爾（Montalembert）曾說，「長遠的紀念造成偉大的國民」，可以算是簡明的解釋。這長遠的紀念的效用，並不在使人追慕古昔，想教地球逆轉過來，乃是喚起一種自覺，瞻望過去即是意識將來，這是所以能使國民偉大的緣故。歷史的古蹟正如一塊路程碑，立在民族的無限的行程的路旁，一方面紀錄經過的裡數，一方面也就表示遼遠的前路，催促行道者去建立其次的路程碑。王羲之在《蘭亭序》上說，「後之視今，亦猶今之視昔。」這雖是達觀的話，但若積極的用來，也就可以當作懷古的心情的一種解說了。

中國對於古蹟是向來重視的，也常有修整保存的舉動，但一般的意見不免偏於追慕古昔，而且保存也很不得法，這是極可惋惜的事。即如在我故鄉的蘭亭，原是有名的古蹟，地方上也頗知注意，常加修理，所以屋宇也極整齊，然而佈置不甚合宜，近來又由一個布商監工改造，以致俗惡不堪，遊蘭亭的人只在驢背上稍得領略山水之美，一到門前，卻反而索然興盡了。還有大同的石佛寺，現存無數雕像，本不愧為東亞偉大美術之一，但也多被修整所害：佛像一經俗工的髹漆，全化為喇嘛廟裡的菩薩，使真的美術家見了恨不得撕去這些金碧，還他本來的殘缺而有榮光的面目；又有「保護」石窟的兵警駐紮，更無形的幫助著破壞的自然力的進行。

就這兩件事看來，可見中國對於保存古蹟的辦法實在太欠講究，因此也就知道對於保存古蹟的道理不很分明了。

據王黃二君說，這回叢台的修葺，與先前的辦法頗有不同，既不去故意的做出什麼流觴曲水來，也並無一些金碧的塗飾，單是開闢一塊地面，修理幾間房屋，彷彿公園模樣，可以供公眾的遊覽：這方法卻是極好的，叢台的來源未必引起大家很深的感興，但邯鄲就是很可紀念的地方，從中提出一個叢台來做代表，也正是合宜的辦法。保存美術的古蹟，當然須用別種的計畫，至於平常的歷史遺跡，卻只須如此也就十分適當了。

一九二二年十一月三日，在北京記。

關於兒童的書

我的一個男孩，從第一號起閱看《兒童世界》和《小朋友》，不曾間斷。我曾問他喜歡那一樣，他說更喜歡《小朋友》，因為去年內《兒童世界》的傾向稍近於文學的，《小朋友》卻稍近於兒童的。

到了今年這些書似乎都衰弱了，不過我以為小孩看了即使得不到好處，總還不至於有害。但是近來見到《小朋友》第七十期「提倡國貨號」，便忍不住要說一句話，——我覺得這不是兒童的書了。無論這種議論怎樣時髦，怎樣得庸眾的歡迎，我以兒童的父兄的資格，總反對把一時的政治意見注入到幼稚的頭腦裡去。

我們對於教育的希望是把兒童養成一個正當的「人」，而現在的教育卻想把他做成一個忠順的國民，這是極大的謬誤。羅素在《教育自由主義》一文上，說得很是透澈；威爾士之改編世界歷史，也是這個意思，想矯正自己中心的歷史觀念。

日本文學家秋田雨雀曾說，日本學校的歷史地理，尤其是修身的教訓都是顛倒的，所以他的一個女兒只在家裡受教育，因為沒有可進的正當的學校。畫家木村君也說他幼年在學校所受的偏謬的思想，到二十歲後費了許多苦功才得把他洗淨。其實，中國也何嘗不如此，只是少有人出來明白的反對罷了。

去年為什麼事對外「示威運動」，許多小學生在大雨中拖泥帶水的走，雖然不是自己的小孩，我看了不禁傷心，想到那些主任教員真可以當得「賊夫人之子」的評語。小孩長大時，因了自主的判斷，要去冒險捨生，別人沒有什麼話說，但是這樣的糟塌，可以說是慘無人道了。

我因此想起中古的兒童十字軍來；在我的心裡，這衛道的「兒童殺戮」實在與希律王治下的「嬰兒殺戮」沒有什麼差別。這是我所遇見的最不愉快的情景之一。三年前，我在《晨報》上看見傅孟真君歐洲通信《瘋狂的法蘭西》後，曾發表一篇雜感叫「國榮與國恥」，其第五節似乎在現今也還有意義，重錄於下：

「中國正在提倡國恥教育，我以小學生的父兄的資格，正式的表示反對。我們期望教育者授與學生智識的根本，啟發他們活動的能力，至於政治上的主義，讓他們知力完足的時候自己去選擇。我們期望教育者能夠替我們造就各個完成的個人，同時也就是世界社會的好分子，不期望他為販豬仔的人，將我們子弟販去做那頗侖們的忠臣，葬到凱旋門下去！國家主義的教育者乘小孩們腦力柔弱沒有主意的時候，用各種手段牢籠他們，使變成他的嘍囉，這實在是詐欺與誘拐，與老鴇之教練幼妓何異。……」

總之我很反對學校把政治上的偏見注入於小學兒童，我更反對兒童文學的書報也來提倡這些事。以前見北京的《兒童報》有過什麼國恥號，我就覺得有點疑惑，現在《小朋友》又大吹大擂的出國貨號，我讀了那篇宣言，真不解這些既非兒童的復非文學的東西在什麼地方有給小朋友看的價值。

在我不知道編輯的甘苦的人看來，可以講給兒童聽的故事真是無窮無盡，就是一千一夜也說不完，不過須用理知與想像串合起來，不是只憑空的說幾句感情話便可成文罷了。鹿豹的頸子為什麼這樣長，可以講一篇事物起源的童話，也可以講一篇進化論的自然故事；火從那裡來，可以講神話上的燧人，也可以講人類學上的火食起源。

說到文化史裡的材料，幾乎與自然史同樣的豐富，只等人去採用。我相信精魂信仰（Animism）與王帝起源等事盡可做成上好的故事，使兒童得到趣味與實益，比講那些政治外交經濟上的無用的話不知道要好幾十倍。這並不是武斷的話，只要問小孩自己便好：我曾問小孩這些書好不好看，他說，「我不很要看，——因為題目看不懂，沒趣味。譬如題目是『熊和老鼠』或『公雞偷雞蛋』，我就歡喜看。現在這些多不知說的是什麼！」編者或者要歸咎於父師之沒有愛國的教練，也未嘗不可，但我相信普通的小孩當然對於國貨仇貨沒有什麼趣味，卻是喜歡管「公雞偷雞卵」等閒事的。要提倡那些大道理，我們本來也不好怎麼反對，但須登在「國民世界」或「小愛國者」上面，不能說這是兒童的書了。

在兒童不被承認，更不被理解的中國，期望有什麼為兒童的文學，原是很無把握的事情，失望倒是當然的。兒童的身體還沒有安全的保障，那裡說得到精神？不過我們總空想能夠替小朋友們盡一點力，給他們應得的權利的一小部分。我希望有十個弄科學，哲學，文學，美術，人類學，兒童心理，精神分析諸學，理解而又愛兒童的人，合辦一種為兒童的定期刊，那麼兒童即使難得正當的學校，也還有適宜的花園可以逍遙。大抵做這樣事，書鋪和學會不如私人集合更有希望；這是我的推想，但相信也是實在的情形，因為少數人比較的能夠保持理性的清明，不至於容易的被裹到群眾運動的渦捲裡去。我要說明一句，群眾運動有時在實際上無論怎樣重要，但於兒童的文學沒有什麼價值，不但無益而且還是有害。

在理想的兒童的書未曾出世的期間，我的第二個希望，是現在的兒童雜誌一年裡請少出幾個政治外交經濟的專號。

（一九二三年八月）

讀兒童世界遊記

一個在杭州的小朋友寫信給我，末節說，「喔喜喔！（從《兒童世界遊記》裡學了這句日本話，胡鬧用來，似乎有趣。）」我看了也覺得有趣，便去買了一本《兒童世界遊記》，翻開一看，不免有點失望，因為這一句話就解釋錯了。他說，「喔喜喔，其意就是說你們好。」但我卻想不出這句話來，只有通用的「阿哈育（Ohayo）」意思說早上好，是早晨相見問詢的話。或者是英美人用了十足的英國拼法寫作 Ohiyo，現在又把他照普通的羅馬字拼法讀了，所以弄錯，也未可知。

日本人的姓名，在中國普通總是仍照漢文原字沿用，書中卻都譯音，似乎也還可商。「塔羅」當然是「太郎」，但「海鹿顧勝」想不出相當的人名，只有「花子」是女孩常用的名字，讀作 Hanakosan（花姑娘），據中國那拉互易的例，這或者就是「海鹿顧勝」的原文了。

書中說，「木枕大如磚塊」，又說「幾盞紙燈」，這木枕與紙燈雖然都是事實，但現在已經不通行了。即使「箱枕」勉強可以稱作木枕，但也只是舊式的婦女所用，太郎決不用這個東西的。又在拍球的圖中，畫作一個男小孩穿著女人的衣服，也覺得很奇怪。我想這些材料大約是從西洋書裡採來，但是西洋人對於我們斜眼睛的東方人的事情，往往不大看得清楚，所以他們所記所畫的東西，不免有點錯誤，我們讀謙本圖的地理讀本的時候，便可約略覺得，這本遊記又從他們採取材料，自然不免發生錯誤了。

但是另外有一件事情，西洋人大約不能負責的，便是遊記裡說，「有人說，日本人是秦朝時候徐福的子孫，這句話從前日本人也承認的，想來是不差。」一民族的始祖是誰，不容易斷定的，以前雖然有種種推測，到後來研究愈深，結論還是缺疑。譬如漢族的問題，有人說是從巴比倫來的，有人說是從猶太來的，現代德國最有名的中國學者希爾德著《周代以前的古史》只說是不可考，實在是最聰明的見識。中國的家譜式的估定人家的始祖，未免太是附會，而且對於別人也要算是失禮的。

遊記第一冊的後半是講菲列濱的，我不能說他講的對不對。但是末了記述「村落中舉行吃父典禮」，我想我們如不是確知菲列濱人現在真是「你一塊我一塊」的還在那裡吃父，這一節就不應該有。

（十一年四月）

評自由魂

我今年不曾看過影戲，所以這「偉大影片《自由魂》」當然也不曾見到。我只在友人處看見一張《自由魂》特刊，忍不住要說幾句話，但是我不願妨害別人的營業，特地等到演了之後再來批評。

美國有的是錢，又有那些影界的名人，這影片一定排演得不錯，——即使不好，我是個外行，又沒有看過，也不配去開口。我所想說的是，根據特刊裡所說的情節，這是一種不道德的影片。我本來是極端地反對憑了道德的見地去批評藝術的，但是我雖不承認文藝上說及私情便要壞亂風俗，卻相信鼓吹強暴行為的作品是不道德的東西。凡有鼓吹的性質的，我都不認它為正當的文藝。《自由魂》是鼓吹撲滅黑種主義的影片，至少據說明是如此，所以我說它是不道德的。

《自由魂》原名「國家之產生」，主人公是白人朋納，在影片第一段中為南軍隊長，與林肯對抗，反對解放黑奴，在第二段則組織三K黨，「弔民伐罪」，蕩平黑人，英雄美人照例團圓，而「從此美邦自由之光遂永永照徹於全國」。據這影片所說，林肯解放黑奴正是國難之始，而三K黨首領朋納「盡殲眾醜」，國事始定，國家於是產生。總之全篇的精神是反林肯的，我們如以林肯的行為為合於人道正義，便不能不承認這篇裡所鼓吹的主義為不合了。我們原不能過於認真，在娛樂中間很拙笨地去尋求意義，但是這種宣傳的影片自屬例外，因為它的意義已經是很明瞭的了。

我不是能夠打破種族思想的人。蘭姆在《不完全的同情》文中說，「在黑人的臉上你可以時常見到一種溫和的神氣。在街道上偶然遇見，很和善的看人，對於這些臉面——或者不如說面具——我常感著柔和的戀慕。我愛富勒很美麗地說過的——那些『烏木雕成的神像』。但是我不願和他們交際，不願一同吃飯和請晚安，——因為他們是黑的。」（我不敢譯蘭姆的文章，這回是不得已，只算是引用的意思。）

我現在對於黑的人也不免心裡存著一種界限，至少覺得沒有戀愛黑女的這個勇氣，但是，這個為親近的障礙者只是人種的異同，並不是物類的差別，就是說我們以黑人為異族，決不當他們是異類：我們無論怎樣地不喜歡黑人，在人類前總是承認彼此平等的了。然而在《自由魂》中簡直不把黑人當做人看，只是一群丑類（只有一個盡忠白人的黑嫗是例外），其舉動蓋無一而不「醜」，而且更殘暴無匹，卒至「黑人之肉其足食乎」而三K黨大舉起義，「滌平諸醜」，大快人心！這種態度總不能算是正當，我決不敢恭維，雖然這是中國所崇拜的美國人的傑作，而且又是「價值千萬」。

我覺得在戲劇中描寫外國人是應該謹慎的事，在喜劇或影戲裡尤其非極端注意不可。天下的人都有點排外性質，隨時要發露出來，但在以群眾為看客的滑稽或通俗作品上更容易發現，也更多流毒，助長民族間的憎惡。猶太人是有特別原因的，可以不算在內，他如俄國劇裡的德人，美國劇裡的中國人，中國劇裡的日本人，都做得很是難看，實在是不應該的。

這不但是誣衊外國人，無形中撒布帝國主義的種子，而且形容得不對，也是極可笑的，因為描寫外國人不是容易的事。我前天看到法國畫家蒙治在北大展覽的畫，其中有一幅畫著一個撐著日傘的日本女人，但其姿勢很像滿洲婦人，而其面目則宛然是一個西洋人。我每見西洋人所畫遠東的人物，覺得都有《天方夜談》插畫的神氣，發生不愉快之感。

大約畫東方景色最適宜的還是東方人自己。因此我想如要做嘲罵諷刺的戲劇，最好也是去嘲罵諷刺自己的民族，那麼形容刻畫得一定不會錯。自己譴責又是民族的偉大之徵候，偉大的人不但禁得起別人的罵，更要禁得起自己的罵，至於專罵別人那是小家子相，我們所應切戒的。

據特刊上說，《自由魂》的編演乃是美國政府所發起，旅華美僑又「狂熱歡迎此片」，而特刊記者更申明「尤與我國現情相彷彿，大足供吾人之借鑒」，生怕中國人看了入迷，真會模仿起來，編演什麼唐繼堯組織三J黨撲滅苗族（查我國現情與黑人相當者只有這些苗人）的影片，說不定引起扶漢滅苗的暴動（或義舉），真是城門失火殃及池魚，所以在這裡順便說及，希望大家注意，不要上朋納大師兄的當才好。

我看完了這篇「《自由魂》之說明」，不自禁地忽然聯想起一部書來，這便是美國斯土活夫人所著的《黑奴籲天錄》。本來這也是宣傳的書，不能算是很好的文藝，但在宣傳之中總是好的一方面的東西。美國如要「表揚該邦之民氣」，何不編演老湯姆的故事；難道美國的精神不是林肯而是三K黨，美國的光榮不是解放黑奴而是殲滅黑種麼？或者不是，或者是的。

我沒有到過美國，不能知道。我也沒有看見《自由魂》的實演，不能知道它的內容到底是怎樣。我只憑了那張特刊說話，倘若批評得不對，與事實不符，那大半是做那篇林琴南式古文的說明的人之過，因為在這篇大文內的確是充滿著對於帝國主義之憬憧與對於異民族之怨毒。

我們要知道黑人的生活真相，最好的方法還是去問黑人自己。法屬剛果的黑人馬蘭所著小說《拔都華拉》（Batouala）是一部極好的書，能排成影片，倒是最適宜的。但可憐中國人只會編演《大義滅親》，——我不知道所說的是什麼，不過見了這名目便已噁心起來了。

（十三年四月）

希臘人名的譯音

從師大出來，在琉璃廠閒走，見商務分館有一種《標準漢譯外國人名地名表》，便買了一本回來。

我對於譯音是主張用注音字母的，雖然還不夠用一點；但在現今過渡時代有許多人還不認識，用漢字也是不得已的辦法，只要不把它譯成中國姓名的樣子。商務的這本表除採用通行舊譯外都用一定的字去表示同一的音，想把譯名略略統一，這是頗有意義的事，其能成功與否那是別一問題。表中用字不故意地採取豔麗或古怪的字面，也不一定要把《百家姓》分配給外國人，都是它的好處。

還是一層，英德法義西各國人地名的音悉照本國讀法，就是斯拉夫族的也大都如此，實行「名從主人」之例，也是可以佩服的。中國人向來似乎只知道有一個英吉利國在西海中，英文就是一切的外國文，英文發音是一切拼音的金科玉律，把別國本國或人名拼得一塌糊塗，現在明白起來了，姓張的不願自稱密司忒羌，也不願把人家的姓名亂讀，這本表可以說是這個趨勢的表示，也可以當作提唱與號召。

然而，我看到古典人名的一部分卻不能不感到失望。有許多希臘羅馬的人名都還遵照英文的讀法，因此譯得很不正確。我們現在舉幾個希臘字為例。本來英國的希臘文化最初都由羅馬間接輸入，羅馬與希臘語雖然是同系，字母卻是不同，羅馬人譯希臘人名便換上一兩個容易誤會的字母，又還就自己的文法把有些語尾也變更了，英國人從而用自己的發音一讀，結果遂變成很離奇的名字。我們要「名從主人」地讀，第一步須改正或補足缺誤的語尾，再進一步依照那方板的德國派把它還原，用別的羅馬字寫出，讀音才能得當。

如希臘的兩個大悲劇家，表上是這樣寫：

（1）Aeschylus　伊士奇

（2）Sophocles　索福克　或索福克儷

這都是英國式發音的舊譯，是不對的。第一個應讀作 Aiskhulos，若照商務漢譯表的規定當云「愛斯屈羅斯」，其二作 Sophokles，漢譯「索福克雷斯」。

其次，有神話上師徒兩位：

（3）Dionysus　帶奧奈薩斯

（4）Silenus　賽利那斯

其實，（3）當作 Dionusos，漢譯「第奧女索斯」，（4）Seilenos 漢譯「舍雷諾斯」。

復次，這是兩個美少年而變為花草者，即今之風信子與木水仙，大家都是相識的：

（5）Hyacinthus　亥阿辛塔斯

（6）Narcissus　那息薩斯

這位風信子的前身應作 Huakinthos，漢譯「許阿琴托斯」，其他一位是 Narkissos，漢譯「那耳岐索斯」。

最後我們請出兩位神女來：

（7）Circe　塞棲

（8）Psyche　賽岐

第一個是有名的太陽的女兒，她有法術，把過路旅客變成豬子，還將英雄「奧度修斯」留住兩年，見於史詩《奧度舍》（Odyssey），她的本名乃是 Kirke，漢譯「岐耳開」。——說也可笑，我在二十年前譯過一本哈葛得安度闌合著的小說，裡邊也把它讀如Sest，譯為很古怪的兩個字。

回想起來，真是以今日之我與昨日之我戰了。那第二個神女本名Psukhe，譯云「普緒嘿」。她的尊名因了「什科洛支」的名稱通行世界（最近又要感謝福洛伊特），大家都有點面善，但她是愛神（Eros）自己的愛人，他們的戀愛故事保存在《變形記》（Metamorphoses）中，是希臘神話裡最美的一章，佩忒（Pater）的《快樂派馬留斯》中也轉述在那裡。

這一類的古典人名譯得不正確的還不少，希望再板或《地名人名辭典》出版時加以訂正，不特為閱者實用計，也使這表近於完善，不負三年編纂與十一學者校閱之功雲爾。

十四年五月二十日，於北京溝沿。

今日收到新月書店出版的潘光旦君著《小青之分析》，見第二章「自我戀」中亦說及Narcissus，而譯其音曰「耐煞西施」，則更奇了。其後又云，「至今植物分類學之水仙屬即由此得名；Narcissus希臘語原義為沉醉麻痹，殆指耐煞西施臨池顧影時之精神狀況也。」此不免如潘君自云，「因果之間不無倒置」。

蓋此種說明緣起之神話都是先有物而後有人及故事，故此美男子臨流顧影的傳說乃由水仙花演出，並非水仙花由此少年得名（Echo之解釋亦準此），又Narkissos一字從Narkē化出，義云麻痹，但此係因水仙屬之有麻醉性，查英國Skeat語源字典即可知，而不是為美男子所造者也。從字義方面解析故事，本亦殊有趣味，但若稍涉差誤牽強，便沒有多少意思了。

十六年十一月六日附記。

新希臘與中國

近來無事，略看關於新希臘的文藝和宗教思想的書，覺得很有點與中國相像。第一是狹隘的鄉土觀念。如有人問他是那裡人，他決不說希臘或某島某省，必定舉他生長的小地方的名字。即使他幼年出外，在別處住了二十三十年，那裡的人並不認他為本地人，他也始終自認是一個「外江佬」（Xenos）。

第二是爭權。他們有一句俗語云，「好奴僕，壞主人，」便是說一有權勢，便不安分。所以先前對土耳其的獨立之戰，因為革命首領爭權，幾乎失敗。獨立之後，政治家又都以首領自居，互相傾軋，議院每年總要解散一回。

第三是守舊。本國的風俗習慣都是好的，結婚非用媒婆不可，人死了，親人（女的）須要唱歌般的哭，送葬的人都與死屍行最後的親吻。他們又最嫌惡歐化。

第四是欺詐。據說那裡的東西只有火車票報章和煙捲是有定價，其餘都要憑各人的本領臨時商定。做賣買的贏了固好，輸了賤賣了的時候也坦然的收了錢，心裡佩服買主的能幹。

第五是多神的迷信。一個英國人批評他們說，「希臘國民看到許多哲學者的升降，但終是抓住著他們世襲的宗教。柏拉圖與亞利士多德，什諾與伊壁鳩魯的學說，在希臘人民上面，正如沒有這一回事一般。但是荷馬與以前時代的多神教卻是活著。」詳夢占卜，符咒神方，求雨扶乩，中國的這些花樣，那裡大抵都有，只除了靜坐與採補。我講了這些話，似乎引了希臘替中國解嘲，大有說「西洋也有臭蟲」之意。其實是不盡然。我要說的是希臘同中國一樣是老年國，一樣有這些壞處，然而他畢竟能夠擺脫土耳其的束縛，在現今成為一個像樣的國度，這到底是什麼緣故？

希臘人有一種特性，也是從先代遺留下來的，是熱烈的求生的欲望。他不是只求苟延殘喘的活命，乃是希求美的健全的充實的生活。宗教上從古代地母的秘密儀式蛻化來的死後靈肉完足與神合體的思想，說起來「此事話長」，不引也罷，且就國民生活的反影的文藝中引一個例。

現代詩人巴拉瑪思（Palamas）的小說《一個人的死》裡，說少年美忒羅思（Metros）跌傷膝踝，醫好之後，腳卻有點跛了，他又請許多術士道姑之流，給他醫直。一個大術士用腳把他的筋踢斷，別一個來加以刀切手拗，又經道姑們鬼混了許久，於是這條腿已非割去不可，但他又不答應，隨後因此死了。

他為什麼好了又請術士來踢斷，斷了又不肯割呢？他說，「或者將我的腿醫好，或者我死。」又說，「用獨隻腳走還不如死。」小說中云，「他或死了，或是終生殘疾，這有什麼不同呢？他們實在不大能夠分辨出這兩件壞事的差別。」他們對於生活是取易卜生的所謂「全或無」的態度，抱著熱烈的要求。他們之所以能夠在現代的世界上占到地位，便在於此。

但是中國卻怎樣呢？中國人實在太缺少求生的意志，由缺少而幾乎至於全無，只要看屢次的戰亂或災殃時候的情形的記載，最近如《南行雜記》第三「大水」的一節，也就可見一斑。自然先生原是「有求必應」的靈菩薩，他們如不大要活，當然著照所請。但是求生是生物的本能，何以竟會沒有，所以我曾同一位日本醫生談起，他笑著不肯相信。然而中國人不大有求生意志，卻又確是事實。——近來我忽然想到，或者中國人是植物性的，這大約可以說明上邊的疑問。其實植物自然也要生活的，如白藤的那樣生活法，的確可以驚異，不過我覺得將植物的生活來形容中國人，似乎比動物的更切當一點。

中國人近來常常以平和耐苦自豪，這其實並不是好現象。我並非以平和為不好，只因中國的平和耐苦不是積極的德性，乃是消極的衰耗的證候，所以說不好。

譬如一個強有力的人，他有迫壓或報復的力量，而隱忍不動，這才是真的平和。中國人的所謂愛平和，實在只是沒氣力罷了，正如病人一樣。這樣的沒氣力下去，當然不能「久於人世」。這個原因大約很長遠了，現在且不管他，但救濟是很要緊。這有什麼法子呢？我也說不出來，但我相信一點興奮劑是不可少的；進化論的倫理學上的人生觀，互助而爭存的生活。尼采與托爾斯泰，社會主義與善種學，都是必要。不過中國又最容易誤會與利用，如《新青年》九卷二號隨感錄中所說，講爭存便爭權奪利，講互助便要別人養活他，「扶得東來西又倒」，到底沒有完善的方法。

（十年九月，在西山。）

日本與中國

中國在他獨殊的地位上特別有瞭解日本的必要與可能，但事實上卻並不然，大家都輕蔑日本文化，以為古代是模仿中國，現代是模仿西洋的，不值得一看。日本古今的文化誠然是取材於中國與西洋，卻經過一番調劑，成為他自己的東西，正如羅馬文明之出於希臘而自成一家（或者日本的成功還過於羅馬），所以我們盡可以說日本自有他的文明，在藝術與生活方面更為顯著，雖然沒有什麼哲學思想。我們中國除了把他當作一種民族文明去公平地研究之外，還當特別注意，因為他有許多地方足以供我們研究本國古今文化之參考。從實利這一點說來，日本文化也是中國人現今所不可忽略的一種研究。

日本與中國交通最早，有許多中國的古文化——五代以前的文化的遺跡留存在那裡，是我們最好的參考。明瞭的例如日本漢字的音讀裡可以考見中國漢唐南北古音的變遷，很有益於文字學之研究，在朝鮮語裡也有同樣用處，不過尚少有人注意。據前年田邊尚雄氏介紹，唐代樂器尚存在正倉院，所傳音樂雖經過日本化，大抵足以考見唐樂的概略。

中國戲劇源流尚未查明，王國維氏雖著有《宋元戲曲史》，只是歷史的考據，沒有具體的敘述，所以元代及以前的演劇情形終於不能了然。日本戲曲發達過程大旨與中國不甚相遠，唯現行舊劇自歌舞伎演化而來，其出自「雜劇」的本流則因特別的政治及宗教關係，至某一時期而中止變化，至今垂五百年仍保守其當時的技藝；這種「能樂」在日本是一種特殊的藝術，在中國看來更是有意味的東西，因為我們不妨推測這是元曲以前的演劇，在中國久已消滅，卻還保存在海外。

雖然因為當時盛行的佛教思想以及固有的藝術性的緣故，多少使它成為國民的文學，但這日本近古的「能」與「狂言」（悲劇與喜劇）總可以說是中國古代戲劇的兄弟，我們能夠從這裡邊看出許多相同的面影，正如今人憑了羅馬作品得以想見希臘散佚的喜劇的情形，是極可感謝的事。以上是從舊的方面講，再來看新的，如日本新文學，也足以供我們不少的幫助。

日本舊文化的背景前半是唐代式的，後半是宋代式的，到了現代又受到歐洲的影響，這個情形正與現代中國相似，所以他的新文學發達的歷史也和中國彷彿，所以不同者只是動手得早，進步得快。因此，我們翻看明治文學史，不禁恍然若失，如見一幅幅的推背圖，豫示中國將來三十年的文壇的運勢。

白話文，譯書體文，新詩，文藝思想的流派，小說與通俗小說，新舊劇的混合與劃分，種種過去的史跡，都是在我們眼前滾來滾去的火熱的問題，——不過，新舊名流紳士捧著一隻甲寅跳著玩那政治的文藝復古運動，卻是沒有，這乃是我們漢族特有的好把戲。我想我們如能把日本過去四十年的文學變遷的大略翻閱一遍，於我們瞭解許多問題上定有許多好處；我並不是說中國新文學的發達要看日本的樣，我只是照事實說，在近二十五年所走的路差不多與日本一樣，到了現今剛才走到明治三十年（一八九七）左右的樣子，雖然我們自己以為中華民國的新文學已經是到了黃金時代了。日本替我們保存好些古代的文化，又替我們去試驗新興的文化，都足以資我們的利用，但是我們對於自己的闒茸墮落也就應該更深深的感到了。

中國與日本並不是什麼同種同文，但是因為文化交通的緣故，思想到底容易瞭解些，文字也容易學些（雖然我又覺得日本文中夾著漢字，是使中國人不能深徹地瞭解日本的一個障害），所以我們要研究日本便比西洋人便利得多。

西洋人看東洋總是有點浪漫的，他們的詆毀與讚嘆都不甚可靠，這彷彿是對於一種熱帶植物的失望與滿意，沒有什麼清白的理解，有名如小泉八雲也還不免有點如此。中國人論理應當要好一點，但事實上還沒有證明，這未必是中國人無此能力，我想大抵是還有別的原因。

中國人原有一種自大心，不很適宜於研究外國的文化，少數的人能夠把它抑制住，略為平心靜氣的觀察，但是到了自尊心受了傷的時候，也就不能再冷靜了。自大固然不好，自尊卻是對的，別人也應當諒解它，但是日本對於中國這一點便很不經意。我並不以為別國侮蔑我，我便不研究他的文化以為報，我覺得在人情上講來，一國民的侮蔑態度於別國人理解他的文化上面總是一個極大障害，雖然超絕感情純粹為研究而研究的人或者也不是絕無。

中日間外交關係我們姑且不說，在別的方面他給我們不愉快的印象也已太多了。日本人來到中國的多是浪人與支那通。他們全不瞭解中國，只皮相的觀察一點舊社會的情形，學會吟詩步韻，打恭作揖，叉麻雀打茶圍等技藝，便以為完全知道中國了，其實他不過傳染了些中國惡習，平空添了個壞中國人罷了。

別一種人把中國看作日本的領土，他是到殖民地來做主人翁，來對土人發揮祖傳的武士道的，於是把在本國社會裡不能施展的野性儘量發露，在北京的日本商民中盡多這樣亂暴的人物，別處可想而知。

兩三年前木村莊八君來遊中國時，曾對我說，日本殖民於遼東及各地，結果是搬運許多內地人來到中國，養成他們為肆無忌憚的，無道德無信義的東西，不復更適宜於本國社會，如不是自己被淘汰，便是把社會毀壞；所以日本努力移植，實乃每年犧牲許多人民，為日本計是極有害的事，至於放這許多壞人在中國，其為害於中國更不待言了。

這一番話我覺得很有意思。還有一件，損人而未必利己的是在中國各處設立妖言惑眾漢字新聞，如北京的《順天時報》等。凡關於日本的事件他要宣傳辯解，或者還是情有可原，但就是中國的事他也要顛倒黑白，如溥儀出宮事件，章士釗事件，《順天時報》也發表許多暴論，——雖然中國的士流也發表同樣的議論，而且更有利用此等報紙者，尤為喪心病狂。

總之日本的漢字新聞的主張無一不與我輩正相反，我們覺得於中國有利的事他們無不反對，而有害於中國者則鼓吹不遺餘力，據普通的看法日本是中國的世仇，他們的這種主張是當然的也未可知（所奇者是中國當局與士流多與他們有同一的意見），我們不怪他這樣的想，只是在我們眼前拿漢文來寫給我們看，那是我們所不可忍的，日本如真是對於中國有萬分一的好意，我覺得像《順天時報》那樣的報紙便應第一著自動地廢止。

我並不想提倡中日國民親善及同樣的好聽話，我以為這是不可能的，但為彼此能夠略相理解，特別希望中國能夠注意於日本文化的緣故，我覺得中日兩方面均非有一種覺悟與改悔不可。照現在這樣下去，國內周遊著支那通與浪人，眼前飄颭著《順天時報》，我怕為東方學術計是不大好的，因為那時大家對於日本只有兩種態度：不是親日的奴厮便是排日的走卒，這其間更沒有容許第三的取研究態度的獨立派存在的餘地。

民國十四年十月三日。

日本浪人與順天時報

本年《京報副刊》的國慶特刊上，我發表了一篇小文，名曰「日本與中國」，略說日本文化之研究於中國的學術文藝上有若何益處，並論及日本在中國的胡亂的言行傷害國人的感情，足以妨害此種研究之發達。

日文《北京週報》一八一號譯載此文，後附案語，以為我說北京的日本商民中頗多浪人及《順天時報》言論荒謬均係誤解，不日將著論辯駁。我還未見駁文，不知《北京週報》記者根據些什麼來證明我的誤解，但我自信所說的都是我的確信，現在特再略加說明。

我說浪人並不指日本封建時代的那種流浪的武士，或是無職業的遊民；我只指那些以北京為殖民地的橫行霸道的人。在北京的日本商民中間有沒有這樣的人，日本居留民自己當然比我們外人更為明白。我同他們絕少往來，不能詳細打聽，但聞前年在北京研究的日本某博士說及，這樣的浪人便已有二三人。

我自己也不是沒有請教過，最近如五卅事件後北京鼓吹排斥英日，有一個店主對我的妻大吐氣焰，說居留民大部分都是退伍兵，倘若馮軍和學生有什麼舉動，便給他一個混戰，北京就要全滅。——但是，這些近於狂易的話何必多引呢？我們固然不必真是逐字地相信這些浪人的話，因而引起無謂的怨恨，然而說聽了這些暴言反而增加對於日本的好感，我恐總是未必的吧。千人中有兩三個壞人，自然不能算「多」，倘若嚴格地從數字上計算；不過害群之馬並不真在乎怎麼多，就只是兩三人我們覺得這已經很夠了。

關於《順天時報》我總還是這樣想，它是根本應該取消的東西，倘若日本對於中國有萬分之一的好意。我決不怪日本報紙發表什麼暴論，我們即使不以為應當，至少是可以原諒的，只要它是用日本文寫的：他們寫給自己的同胞去看，雖然是說著我們，我們可以大度地不管。但是如用了漢文在中國內地發行，那可是不同了，它明明是寫給我們看的了，報上又聲聲口口很親熱地叫「吾國」，而其觀點則完全是日本人的。

憑了利害截不相同或者竟是相反的外國人的標準，來批評指導中國的事情，自政治外交以至社會家庭，思想道德的問題，無不論列，即使真是出於好意，我們已經感到十分「可感謝的為難」，何況《順天時報》之流都是日本軍閥政府之機關，它無一不用了帝國的眼光，故意地來教化我們，使潛移默化以進於一德同風之域歟。

日本的特別國情，我們充分地瞭解與尊重，但它要拿到中國來佈施給我們，我們斷乎不敢拜受。譬如溥儀出宮的事件，與日本沒有什麼關係，盡可不必多，（論理，他們應該為中國賀，但這自然是空不過的空想罷了），它卻大放厥辭，就是康有為辦的報恐怕也不過如此。北京的知識階級為了私鬥去利用《順天時報》《正報》等固然是「喪心病狂」，那些每天拜讀這樣的謬論而視若固然的看戶也可謂麻木不仁，就是我們容忍至今，不略示反對之意，此刻想來似乎也未免有點「昏愚」了。我們的反對原是很微弱的，未必能使不長進的國人反省而不閱，也不能希望現在的日本政府反省而停止，但明白的日本人一定會贊成我的反對，因為這實在也於日本有利的。

老實說，日本是我所愛的國土之一，正如那古希臘也是其一。我對於日本，如對於希臘一樣，沒有什麼研究，但我喜歡它的所有的東西。我愛它的遊戲文學與俗曲，浮世繪，瓷銅漆器，四張半席子的書房，小袖與駒屐，——就是飲食，我也並不一定偏袒認為世界第一的中國菜，卻愛生魚與清湯。

是的，我能夠在日本的任何處安住，其安閒決不下於在中國。但我終是中國人。中國的東西我也有許多是喜歡的，中國的文化也有許多於我是很親密而捨不得的。或者我無意地採集兩方面相近的分子而混和保存起來，但固執地不可通融地是中國的也未始沒有，這個便使我有時不得不離開了日本的國道而走自己的路。

這即是三上博士所說幸虧日本沒有學去的那個傳統的革命思想。因為這個緣故，無論我怎樣愛好日本，我的意見與日本的普通人總有極大的隔閡，而且對於他們的有些言動不能不感到一種憤恨。憤的是因為它傷了我為中國人的自尊心，恨的是因為它搖動了我對於日本的憧憬。我還未為此而破壞了我的夢，但我不是什麼超越的賢人，實在不能無所恨惜。我知道這是沒法的，世上沒有這樣如意的事，只有喜悅而無恨惜；所以我也不再有什麼怨尤，只是這樣的做下去，可愛的就愛，可恨的就恨，似乎親日，似乎排日，都無不可，而且這或者正是唯一可行之道。

中國人不瞭解日本，以為日本文化無研究之價值，日本語三個月可以精通，這種淺薄謬誤的意見實有改正的必要。但我們固然不當以國際的舊怨而輕蔑日本的文化，卻也不能因耽賞它的藝術而容忍其他無禮的言動。在我們平凡的人，只能以直報怨地分別對付，或者這也是一種以德報德的辦法：我們珍惜日本文化，為感謝它給予我們的愉悅，保存它在中國的光榮，我們不僅讚嘆隨喜，還不得不排除那些將汙損它的東西，反對在中國的日本浪人以及《順天時報》一流的國際的「黃色新聞」。

十四年十月二十日，於北京。

日本人的好意

五月二日《順天時報》上有一篇短評，很有可以注意的地方，其文如下：

「惻隱之心，人皆有之，恩怨是另一問題。貪生怕死，螻蟻尚然，善惡也是另一問題。根據以上兩個原則，所以我對於這次黨案的結果，不禁生出下列的感想來。

「李大釗是一般人稱之為『學者』的，他的道德如何姑且不論，能被人稱為『學者』，那末他的文章他的思想當然與庸俗不同，如果肯自甘澹泊，不作非分之想，以此文章和思想來教導一般後進，至少可以終身得一部人的信仰和崇拜，如今卻做了主義的犧牲，絕命於絞首臺上，還擔了許多的罪名，有何值得。

「再說這一般黨員，大半是智識中人，難道他們的智識連螻蟻都不如麼，難道真是視死如歸的麼？要是果真是不怕死的，何不磊落光明的幹一下子，又何必在使館界內秘密行動哩？即此可知他們也並非願意捨生就死的，不過因為思想的衝動，以及名利的吸引，所以竟不顧利害，甘蹈危機，他們卻萬不料到秘密竟會洩漏，黑幕終被揭穿的。俗話說得好，聰明反被聰明誤，正是這一般人的寫照。唉，可憐可惜啊。

「奉勸同胞，在此國家多事的時候，我們還是苟全性命的好，不要再輕舉妄動吧！」

你看，這思想是何等荒謬，文章是何等不通。

我們也知道，《順天時報》是日本帝國主義的機關，外國人所寫的中國文，實字虛字不中律令，原是可恕的，又古語說得好，「非我族類，其心必異」，意見不同也不足怪。現在日本人用了不通的文字，寫出荒謬的思想，來教化我們，這雖是日本人的好意，我們卻不能承受的。日本帝國主義的宣傳隊以新聞或學校為工具，陽托聖道之名，陰行奴化之實，《順天時報》歷年所做的都是這個工作，這回的文章亦其一例。

日本人勸我中國的「同胞」要「苟全性命」，趁早養成上等奴才，高級順民，以供驅使，免得將來學那「不逞鮮人」的壞樣，辜負帝國教養之恩。但是我要奉告日本人，不勞你們費心，敝國已有國立的聖教會了。

據古聖人的遺訓，有「志士不忘在溝壑，勇士不忘喪其元」諸說，與尊見不很相同。還有一層，照我們的觀察，日本民族是素來不大喜歡「苟全性命」的，即如近代的明治維新就是一個明證：要是果真日本的「智識中人」都同螻蟻一樣，個個覺得去為主義而犧牲「有何值得」，還不如在征夷大將軍德川列帥治下過個狗苟蠅營的生活，恐怕日本此刻也同中國一樣早已為西方帝國主義所宰割，那裡還有力量來中國作文化侵略呢？

日本之所以得有今日者，一半固然由於別的種種機緣，一半豈不是也由於那些維新志士，「不顧利害，甘蹈危機」，尊王倒幕，為幕府所駢誅而不悔，始得成功的麼？日本人自己若不以維新志士為不如螻蟻，便不應該這樣來批評黨案，無論尊王與共產怎樣不同，但其以身殉其主義的精神總是同的，不能加以歧視。

日本人自己輕視生死，而獨來教誨中國人「苟全性命」，這不能不說是別有用意，顯係一種奴化的宣傳。我並不希望日本人來中國宣傳輕重生死，更不贊成鼓吹苟全性命，總之這些他都不應該管：日本人不妨用他本國的文字去發表謬論或非謬論，但決用不著他們用了漢文寫出來教訓我們。

《順天時報》上也登載過李大釗身後蕭條等新聞，但那篇短評上又有「如肯自甘澹泊，不作非分之想」等語。我要請問日本人，你何以知道他是不肯自甘澹泊，是作非分之想？如自己的報上記載是事實，那麼身後蕭條是澹泊的證據，還是不甘澹泊的證據呢？日本的漢字新聞造謠鼓煽是其長技，但像這樣明顯的胡說霸道，可以說是少見的了。

日本人對於中國幸災樂禍，歷年干涉內政，「挑剔風潮」，已經夠了，現今還要進一步，替中國來維持禮教整頓風化，厲行文化侵略，這種陰險的手段實在還在英國之上。英國雖是帝國主義的魁首，卻還沒有來辦「順天時報」給我們看，只有日本肯這樣屈尊賜教，這不能不說同文之賜了。「逢蒙學射於羿，盡羿之道，思天下唯羿為愈己，於是殺羿。孟子曰，是亦羿有罪焉。」嗚呼，是亦漢文有罪焉歟！

（十六年五月）

再是順天時報

日本漢文報是日本侵略擾亂中國之最惡辣的一種手段，《順天時報》則是此類漢文報中之最惡辣的一種。我從前特地定閱，看看他們在那裡怎樣地胡說，有時候也找到點材料批評幾句，可是近來真有點看不下去了。他除了做本國軍閥政府的機關之外，又兼代中國的各反動勢力鼓吹宣傳，現在已成為某派的半官報。我本來也還不至於這樣無定見，看了它的宣傳便會感化，漸漸地變成三小子，但拿錢去買這樣東西來看，天天讀了要不舒服，生氣，那是何苦呢？所以我決定不再看《順天時報》這個天下最惡劣的東西了。

日本漢文報之胡鬧已是有目共見的事實，只要不是媚外的政府就應該依法取締的，不必等我們來引經據典地揭發它的惡跡。雖然不看《順天時報》了，我相信它如活著決不會改變，一定還是繼續搗亂下去，我在這裡無妨武斷地說一句，我們也應該繼續反對這侵略搗亂中國的日本漢文報不必再去找尋新的證據，因為它的過去的惡事已經盡夠了。

十六年八月十五日。

去年正月裡我曾寫過一篇文章，裡邊講到在中國的日本漢文報，有幾句話頗有可供參考的地方，今抄錄於此。

「……但是比這個還有更危險的一件事，大家都沒有覺到，這便是外國人來鼓吹中國的有害的舊思想，一樣地替他們養成帝國主義的奴隸而其效率特大，比那些宣傳外來的宗教者要『事半功倍』，因為這壞思想原是中國固有的。——這是日本人所做的教育言論事業，如東省的公學校，北京的漢文《順天時報》。

「日本的公學校的辦法本來與教會的中學校沒有多少不同，不過相信灶君門神的國教的中國人，要他改信耶和華比較地還費點手腳，皇帝卻是自己也有過而且正希望著再有起來的，所以叫他歸依天皇卻是順水推舟，不但愚民感戴，便是紳士們也是樂意的了。至於在中國發行漢文報的手段，尤其是惡辣得可以。

「辦學校還是公然的，固定的，有人願意受這種順民教育，還要他自己尋上門去，現在則你在家裡坐著，每天會把那函授奴隸講義似的漢文報分送來給你看，真正巧妙極了。恰巧又有不長進，不爭氣的同胞們，認賊作父地爭先購讀，真是世界無雙的現象：中國人的昏愚即此可見一斑，這樣地下去，真是『中國不亡是無天理』。」

排日平議

近來排日運動又復開始，而且有日益漫延的趨勢。這是當然的。對於世界列國，中國沒有一個比日本更應親善的，但也就沒有像日本那樣應該排斥的國家了。

不問要研究過去的文化，或是建設現在的藝術，中國都不能疏忽了日本，因為千餘年來的交通，文化上發生一種不能分離的關係，凡欲研究本國的歷史文化文學美術的人，如不知道那一國的這些情形，結果便是本國的東西也總是不很明瞭，有些難以了然的地方。正如希臘研究固然為羅馬學者的基本學問，而希臘研究也可以從羅馬去得到極大的參考和幫助，中國與日本在文化研究上的關係正是如此。日本的舊式漢學與近來新式支那學的勃興，即是表明學術上這種的自覺，中國雖然向來看不起所謂東洋人（其實他看得起那一國人呢？），民國以後卻也漸注意於日本文化的考察，不能不說是一種好現象。

不過這所說的單是學問藝術一方面，親善固然是應該，而且還是必要，若從別方面來說，則為中國前途計，排日又別是絕對的應該與必要了。非民治的日本，軍人與富豪執政的日本，對於中國總是一個威嚇與危險，中國為自存起見，不得不積極謀抵抗他，排斥他的方法，其次是對付不列顛帝國。日本天天大叫「日支共榮共存」，其實即是侵略的代名詞：豬肉被吃了在別人的身體裡存著，這就是共榮共存。

我以前曾說過，「日本人對我們說要來共存共榮，那就是說我要吃你，千萬要留心。日本除了極少數的文學家美術家思想家以外，大抵都是皇國主義者，他們或者是本國的忠良，但決不是中國的好友。」日本的同志是誰？我們試看，謝米諾夫，袁世凱，段祺瑞，……再看他做的什麼好事？出兵！西伯利亞，滿洲，津沽，現在是山東，……無論日本怎樣辯解，說這只是保護僑民的，誰又相信？即使保護僑民是可以出兵的（假如世界上有這個道理），即使別國都可以出兵，也沒有人能相信日本不搗別的鬼，這都是有過證據，何況這回的出兵就是日本人也承認是侵害中國國權的？排日，所以我說，是當然的。

排斥日貨，自然是一種很好的手段，但只是一種，並不是唯一的手段。無論是否如日本紡績業者所笑，排貨是中國自身的自殺政策，或是能夠給予日本資本家以多少損害，總之在中國此刻是應該厲行的策略，不過此外還必須有積極的根本方法。中國智識界應該竭力養成國民對於日本的不信任，使大家知道日本的有產階級，軍人，實業家，政治家，新聞家以及有些教育家，在中國的浪人支那通更不必說，都是帝國主義者，以侵略中國為職志的；我們不必一定怎麼去難為他，但我們要明白，日本是中國最危險的敵人，我們要留心，不要信任他，但要努力隨時設法破壞他們的工作。這是中國智識階級，特別是關於日本有多少瞭解的人，在現今中國所應做的工事，應盡的責任。

這不會立刻有效驗，使實業家的錢袋就發生影響，但是在三年五年，十年二十年之後，一定會有一種效果，比不買綿紗還要平和而永久的效果，那時或者日本所受排貨的損失固已過去，所得出兵的利益也已消滅了。吃了酸蒲陶，牙齒是要浮的，這是當然的道理，應有的覺悟。B中將曾說過，出兵要引起排日，日本是有了覺悟而出兵的。既然如此，那就很好了。

我希望學問藝術的研究是應該超越政治的，所以中國的智識階級一面畢生——不，至少在日本有軍人內閣，以出兵及扶植反動勢力為對華方針的時代，努力鼓吹排日，一面也仍致力於日本文化之探討，實行真正的中日共榮，這是沒有偏頗的辦法。但是人終是感情的動物，我恐怕理性有時會被感情所勝，學術研究難免受政治外交的影響而發生停頓，像歐戰時中國輕蔑德文一樣，那真是中國文化進步上的一個損失。不過，這也沒有法子。我們在此刻不能因為怕日本研究之頓挫而以排日為不正當。

（十六年六月）

裸體遊行考訂

四月十二日《順天時報》載有二號大字題目的新聞，題曰「打破羞恥」，其文如下：

「上海十日電云，據目擊者談，日前武漢方面曾舉行婦人裸體遊行二次，第一次參加者只二名，第二次遂達八名，皆一律裸體，惟自肩部掛薄紗一層，籠罩全身，遊行時絕叫『打破羞恥』之口號，真不異百鬼晝行之世界矣。」

該報又特別做了一篇短評，評論這件事情，其第二節裡有這幾句話：

「上海來電，說是武漢方面竟會有婦人舉行裸體遊行，美其名曰打破羞恥遊行，此真為世界人類開中國從來未有之奇觀。」

我以為那種「目擊」之談多是靠不住的，即使真實，也只是幾個謬人的行為，沒有多少意思，用不著怎麼大驚小怪。但《順天時報》是日本帝國主義的機關報，以尊皇衛道之精神來訓導我國人為職志的，那麼苟得發揮他的教化的機會當然要大大利用一下，不管他是紅是黑的謠言，所以我倒也不很覺得不對。

不過該報記者說裸體遊行「真為世界人類開中國從來未有之奇觀」，我卻有點意見：在中國是否從來未有我不能斷定，但在世界人類卻是極常見的事。即如在近代日本，直到明治維新的五年（西曆一八七一年），就有那一種特別營業，雖然不是裸體遊行，也總不相遠：**Yare-tsuke**，**Soretsuke** 的故事，現在的日本人大抵還不會忘記罷？

據《守貞漫稿》所記，天保末（一八四一年頃）大阪廟會中有女陰展覽，門票每人八文：「在官倉邊野外張席棚，婦女露陰門，觀者以竹管吹之。每年照例有兩三處。展覽女陰在大阪唯此（正月初九初十）兩日，江戶則在兩國橋東，終年有之。」

明治十七年四壁庵著《忘餘錄》（**Wasure-nokori**）亦在「可恥之展覽物」一條下有所記錄，本擬並《守貞漫稿》別條移譯於此，唯恐有壞亂風俗之虞，觸犯聖道，故從略。總之這種可笑之事所在多有，人非聖賢，豈能無過，從事於歷史研究文明批評者平淡看過，若在壯年凡心未盡之時，至多亦把卷一微笑而已。如忘記了自己，專門指摘人家，甚且造作或利用流言，作攻擊的宣傳，我們就要請他自省一下。

俗語云，人沒有活到七十八十，不可便笑人頭童齒缺。要我來暴露別人的缺點，實在是不很愉快的事，但我並不想說你也有臭蟲所以說我不得，我只是使道貌岩岩的假道學現出真形，在他的《論語》下面也是一本《金瓶梅》罷了。

我並不很相信民眾以及遊行宣傳等事，所以對於裸體遊行這件事（假是真有的）我也覺得無聊，公妻我也反對，——我不知道孔教徒所厲聲疾呼的公妻到底是怎樣一種制度，在這裡我只當作雜交（Promiscuity）講。

我相信，假如世界不退到暴民或暴君專制的地步，卻還是發達上去，將來更文明的社會裡的關於性的事情，將暫離開了尚脫不掉迷信的色彩之道德與法律的管轄，而改由微敏的美感或趣味所指揮。羞恥是性的牽引之一種因子，我以為是不會消滅的，即使因襲的迷信及道德有消滅之一日（這也還是疑問），裸體可以算是美，但就是在遠的將來也未必為群眾所瞭解，因此這裸體遊行的運動除了當作幾個思想乖謬的人的一種胡鬧以外沒有什麼意義。

我們現在當然以一夫一妻主義為適當的辦法，但將來也不能確說不會有若何改變，不過推想無論變成什麼樣子，總未必會比現今更壞。

雜交的辦法，據有些人類學家考證，在上古時代未曾有過，在將來也難有實現的可能，因為人性不傾向於此種方法（或不免稍速斷乎）？至少總不為女性之所讚許，而在脫離經濟迫壓的時代如無女性的讚許則此辦法便難實施。現在那裡（倘如實有）盲目地主張及計畫實行這不知那裡來的所謂公妻者，如不是愚魯，便是俗惡的人，因為他相信這種制度可以實行。

我反對這種俗惡的公妻主義，無論只是理論，或是實際，因此我是很反對賣淫制度的一個人。特別是日本現行的賣淫制度內，有所謂Mawashi（巡迴）者，娼妓在一夜中順次接得多數的客，單在文字上看到，也感到極不愉快的印象。這樣的公妻實行，在文明國家卻都熟視若無睹，這是什麼緣故呢？或者因為中間經過金錢交易，合於資本主義罷，正如展覽之納付八文錢，便可以不算是百鬼晝行了。近來有些日本的士女熱心於廢娼運動，這是很可喜的事，——一面卻還有另一部分人來管敝國的道德風紀，那尤其是可大賀了罷！

臨了，我要聲明一句，這武漢的兩次——第一次二人，第二次八人——裸體遊行完全與我無關；不然說不定會有人去匿名告發，說我是該遊行的發起人呢。特此鄭重聲明！中華民國十六年四月十五日。

又案，「唯自肩部掛薄紗一層籠罩全身」，也是「古已有之」的老調兒。在北歐的古書《呃達》（Edda）裡有一篇傳說，說亞斯勞格（Aslang）受王的試驗，叫她到他那裡去，須是穿衣而仍是裸體，帶著同伴卻仍是一個人，吃著東西卻仍是空腹；她便散髮覆體，牽著狗，嚼著一片蒜葉，到王那裡，遂被賞識，立為王后。（見《自己的園地》五〇）

又羅伯著《歷史之花》（Roger of Wendover，Flowers of History）中也有一條故事，伯爵夫人戈迪娃（Lady Gopa）為康文忒利市民求免重稅，伯爵不允，強之再三，始曰，「你可裸體騎馬，在眾人面前，通過市街，回來之後可以允許。」於是夫人解髻散髮，籠罩全身，有如面幕，騎馬，後隨武士二名，行過市場，除兩條白大腿外不為人所見云。

故事的結末當然是伯爵欽服，下諭永遠蠲免該市苛稅。

這種有趣雖然是假造的傳說可見很是普通，其年壽也很老了，現在不過又來到中國復活起來，正如去年四月「克復北京」後各報上津津樂道的所謂「馬懲淫」的新聞，一看就可以知道是抄的一節舊小說。

自從武漢陷落，該處遂成為神秘古怪的地方，而一般變態性欲的中外男子更特別注意於該處的所謂解放的婦女，種種傳說創造傳播，滿於中外的尊皇衛道的報上，簡單地用胡適博士的一句術語來說，武漢婦女變成了箭垛式的英雄（或者迎合他們的意見稱作英雌）了。

本來照例應該說該遊行者解散青絲籠罩玉體才好，但是大家知道她們是「新婦女」，都是剪去頭髮的，——這一件事早使衛道家痛心疾首寢食不安了很久，那裡就會忘記？——沒有東西可以蓋下來了。她們這班新婦女不是常戴著一塊「薄紗」麼？那麼，拿這個來替代頭髮，也就可以了。

遵照舊來規矩，採用上代材料，加上現今意匠，就造成上好時鮮出品，可以註冊認為「新案特許」了。日本新聞記者製造新聞的手段畢竟高強，就是在區區一句話上也有這許多道理可以考究出來，真不愧為東亞之文明先進國也！吾輩迂拙書生，不通世故，對之將愧死矣。

希臘的維持風化

十月十三日《順天時報》載西歐各國取締婦女異裝，其第二則係記希臘，原文云：「希臘政府因婦女著短裙於風化關係重大，特於二月十三日頒行新律，禁止婦女著短裙。凡已結婚之婦女及年在十四歲以上之未婚女子，其所著之裙距地面不得過英尺七寸半。今已實施此律，特派女檢查員二人在街檢查，如有違法者，實行拘捕處罰。其最可注意之點即希政府強迫為父者為其女負責，為夫者為其妻負責云。」

這在我們愛好希臘的書呆子看來，心裡一定不免覺得詫異，這與我們所知道的書本上的希臘差得多麼遠呀！其實是我們錯了，這也就是我們之所以為書呆子的地方也。

蓋希臘之亡久矣，基督紀元前三三八年即為馬其頓所併，繼屬羅馬及土耳其，直至一八三四年始得獨立，為奴隸者二千餘年，今之希臘已非複貝列克來思時之故物，文化湮沒，蠻性復現，民種雜亂，異族為主，與中國頗相像，希臘的基督正教束縛人心或者比儒教也差不多同樣地厲害。

拜輪在《吊希臘》詩中云，「嗟爾奴僇之民兮，局促轅下如牛羊，」（據劉半農君譯文，在《新青年》二卷四號），的確罵得不錯。獨立後將及百年，終於還不能恢復他的元氣，而且名雖自主實際還不免要受別國的指揮，歐戰以後，差不多成了大英帝國主義的跟班，在這樣狀況之下，希臘的腐化與反動原來是當然的了。

我們根據了雅典文化去批評現代希臘，正如根據了周秦諸子思想來批評現代中國一樣，無非表示其迂闊不知世故，毫無是處；我們要知道，希臘是一個久亡的古國，有如我們的中華，雖然獨立而還是同於附庸，一群東方式的無文化的民族，戴著一套也是東方式的專斷的政教，不過名稱還叫作希臘罷了。

所以要瞭解希臘的近事，用現代中國的眼光看去，大抵可以十得八九，上邊所記的禁短裙的用意也便可以完全領解，不但不須詫異而且還覺得極有道理了。至於所謂最可注意之點，那也不過是中國的父為子綱夫為妻綱的遺意，一點兒都沒有什麼奇怪。

日本到底也還是東方民族，又負有替中國維持風教的責任，所以聽見這類消息特別高興，彙集發表，用心之深至可佩服，只可惜中國原是東方文明的代表，一切奇事怪話他都全備，雖有希臘的良法美意，在中國卻已屬陳言，因為京津的官憲早已實行過了也。但是，日本人替我們維持禮教的厚意，我們總是應當感謝的。

清朝的玉璽

玉璽這件東西，在民國以前或者有點用處，到了現在完全變了古董，只配同太平天國的那塊宋體字的印一樣送進歷史博物館去了。這回政府請溥儀君出宮，討回玉璽，原是極平常的事，不值得大驚小怪，難道拿到了這顆印還好去做皇帝不成麼？

然而天下事竟有出於意表之外者，據《順天時報》說「市民大為驚異，旋即謠言四起，咸謂……奪取玉璽尤屬荒謬」，我真不懂這些「市民」想的到底是什麼。我於此得到兩種感想。其一是大多數都是昏蟲。無論所述市民的意見是否可靠，總之他們都是遺民，迷信玉璽的奴隸，是的確的，所以別人可以影射或利用。輿論公意，無論真假，多是荒謬的，不可信託。

其二是外國人不能瞭解中國的事情。外國人不是遺民，然而同他們一樣的不是本國人，所以意見也一樣的荒謬，或者不是惡意的，也總不免於謬誤，至少是不瞭解。異國的人與文化，互相瞭解，當然並非絕不可能的事，但據我所知，對於中國大約不曾有過這樣的人，——我們自然也還不曾瞭解過別人。我們也想努力的瞭解別國，但是見了人家的情形，對於自己的努力也就未免有點懷疑起來了。

《順天時報》是外國人的報，所以對於民國即使不是沒有好意，也總是絕無理解；它的好惡無不與我們的相反，雖說是自然的卻也是很不愉快的事。它說優待條件係由朱爾典居中斡旋，現在修改恐列國不肯干休，則不但謬誤，簡直無理取鬧了。

我要問朱爾典和列國（以及《順天時報》記者），當復辟的時候，你們為什麼不出來干涉，說優待條件既由我們斡旋議定，不准清室破約舉行復辟？倘若當時說這是中國內政，不加干涉，那麼這回據了什麼理由可以來說廢話？難道清室可以無故破約而復辟，民國卻不能修改對待已經復過辟的清帝的條件麼？雖然是外國人，似乎也不好這樣的亂說罷。——然而仔細一想，就是本國人，受過教育的人們中間，這樣想的人也未必沒有，那麼吾又於外國人何尤？

（十三年十一月）

李佳白之不解

近日《順天時報》轉載「美國進士」李佳白的一篇文章，反對修改優待條件，有不解者五。他的記心真好，把辛亥遜位的事情記的清清楚楚，偏忘記了民國六年的十一天的復辟。好像外國人對於這事件都特別健忘似的，真令我「不解」。（聽說那打倒復辟的本人也似乎忘記了這件事，或者這件事本不好記，用福洛伊特派學說分析一下，一定可以找出重大的理由來吧。）

李佳白雖然居留中國，「在清政府之下者為二十九年，在民國政府之下者為十三年」，但究竟是外國人，完全不能瞭解中國的事情；而且照例外國人居留中國愈久，其思想之烏煙瘴氣亦必愈甚，李佳白自然不能逃此公例。仔細一想，李佳白的不解者五，實在已經不解得太少，因為據我想來他的不解本當不止此數也。

《順天時報》是外國的機關報，他的對於中國的好意與瞭解的程度是可想而知的，他引李佳白同調所以正是當然。但我們也可以利用這些荒謬的議論。我們只要看這些外國機關報的論調，他們所幸所樂的事大約在中國是災是禍，他們所反對的大抵是於中國是有利有益的事。雖然不能說的太決絕，大旨總是如此。我們如用這種眼光看去，便不會上他們的當，而且有時還很足為參考的資料。

（十三年十二月）

清浦子爵之特殊理解

今天看報知道日本子爵清浦奎吾來京了，這本來沒有什麼希奇，所奇者是他「自謂對中國文化具有常人所不及之特殊理解」。據電通社記述他的談話，有這樣的一節：

「予自幼年即受儒教薰陶，對孔孟之學知其久已成為中國文化基礎之倫理觀念及道德思想，故特私心尊重，換言之，即予察中國自信當較一般常人頗具理解。」

這是多麼謬誤的話。我相信中國國民所有的只是道教思想，即薩滿教，就是以維持禮教為業的名流與軍閥，其所根據以肆行殘暴者也只是根於這迷信的恐怖與嫌惡，倘若不是私怨私利的時候。古昔儒家（並非儒教）的長處便是能把這些迷信多少理性化了，不過它的本根原是古代的迷信，而且他們都有點做官的嗜好，因此這一派思想終於非墮落分散不止。

大家都以為是受過儒教「薰陶」，然而一部分人只學了他的做官趣味，一部分人只抽取了所含的原始迷信，卻把那新發生的唯理的傾向完全拋棄了，雖然這一點在我看來是最可取的，是中國民族的一個大優點，假如誇大一點，可以說與古希臘人有點相像的。所以，現在中國早已沒有儒家了，除了一群卑鄙的紳士與迷信的愚民。現今的改革運動，實在只是唯理思想的復興。

我不知道所謂東方文明與西方文明在什麼地方有絕對的不同，我只覺得西方文明的基礎之希臘文化的精髓與中國的現世思想有共鳴的地方，故中國目下吸收世界的新文明，正是預備他自己的「再生」。這似乎是極淺顯的事情，但是那些相信東西文化是絕對不同，尤其以儒教為東方文化的精髓的人，則絕不能瞭解，他的對於過去現在將來的中國之判斷也無一不謬誤。可惜這一類的人又似乎是特別的多。

清浦子爵是素受儒教薰陶的，又是七十七歲的老人了，其不能理解真的中國是當然的，也更不必置辯，但是因為他是子爵，他的話恐怕一定很得許多人的信仰，所以我想略有糾正之必要，特別是為未來的「支那通」計。我想告訴他們，儒教絕不是中國文化的基礎，而且現在也早已消滅了。他的注重人生實際，與迷信之理性化的一點或者可以說是代表中國民族之優點的，但這也已消滅，現代被大家所斥罵的「新文化運動」倒是這個精神復興的表示。

想理解中國，多讀孔孟之書是無用的，最好是先讀一部本國的明治維新史。無論兩國的國體是怎麼不同，在一個改革時期的氣分總是相像的，正如青年期的激昂與傷感在大抵的人都是相像的一樣。讀了維新的歷史，對於當時破壞嘗試等等底下的情熱與希望，能夠理解，再來看現時中國的情狀，才能不至於十分誤會。

倘若憑了老年的頭腦，照了本國的標準，貿貿然到中國來，以為找到了經書中的中國了，隨意批評一番，那不但是無謂的事，反而要引起兩方面的誤解，為息事寧人計，大可不必。中國與日本最接近，而最不能互相瞭解，真是奇事怪事，——此豈非儒教在中作怪之故耶，哈哈。

十五年十月十七日。

支那民族性

《從小說上看出的支那民族性》，安岡秀夫著，本年四月東京聚芳閣出版，共分十章，列舉中國人的惡劣根性，引元明清三朝的小說作證，痛加嘲罵。

我承認他所說的都的確是中國的劣點。漢人真是該死的民族，他的不進長不學好都是百口莫辯的。我們不必去遠引五六百年前的小說來做見證，只就目睹耳聞的實事來講，卑怯，凶殘，淫亂，愚陋，說誑，真是到處皆是，便是最雄辯的所謂國家主義者也決辯護不過來，結果無非只是追加表示其傲慢與虛偽而已。

倘若人是應當如此的，那麼中國人便是代表，全世界將都歸他支配。如其不然，不仁不智不勇的人沒有生存的餘地，那麼我可以說中國不亡是無天理，且還是亡有餘辜。中國人近來又不知吃了什麼迷心湯，相信他的所謂東方的文化與禮教，以為就此可以稱霸天下，正在胡叫亂跳，這真奇極了。安岡的這本書應該譯出來，發給人手一編，請看看尊範是怎樣的一副嘴臉，是不是只配做奴才？

但是我不希望日本人做這樣的一本書。我並不是說中國的劣點只應由本國人自己來舉發，或者日本也自有其重大的劣點，我只覺得「支那通」的這種態度不大好，決不是日本的名譽。我們知道現代希臘的確有點墜落了，但歐美各國因為顧念古昔文化的恩惠，總不去刻薄的嘲罵她，即使有所紀錄，也只是平心的說，保存他們自己的品格。

我一眼看到桌上放著的一本「我們對於希臘羅馬的負債」叢書，美國哈特教授的《希臘宗教及其遺風》，不禁發生好些感慨，人們的度量竟有這樣的不同麼！我們決無權利去對日本主張債權，據我說來有些地方或者倒反對不起她，如儒教的影響的確於日本朝鮮安南諸民族頗有毒害，但在日本方面看來中國確是有點像希臘羅馬，不是毫無關係的路人。

中國現在墜落到如此，日本看了應當很是傷心的，未必是什麼很快意或好玩的一件事。我們不要日本來讚美或為中國辯解，我們只希望她誠實地嚴正地勸告以至責難，但支那通的那種輕薄卑劣的態度能免去總以免去為宜。我為愛日本的文化故，不願這個輕薄成為日本民族性之一。

（十五年七月）

支那與倭

承霞村先生惠贈「將來小律師」某君所著《盲人瞎馬之新名詞》一本，至為感謝。這是民國四年出版的，我當初也曾聽到這個名字，但是沒有機緣買來一看，到現在似乎已經絕板了。著者痛恨「新名詞之為鬼為祟，害國殃民，以啟亡國亡種之兆，至於不可紀極」，故發憤作此冊，「欲以報效國家社會於萬一」，在現今所謂國家主義盛行的時代，仍不失為嶄新的意思，可以得大眾的同情，不必要我再來介紹。

但是忠憤自忠憤，事實到底也還是事實，無論怎樣總是改變不過來的，我現在想就某君論「支那」的這一節略略說明，當作閒話的資料。原文云：

「支那（China）我譯則曰蔡拿。此二字不知從何產生，頗覺奇怪。人竟以名吾國，而國人恬然受之，以為佳美，毫不為怪，余見之不啻如喪考妣，欲哭無聲，而深恨國人之盲從也。考此二字之來源，乃由日人誤譯西洋語China蔡拿者也。」

案查中國藏經中向有「支那撰述」的名稱。宋沙門法雲編《翻譯名義集》卷七諸國篇中有「脂那」這一條，注曰，「一云支那，此云文物國，即讚美此方是衣冠文物之地也。……《西域記》云，摩訶至那，此曰大唐。」可知支那之名起於古印度，與《奧斯福英文字典》上所說一世紀時始見梵文中者正相合。

「西洋語」不知何指，但看寫作China而讀如「蔡拿」，當係英吉利語無疑，武進屠寄氏亦曾主張支那原音應作暢那，與此說一致。但考《西域記》成於唐太宗貞觀二十年，即西曆六四六年，距七八九年諾曼人侵入英國尚早一百四十三年；即退一步而言《翻譯名義集》，該書成於宋高宗紹興丁丑，即西曆一一五七年，是時古英文雖已發生變化，但China之尚未讀成「蔡拿」，則可斷言也。因為照英國斯威德（Henry Sweet）之「歷史的英文法」所說，在十六世紀以前，英文中的i字都讀作「衣」，所以那時英文中如有這一個字，也唯讀作「啟那」，決不會如某君所說的那樣，與瓊思（Jones）的現代英文國音字典所拼吻合也。

原書在同一篇中又說：「自唐朝呼日本曰倭，形其為東方矮人，因其屢屢擾亂國境，故加之以寇。殊不知唐代之名，竟貽禍於今日，日人引以為奇恥大辱，與天地為長久，雖海苦石濫，亦刻刻不忘於心，銘諸杯盤，記於十八層腦裡，子孫萬代，無或昏忘。每一文學士作一字典，必於倭字注下，反覆詳加剖解，說其來由，記其恥辱。……吾因一倭字招人忌恨，割地喪權，來外交之齟齬，皆實其尤。」

案《前漢書・地理志》云，「樂浪海中有倭人，分為百餘國，」可見呼日本曰倭並不起於唐朝。據《說文解字》第八篇云，「倭，順貌，從人，委聲。詩曰，周道倭遲。」許君生在漢世，倘倭字有「形其為東方矮人」之義，他老人家也總應該知道，帶說一句罷。「加之以寇」則又在唐朝以後。查倭寇之起在日本南北朝時代，西曆十四世紀中葉，中國則為元末，距唐朝之亡已經有四百五十年之譜了，硬說割地喪權由於唐代的一字，真是冤乎枉也，我不能不代為辯護一聲。（附注：校對無訛。）

日本人是否把倭字銘諸杯盤，我不得而知，但是字典我卻查過幾部，覺得「說其來由記其恥辱」的也不容易找到。字典中有倭字一條，這當然是漢和字典，我查服部與小柳二氏的，濱野的，簡野的諸書（湊巧這些人不是文學博士便是布衣，沒有一個文學士）只，見大抵是這樣寫著：

倭人　古支那人呼日本人之稱。

倭夷　古支那人呼日本人賤稱，又倭奴，倭鬼。

這裡所謂賤稱顯是指夷奴等字而言，與倭字沒有什麼關係，看「倭人」一條可知；其後且有「倭舞」之名，則係日本人自定，用以代「大和舞」（Yamato-mai）者。日本古訓詁書之一為《倭訓栞》，又古織物有「倭文織」一種，至今女子名倭文子（Shidzuko）者亦仍有之。著者謂日本諱倭字，至於為侵略中國之原因，愚未之前聞，不知其出於什麼根據也。

本來做律師的人關於這些事情不很知道也還不足為病，我決不想說什麼閒話，但是著者是堂堂鼓吹國粹，反對夷化的人，知己知彼，似乎也是必不可少的，故不憚詞費，加以訂正，以免盲人瞎馬的危險。這個題目，照我作句上的趣味，本想寫作「倭與支那」，但是一則因為文中次序有點不同，二則又因為恐怕要觸愛國家之怒，所以改成現在這樣，雖然這個調子我不大喜歡。

民國十五年十二月十五日。

李完用與朴烈

在本年二月十三日的《讀賣新聞》上見到這樣一則紀事：

「日韓合併之功臣

李完用侯逝世

朝鮮總督府中樞院副議長李完用侯前因喘息病正在療養，至十一日病狀驟變，於同日下午一時死去。宮中得到李侯病篤的消息，下賜蒲桃酒一打以當慰問。侯爵家尚未發喪。又李侯乃是日韓合併的功臣。」

十五日同新聞的晚報上又有這樣的一大段紀事：

「第三年初在法廷相見的

朴烈夫婦

朝鮮人朴烈與金子文子（案此係日本人）將以大逆罪之被告於十六日上午十時在大審院刑事大法廷受特別裁判。在大震災直後，大正十二年九月二日為員警廳所捕以來，至今已是第八百九十八日了。現將在曾經審過逆徒難波大助幸德秋水的同一法廷，在裁判長牧野菊之助之下開廷審理。

「大審院發出普通旁聽券一百五十張，在東京的朝鮮人人部分都切望旁聽，但均無法可想。法廷內外，由日比谷警署及憲兵隊派軍警防守。旁聽人只能見朴氏夫妻之入廷及裁判長訊問住所姓名，此後即禁旁聽，唯特別許可的人得以一直聽到末了。

「犯人二人現在市谷未決監內等候明日之裁判。當局職權上當行的精神鑑定也被拒絕，帝國大學杉田博士因了文書及其他材料，繼續作苦心之鑒定，至去年年底始告完成。藤井教誨主任二年半的教導也毫不見效（沒有悔悟的意思）。朴烈起草作自敘傳，大部分已脫稿，今正在耽讀關於思想問題等的書籍。

「去年年底，朴烈之兄特地從朝鮮的鄉間來到東京，在未決監與朴會面，日前已回朝鮮去了。又聞屆時朴烈將穿朝鮮禮服出廷，文子則穿染有『族徽』的和服。這個大逆事件裡面，還含有戀愛問題，所以更引起大眾的興味。

「朴烈與金子文子，金重漢與柔佛巴魯初代等，一面計畫著重大的陰謀，一面又浮沉於戀之漩渦裡。或一傳說謂因了戀愛的糾葛，此事件遂為警廳所聞知，以至暴露。柔佛巴魯初代在獄中病死，金重漢得豫審免訴，只餘朴烈與金子文子今當出席於特別裁判之法廷。布施律師等前曾奔走欲為二人正式結婚，其後也未實行。手鎖腰繩，頭戴編笠，二人當在法廷重復相見。十六日為事實審理，十七日為檢事的論告及律師的辯論，在二日間全部完結云。」

我們讀了上面的紀事而引起的第一個感想是，李完用是把朝鮮送給日本的一個朝鮮人，所以日本封他為侯爵，臨死時，還遠迢迢地從日皇賜給蒲桃酒一打去慰問他。朴烈是對於日皇謀逆的一個朝鮮人，所以被問了大逆罪，將來審判的結果自然也像逆徒難波或幸德一樣的消為刑場之露，——這似乎更像幸德，因為他也夫妻共命的。這是我們感到的已然或是將然的事實。

我們第二個感想是，照理論上講，我不知怎的總覺得李完用倒是確實的逆徒，朴烈雖然在國際禮儀（不過這在《順天時報》的東鄰記者們是向來不講的，我們只是犯不著來學壞樣）上不好怎樣的讚美，但總可以說是烈士，更不必說是朝鮮的忠良了。

朝鮮在日韓合併的時候固然出了不少的逆徒，但是安重根，朴烈，以及獨立時地震時被虐殺的數百鮮人，流的報償的血也已不少了，我對於這亡國的朝鮮不能不表示敬意，特別在現今這個中國，滿洲情形正與合併前的朝鮮相似，而政客學者與新聞界的意見多與日本一鼻孔出氣，推尊張吳，竭力為他們鼓吹宣傳的時代。

我相信中國可以有好些李完用，倘若日本（或別國）有興致來合併中國，但我懷疑能否出一兩個朴烈夫婦。朝鮮的民族，請你領受我微弱的個人的敬意，雖然這於你沒有什麼用處。我以前只知道你們慶州一帶的石佛以及李朝的磁器，知道你的先民富有藝術的天分，現在更知道並世的朝鮮人裡也還存在血性與勇氣。

日本為生存競爭計或者不得不吞併朝鮮，朝鮮因為孱弱或者也總難保其獨立，但我對於朝鮮為日本所陵踐總不禁感到一種悲憤。中國從前硬要朝鮮臣服，現在的愛國家也還有在說朝鮮「本我藩屬」的人，我聽了很不喜歡。

我是同江紹原先生一樣主張解放蒙藏的，但同時也主張援助亞東各小民族（如安南緬甸）獨立的，——這是說將來中國倘若有此力量。朝鮮我也希望他能獨立，不屬於中日，自然也不要屬於蘇俄。朝鮮的文化雖然多半是中國的，卻也別有意義，他是中日文化的連絡，他是中國文化的繼承者，也是日本文化的啟發者。

在日本直接與中國交際之前，朝鮮是日本的唯一的導師，舉凡文字，宗教，工業，文物各方面無不給與極大助力，就是近代德川朝的陶磁工藝也還是由於朝鮮工人的創始。我真不解以俠義自憙的日本國民對於他們文化的恩人朝鮮卻這樣的待遇，雖說這是強食弱肉的世界。日本對於不是李完用一流的朝鮮人，給他加上一個極不愉快的名號，叫作「不逞鮮人」，——這就是那「不逞鮮人」的名稱，養成日本人的恐怖與怨毒，以致在地震時殘殺了那許多朝鮮人。我們看了朝鮮的往事，不能不為中國寒心。

（十五年二月）

文明國的文字獄

日本是東亞的文明先進國，有許多辦法是很值得我們中國去學樣的。是的，兩國的政體有點兒不同，日本是君主國，中國是共和國，但這是「實君共和」，或者應稱為「多君共和」才對，壓根兒沒有多大差別，除了凶暴有餘而嚴密或未及。這末一點所以是應該學習的。

讓我舉出一兩個好例來吧。

海賊江連等奪取大輝丸，屠殺中俄朝鮮乘客二十餘人，發揚國威，振興武士道之精神，故破案後，江連僅判處十二年有期徒刑，聽者歡聲雷動，稱「名裁判」不置，此其一。

憲兵大尉甘粕於大震災時誘大杉榮夫婦至司令部，手自絞殺，以絕無政府主義之根株，措國家於磐石之安，又為滅口起見，特將大杉六歲的外甥橘宗一一併絞死，移屍剝衣，以湮滅證據，苦心愛國，允為「國士」。故破案後判處十年有期徒刑，旋即蒙保釋，發往奉天效力，此其二。

此外解散各大學的研究社會科學團體，設置「學生監」，以防「思想惡化」，由內閣招集和尚道士會議，以謀「思想善導」，都是足以為法的，至於收用謝米諾夫以反赤化，則大家都已知道，算不得什麼專賣特許的辦法了。

近來看報，見有一件更新的辦法，值得特別介紹。俗語云「擒賊先擒王」，現在便是這個辦法，不去零零碎碎地拿辦無名的束髮小生，只從鼎鼎大名的教授下手，於是而井上哲次郎博士將被告發，而人心亦將正而邪說亦將息了。

井上哲次郎是貴族院議員，帝國大學教授，文學博士，年紀也將近七十了，平常也算是真正老派，與滑稽學者們遠藤隆吉，建部遁吾，上杉槇吉等差不多少，說他是賊王，是惡化思想的首領，的確是大有語病，但總之不知是什麼運命的惡戲，他為了在《我國體及國民道德》裡的一句話，犯了不敬的大罪，動了普天的公憤了。老博士的革職查辦當在不遠，這在凡有血氣的看來自然是千該萬該的，那裡還容得懷疑或是猶豫呢？

卻說說日本的神話，有三件建國之寶，一是八咫鏡，二是天之叢雲劍，三是八阪瓊曲玉，稱為「三種神器」。據說鏡與曲玉是天照御神，即太陽女神躲到岩窟裡去的時候由眾神所造，劍則係太陽的兄弟素盞嗚尊在下界殺了八首大蛇，從蛇的身子裡取出來的，又名草薙劍的便是。

這雖都是神話，但據說這三件東西卻都是實有的，至今還供養著，如書上所說，「實為我天皇傳國之神璽，與皇統共天壤無窮之御寶也。」

好在我們不是弄歷史學考古學人類學的人，不必去議論他的真偽，引起是非來，只要說明有什麼一回事就得了。井上博士本來也不是弄那些東西的人，他的專門是哲學，因為我彷彿記得他做過些講孔夫子的書，這回不知怎地做了那本《我國體與國民道德》，說及三種神器，輕輕的一句話，卻闖下了彌天的大禍。查我所見的日本報上都不說明，只說該博士「云云」，但我從在中國發行的日文報上曾看到一條，比較明白一點，只可惜原報一時找不著了。大約是井上博士說，現在的神器裡有兩種是真的，其一已經燒失，留存的只是模造品，至於燒失的是那一種，我記不清是劍呢還是鏡了。

這可了不得！在我們不相干的人看去是一句灰色的溫暾的話，在日本卻是犯了不敬罪，是「搖動國民之信念」的東西了。

前大東文化學院教授松平康國，佃信夫等於五日下午一時往訪內閣總理大臣，責問政府對於井上博士不敬事件為何不嚴重查辦，主張須令井上辭職以謝天下。同日下午二時，有大學生二人往訪內務大臣，由次長接見，也是質問該不敬事件，因為答覆不滿意，便競以老拳加於內務次長之頭上。

這兩個人經警署拘去，查明一為中央大學生菱谷，一為日本大學生中濱，雖然日本大學聲明沒有這個學生，中央大學聲稱該生業於六月間退學云。二人同係大和魂聯盟的團員。這樣團體在我們看來是一種反動的暴力團，但在本地當然是宗旨純正的尊王團體之一罷。同時司法方面也已開始活動，據說「學術研究之自由固然承認，但將研究之結果出版，發表於社會，則已越出研究的範圍，查出版法第二十六條，正屬相當：凡出版將破壞政體紊亂國權之文書圖畫時，處著作者發行者印刷者以兩月以上兩年以下之輕禁錮，附加二十圓以上二百圓以下之罰金。但該博士如辭去一切公職，專表謹慎之意，則或只傳案檢察，免予起訴，亦未可知云」。

你看這辦的多麼嚴重，多麼精密，多麼上下一心。文明國的文字獄到底與半開化的中國是不同的。中國的辦法只是殺一儆百，除了偶然隨便槍斃一兩個之外，不知道有細磨細琢的好方法，無怪文化不進而被稱為半開化也。竊意中國將來如能奮興，得列於強國之林，這一點不可不注意，即提倡武士道以扼人之脖頸，設置學生監以阻人之思想，良法美意，固當積極仿行外，那種文字之獄亦應時常舉行，以增威嚴，此愚作此一文之微意也。

（一九二六年十一月）

夏夜夢

序言

鄉間以季候定夢的價值，俗語云春夢如狗屁，言其毫無價值也。冬天的夢較為確實，但以「冬夜」（冬至的前夜）的為最可靠。

夏秋夢的價值，大約只在有若無之間罷了。佛書裡說，「夢有四種，一四大不和夢，二先見夢，三天人夢，四想夢。」後兩種真實，前兩種虛而不實。我現在所記的，既然不是天人示現的天人夢或豫告福德罪障的想夢，卻又並非「或晝日見夜則夢見」的先見夢，當然只是四大不和夢的一種，俗語所謂「亂夢顛倒」。大凡一切顛倒的事，都足以引人注意，有紀錄的價值，譬如中國現在報紙上所記的政治或社會的要聞，那一件不是顛倒而又顛倒的麼？所以我也援例，將夏夜的亂夢隨便記了下來。但既然是顛倒了，虛而不實了，其中自然不會含著什麼奧義，不勞再請「太人」去占；反正是占不出什麼來的。——其實要占呢，也總胡亂的可以做出一種解說，不過這占出來的休咎如何，我是不負責任的罷了。

一、統一局

彷彿是地安門外模樣。西邊牆上貼著一張告示，擁擠著許多人，都仰著頭在那裡細心的看，有幾個還各自高聲念著。我心裡迷惑，這些人都是車夫麼？其中夾著老人和女子，當然不是車夫了；但大家一樣的在衣服上罩著一件背心，正中綴了一個圓圖，寫著中西兩種的號碼。正納悶間，聽得旁邊一個人喃喃的念道：

「……目下收入充足，人民軍等應該加餐，自出示之日起，不問女男幼老，應每日領米二斤，麥二斤，豬羊牛肉各一斤，馬鈴薯三斤，油鹽准此，不得折減，違者依例治罪。

飲食統一局長三九二七鞠躬」

這個辦法，寫的很是清楚，但既不是平糶，又不是賑饑，心裡覺得非常糊塗。只聽得一個女人對著一個老頭子說道：

「三六八（彷彿是這樣的一個數目）叔，你老人家胃口倒還好麼？」

「六八二——不，六八八二妹，那裡還行呢！以前已經很勉強了，現今又添了兩斤肉，和些什麼，實在再也吃不下，只好拼出治罪罷了。」

「是呵，我怕的是吃土豆，每天吃這個，心裡很膩的，但是又怎麼好不吃呢。」

「有一回，還是只發一斤米的時候，規定凡六十歲以上的人應該安坐，無故不得直立，以示優待。我坐得不耐煩了，暫時立起，恰巧被稽查看見了，拉到平等廳去判了三天的禁錮。」

「那麼，你今天怎麼能夠走出來的呢？」

「我有執照在這裡呢。這是從行坐統一局裡領來的，許可一日間不必遵照安坐條律辦理。」

我聽了這些莫名其妙的話，心想上前去打聽一個仔細，那老人卻已經看見了我，慌忙走來，向我的背上一看，叫道：

「愛克司兄，你為什麼還沒有註冊呢？」

我不知道什麼要註冊，剛待反問的時候，突然有人在耳邊叫道：「幹麼不註冊！」一個大漢手中拿著一張名片，上面寫道「姓名統一局長一二三」，正立在我的面前。我大吃一驚，回過身來撒腿便跑，不到一刻便跑的很遠了。

二、長毛

我站在故鄉老屋的小院子裡。院子的地是用長方的石板鋪成的；坐北朝南是兩間「藍門」的屋，子京叔公常常在這裡抄《子史輯要》，——也在這裡發瘋；西首一間側屋，屋後是楊家的園，長著許多淡竹和一棵棕櫚。

這是「長毛時候」。大家都已逃走了，但我卻並不逃，只是立在藍門前面的小院子裡，腰間彷彿掛著一把很長的長劍。當初以為只有自己一個人，隨後卻見在院子裡還有一個別人，便是在我們家裡做過長年的得法，——或者叫做得壽也未可知。他同平常夏天一樣，赤著身子，只穿了一條短褲，那豬八戒似的臉微微向下。我不曾問他，他也不說什麼，只是憂鬱的卻很從容自在的站著。

大約是下午六七點鐘的光景。他並不抬起頭來，只喃喃的說道：

「來了。」

我也覺得似乎來了，便見一個長毛走進來了。所謂長毛是怎樣的人我並不看見，不過直覺他是個長毛，大約是一個穿短衣而拿一把板刀的人。這時候，我不自覺的已經在側屋裡邊了；從花牆後望出去，卻見得法（或得壽）已經恭恭敬敬的跪在地上，反背著手，專等著長毛去殺他了。以後的景致有點模胡了，彷彿是影戲的中斷了一下，推想起來似乎是我趕出去，把長毛殺了。

得法聽得噗通的一顆頭落地的聲音，慢慢的抬起頭來一看，才知道殺掉的不是自己，卻是那個長毛，於是從容的立起，從容的走出去了。在他的遲鈍的眼睛裡並不表示感謝，也沒有什麼驚詫，但是因了我的多事，使他多要麻煩，這一種煩厭的神情卻很明顯的可以看出來了。

三、詩人

我覺得自己是一個詩人（當然是在夢中），在街上走著搜尋詩料。

我在護國寺街向東走去，看見從對面來了一口棺材。這是一口白皮的空棺，裝在人力車上面，一個人拉著，慢慢的走。車的右邊跟著一個女人，手裡抱著一個一歲以內的孩子。她穿著重孝，但是身上的白衣和頭上的白布都是很舊而且髒，似乎已經穿了一個多月了。她一面走，一面和車夫說著話，一點都看不出悲哀的樣子。——她的悲哀大約被苦辛所凍住，所遮蓋了罷。我想像死者是什麼人，生者是什麼人，以及死者和生者的過去，正抽出鉛筆想寫下來，他們卻已經完全不見了。

這回是在西四北大街的馬路上了。夜裡驟雨初過，大路洗的很是清潔，石子都一顆一顆的突出，兩邊的泥路卻爛的像泥塘一般。東邊路旁有三四個人立著呆看，我也近前一望，原來是一匹死馬躺在那裡。大車早已走了，撇下這馬，頭朝著南腳向著東的攤在路旁。

這大約也只是一匹平常的馬，但躺在那裡，看去似乎很是瘦小，從泥路中間拖開的時候又翻了轉面，所以他上邊的面孔肚子和前後腿都是濕而且黑的，沾著一面的污泥。他那胸腹已經不再掀動了，但是喉間還是咻咻的一聲聲的作響，不過這已經不是活物的聲音，只是如風過破紙窗似的一種無生的音響而已。

我忽然想到俄國息契特林的講馬的一生的故事《柯虐伽》，拿出筆來在筆記簿上剛寫下去，一切又都不見了。

有了詩料，卻做不成詩，覺得非常懊惱，但也徼幸因此便從夢中驚醒過來了。

四、狒狒之出籠

在著名的雜誌《宇宙之心》上，發現了一篇驚人的議論，篇名叫做「狒狒之出籠」。大意說在毛人的時代，人類依恃了暴力，捕捉了許多同族的狒狒猩猩和大小猿猴，鎖上鐵鍊，關在鐵籠裡，強迫去作苦工。這些狒狒們當初也曾反抗過，但是終抵不過皮鞭和饑餓的力量，歸結只得聽從，做了毛人的奴隸。

過了不知多少千年，彼此的皮毛都已脫去，看不出什麼分別，鐵鍊與籠也不用了，但是奴隸根性已經養成，便永遠的成了一種精神的奴族。其實在血統上早已混合，不能分出階級來了，不過他們心裡有一種運命的階級觀，譬如見了人己的不平等，便安慰自己道：「他一定是毛人。我當然是一個狒狒，那是應該安分一點的。」因為這個緣故，彼此相安無事，據他們評論，道德之高足為世界的模範。……但是不幸據專門學者的考察，這個理想的制度已經漸就破壞，狒狒將要扭開習慣的鎖索，出籠來了。出籠來的結果怎樣，那學者不曾說明，他不過對於大家先給一個警告罷了。

這個警告出來以後，社會上頓時大起恐慌。大家——凡自以為不是狒狒的人們，——兩個一堆，三個一攢的在那裡討論，想找出一個萬全的對付策。他們的意見大約可以分作這三大派。

一，是反動派。他們主張恢復毛人時代的制度，命令各工廠「漏夜趕造」鐵鍊鐵籠，把所有的狒狒階級拘禁起來，其正在趕造鐵鍊等者准與最後拘禁。

二，是開明派。他們主張教育狒狒階級，幫助他們去求解放，即使不幸而至於決裂，他們既然有了教育，也可以不會有什麼大恐怖出現了。

三，是經驗派。他們以為反動派與開明派都是庸人自擾，狒狒是不會出籠的。加在身上的鎖索一經拿去，人便可得自由；加在心上的無形的鎖索的拘繫，至少是終身的了，其解放之難與加上的時間之久為正比例。他們以經驗為本，所以得這個名稱，若從反動派的觀點看去可以說是樂觀派，在開明派這邊又是悲觀派了。

以上三派的意見，各有信徒，在新聞雜誌上大加鼓吹，將來結果如何，還不能知道。反動派的主張固然太是橫暴，而且在實際上也來不及；開明派的意見原要高明得多，但是在這一點上，也是一樣的來不及了。因為那些自承為狒狒階級的人雖沒有階級爭鬥的意思，卻很有一種階級意識；他們自認是一個狒狒，覺得是卑賤的，卻同時彷彿又頗尊貴。所以他們不能忍受別人說話，提起他們的不幸和委屈，即使是十分同情的說，他們也必然暴怒，對於說話的人漫罵或匿名的揭帖，以為這人是侵犯了他們的威嚴了。而且他們又不大懂得說話的意思，尤其是諷刺的話，他們認真的相信，得到相反的結果，氣轟轟的爭鬧。從這些地方看來，那開明派的想借文字言語企圖心的革命的運動，一時也就沒有把握了。

狒狒倘若真是出籠，這兩種計畫都是來不及的。——那麼經驗派的不出籠說是唯一的正確的意見麼？我不能知道，須等去問「時間」先生才能分解。

這是那一國的事情，我醒來已經忘了，不過總不是出在我們震旦，特地聲明一句。

五、湯餅會

是大戶人家的廳堂裡，正在開湯餅會哩。

廳堂兩旁，男左女右的坐滿了盛裝的賓客。中間彷彿是公堂模樣，放著一頂公案桌，正面坐著少年夫妻，正是小兒的雙親。案旁有十六個人分作兩班相對站著，衣冠整肅，狀貌威嚴，胸前各掛一條黃綢，上寫兩個大字道，「證人」。左邊上首的一個人從桌上拿起一張文憑似的金邊的白紙，高聲念道：

「維一四天下，南瞻部洲，禮義之邦，摩訶茀羅利達國，大道德主某家降生男子某者，本屬遊魂，分為異物。披蘿帶荔，足禦風寒；飲露餐霞，無須煙火。友蟪蛄而長嘯，賞心無異於聞歌；附螢火以夜遊，行樂豈殊於秉燭。幽冥幸福，亦云至矣。爾乃罔知滿足，肆意貪求：卻夜台之幽靜而慕塵世之紛紜，捨金剛之永生而就石火之暫寄。

「即此顯愚，已足憐憫；況復緣茲一念，禍及無辜，累爾雙親，鑄成大錯，豈不更堪嘆恨哉。原夫大道德主某者，華年月貌，群稱神仙中人，而古井秋霜，實受聖賢之戒，以故雙飛蛺蝶，既未足喻其和諧，一片冰心，亦未能比其高潔也。乃緣某刻意受生，妄肆蠱惑，以致清芬猶在，白蓮已失其花光，綠葉已繁，紅杏條成為母樹。十月之危懼，三年之苦辛；一身瀕於死亡，百樂悉以捐棄。「所犧牲者既大，所耗費者尤多：就傅取妻，飲食衣被，初無儲積，而擅自取攜；猥云人子，實唯馬蛭，言念及此，能不慨然。嗚呼，使生汝而為父母之意志，則爾應感罔極之恩；使生汝而非父母之意志，則爾應負彌天之罪矣。今爾知恩乎，爾知罪乎？爾知罪矣，則當自覺悟，勉圖報稱，冀能懺除無盡之罪於萬一。爾應自知，自爾受生以至復歸夜台，盡此一生，爾實為父母之所有，以爾為父母之罪人，即為父母之俘囚，此爾應得之罪也。爾其謹守下方之律令，勉為孝子，余等實有厚望焉。

計開

一，承認子女降生純係個人意志，應由自己負完全責任，與父母無涉。

二，承認子女對於父母應負完全責任，並賠償損失。

三，准第二條，承認子女為父母之所有物。

四，承認父母對於子女可以自由處置：

甲，隨意處刑。

乙，隨時變賣或贈與。

丙，製造成謬種及低能者。

五，承認本人之妻子等附屬物間接為父母的所有物。

六，以感謝與滿足承認上列律令。」

那人將這篇桐選合璧的文章念了，接著便是年月和那「遊魂」——現在已經投胎為小兒了——的名字，於是右邊上首的人恭恭敬敬的走下去，捉住抱在乳母懷裡的小兒的兩手，將他的大拇指捺在印色盒裡，再把他們按在紙上署名的下面。以後是那十六個證人各著花押，有一兩個寫的是「一片中心」和「一本萬利」的符咒似的文字，其餘大半只押一個十字，也有畫圓圈的，卻畫得很圓，並沒有什麼規角。末一人畫圈才了，院子裡便驚天動地的放起大小炮竹來，在這聲響中間，聽得有人大聲叫道，「禮——畢！」於是這禮就畢了。

這天晚上，我正看著英國巴特勒的小說《虛無鄉遊記》，或者因此引起我這個妖夢，也未可知。

六、初戀

那時我十四歲，她大約是十三歲罷。我跟著祖父的妾宋姨太太寄寓在杭州的花牌樓，間壁住著一家姚姓，她便是那家的女兒。伊本姓楊，住在清波門頭，大約因為行三，人家都稱她作三姑娘。姚家老夫婦沒有子女，便認她做乾女兒，一個月裡有二十多天住在他們家裡，宋姨太太和遠鄰的羊肉店石家的媳婦雖然很說得來，與姚宅的老婦卻感情很壞，彼此都不交口，但是三姑娘並不管這些事，仍舊推進門來遊嬉。她大抵先到樓上去，同宋姨太太搭赸一回，隨後走下樓來，站在我同僕人阮升公用的一張板棹旁邊，抱著名叫「三花」的一隻大貓，看我映寫陸潤庠的木刻的字帖。

我不曾和她談過一句話，也不曾仔細的看過她的面貌與姿態。大約我在那時已經很是近視，但是還有一層緣故，雖然非意識的對於她很是感到親近，一面卻似乎為她的光輝所掩，開不起眼來去端詳她了。在此刻回想起來，彷彿是一個尖面龐，烏眼睛，瘦小身材，而且有尖小的腳的少女，並沒有什麼殊勝的地方，但在我的性的生活裡總是第一個人，使我於自己以外感到對於別人的愛著，引起我沒有明瞭的性的概念的對於異性的戀慕的第一個人了。

我在那時候當然是「醜小鴨」，自己也是知道的，但是終不以此而減滅我的熱情。每逢她抱著貓來看我寫字，我便不自覺的振作起來，用了平常所無的努力去映寫，感著一種無所希求的迷濛的喜樂。並不問她是否愛我，或者也還不知道自己是愛著她，總之對於她的存在感到親近喜悅，並且願為她有所盡力，這是當時實在的心情，也是她所給我的賜物了。在她是怎樣不能知道，自己的情緒大約只是淡淡的一種戀慕，始終沒有想到男女夫婦的問題。

有一天晚上，宋姨太太忽然又發表對於姚姓的憎恨，末了說道：

「阿三那小東西，也不是好東西，將來總要流落到拱辰橋去做婊子的。」

我不很明白做婊子這些是什麼事情，但當時聽了心裡想道：

「她如果真是流落做了婊子，我必定去救她出來。」

大半年的光陰這樣的消費過去了。到了七八月裡因為母親生病，我便離開杭州回家去了。一個月以後，阮升告假回去，順便到我家裡，說起花牌樓的事情，說道：

「楊家的三姑娘患霍亂死了。」

我那時也很覺得不快，想像她的悲慘的死相，但同時卻又似乎很是安靜，彷彿心裡有一塊大石頭已經放下了。

（十年九月）

真的瘋人日記

編者小序

近來神經病似乎很是流行，我在新世界什麼地方拾得的「瘋人日記」就已經有七八本了。但是那些大抵是書店裡所發賣的家用日記一類的東西，表紙上印著「瘋人日記」四個金字，裡邊附印月份牌郵費表等，後面記事也無非是「初一日晴，上午十點十七分起床」等等尋常說話。

其中只有一本，或者可以算是真正瘋人所記的。這是一卷小方紙的手抄本，全篇用「鐵線篆」所寫，一眼望去，花綠綠的看不出是什麼東西，——幸而我也是對於「小學」用過功的，懂得一點篆法，而且他又恰好都照著正楷篆去的，所以我費了兩天工夫，居然能夠把他翻譯出來了。

這篇裡所記的，是著者（不知其姓名，只考證出他就是寫那鐵線篆的人而已）的民君之邦——德謨德斯坡諦恩——遊記的一部分，雖然說得似乎有點支離曖昧，但這支離曖昧又正是他的唯一的好處，倘若有人肯去細心的研究，我相信必然可以尋出些深奧的大道理來，所以我就拿來發表了。至於他是否是真正的瘋人，我們既然不曾知道他的姓名，當然無從去問他自己，但是他即使不是瘋人，也未必一定是不瘋人，這是我所深信不疑的。小序竟。

一、最古而且最好的國

憑了質與力之名，我保證我所記的都是真實，但使這些事情果然實有，而且我真是親到彼邦，實地的看了來。

民君之邦——德謨德斯坡諦恩，這兩句話我已經不知道說了多少遍了，現在這一卷敘述起頭，不免再說一番，——在東海中，是世界上最古，而且是，最好的國；這末一節，就是我們遊歷的人也不好否認，不但是本國的人覺得如此。在那裡各人都有極大的自由，這自由便以自己的自由為界，所以你如沒有被人家打倒，盡可以隨意的打人，至於謾罵自然更是隨意了，因為有「學者」以為這是一種習慣，算不得什麼。大家因為都尊重自由，所以沒有三個人聚在一處不是立刻爭論以至毆打的；他們的意見能夠一致的只有一件事，便是以為我自己是決不會錯的。

他們有兩句口號，常常帶在嘴裡的，是「平民」與「國家」，雖然其實他們並沒有一個是平民，卻都是便衣的皇帝。因為他們的國太古了，皇帝也太多了，所以各人的祖先差不多都曾經做過一任皇帝，——至少是各人的家譜上都這樣說；據說那極大的自由便是根據這件事實而發生的。

至於愛國一層卻是事實，因為世界上像他們那樣憎惡外國的人再也沒有了，這實在是愛國的證據。但是平常同外國人也還要好，而且又頗信用，即如我帶去的白乾，他們很喜歡喝，常常來買，又有一次大家打架，有一個唯一愛國會會長背了一捆舊帳簿到我這裡來寄存，也是一例。這些舊帳簿本來是五百年前的出入總登，在此刻是收不起賬來的了，他們卻很是看重，拿到我們華商家裡存放，實在要比我國人的將裝著鈔票契據的紅漆皮箱運到東城去更為高尚了。

閒話說得太遠了，現在言歸正傳，再講那「平民」與「國家」兩句口號的事情。有一天我在路上走著，看見兩個衣冠楚楚的人對面走來，他們彼此很很的看了一眼，一個人便大發咆哮道，「你為什麼看我，你這背叛國家的……」那個人也吼叫道，「你欺侮平民麼，你這智識階級！」說時遲，那時快，倘若不是那站在路心的巡捕用木棍敲在他們的頭上，一人一下，把他們打散，我恐怕兩個人早已躦了過去，彼此把大褂撕破，隨後分頭散去，且走且罵，不知道要走到什麼地方才肯住口哩。

二、準仙人的教員

在這民君之邦裡最可佩服的是他們的教育制度，這或者可以說是近於理想的辦法了。他們以為教育是一種神聖——不，無寧說是清高的事業，不是要吃飯撒矢，活不到一百歲的俗人所配幹的，在理論上說來應該是仙人才可以擔任。但是不幸自從葛仙翁的列仙傳出版以後，神仙界中也似乎今不如古，白日飛升的人漸漸少見，不免有點落莫之感了。

雖然呂純陽等幾位把兄弟還是時常下凡，可以坐滿一「桌」，但是要請他們擔任國立七校（因為他們缺少一個美術學校）的教職也是不夠，何況還有許多中小學校呢。他們的教育當局勞心焦思的密議了十一個月，終於不得已而思其次，決議採用「準仙人」來充當職教員，算是過渡時代的臨時辦法。

這所謂準仙人乃是一種非仙非人，介在仙與人之間的清高的人物；其養成之法在拔去人氣而加入仙氣，以禁止吃飯撒矢為修煉的初步。學校任用的規則，係以避穀者為正教授，餐風飲露者為教授，日食一麻一麥者為講師，這一類自然以婆羅門為多。

學校對於準仙人的教員極為優待：凡教授都規定住在學校的東南對角的一帶，以便他們上校時喝西北風藉以維繫生命；避穀的正教授則准其住在校裡，因為他們不復需要滋補的風露，而且他們的狀態也的確不很適宜於搬動了。至於講師就不大尊重，因為還要吃一麻一麥，未免有點凡俗而且卑鄙：倘若從事於清高的教育事業而還要吃飯，那豈不同苦力車夫一樣了麼？這在民君之邦的教育原理上是絕對的不能承認的。

他們學校各種都有，只是沒有美術學校，因為他們從平民的功利主義立腳點看來，美術是一種奢侈品，所以歸併到工業裡去，哲學也附屬於理化，文學則附屬於博物，當我在那裡的時候，統治文壇的人正是一個植物學者。他們的學科雖然也是分門別類有多少種，但是因為他們主張人是全知全能的，活動的範圍是無限的，所以實際上是等於不分，這便是術語上的所謂學術的統一。

我曾看見一個學造船的人在法政學校教羅馬法，他的一個學生畢業後就去開業做外科醫生，後來著了一部《白晝見鬼術》，終於得了一個法學博士的名號。據說這種辦法是很古的，而且成績很好，近有歐美都派人去調查，恐怕不久便要被大家所採用了。

他們主張人類的全知全能，所以猛烈的反對懷疑派，說是學敵，因此他們在古人中又最恨蘇格拉底與孔子：因為蘇格拉底曾說他自知其無所知，故為唯一之智者；孔子也說，知之為知之，不知為不知，是知也。他們國裡倘若有人說這不是自己所研究的，不能妄下論斷，他們便說他有蘇黨的嫌疑，稱他是御用學者，要聽候查辦。想免去這些患難，最好是裝作無所不知，附和一回，便混過去了；好在這種新花樣的學說流行，大都是同速成法政一樣，不久就結束了，所以容易傳衍。

有一回，一個名叫果非道人的和尚到那裡提倡靜臥，說可以卻病長生，因為倘若不贊成就不免有蘇派的嫌疑，所以一時聞風響應，教室裡滿眼都是禪床，我們性急的旁觀者已經預備著看那第一批的靜臥者到期連著禪床冉冉的飛上天去了。但是過了一個半月之後，卻見果非道人又在別處講演星雲說，禪床上的諸君也已不見了。仔細一打聽，才知道近來有人發見豬尾巴有毒，吃了令人怔忡，新發起了一個不食豬尾巴同盟，大家都坐了汽車出發到鄉間去宣傳這個真理；其結果是豬尾巴少賣了若干條，——然而在現在自然是仍舊可以賣了。

三、種種的集會

我參觀了許多地方。規模最為弘大者是統一學術研究所，據說程度在一切大學院之上，我在那裡看見一個學者用了四萬八千倍的顯微鏡考察人生的真義，別一個學者閉目冥想，要想出化學原子到底有七十幾種。

又有一個囚形垢面的人，聽說是他們國裡唯一的支那學者，知道我是中國人，特別過來招呼；他說廢寢忘食的——這個有他的容貌可以作證——研究中國文字，前後四十年，近來才發見俗稱一撇一捺的人字實在是一捺上加一撇，他已經做了一篇三百頁的論文發表出去，不久就可望升為太博士了，——因為他本來是個名譽博士。

理性發達所是去年才成立的，一種新式學說實驗場。某學者依據亞列士多德的學說以為要使青年理性發達，非先把這些蘊蓄著的先天的狂議論發出不可，因此他就建設這個實驗場，從事於這件工作。其法係運用禪宗的「念佛者誰」的法子，叫學生整天的背誦「二二四得……」這一句話。初級的人都高聲念「二二四得甲」或是「二二四二千七」等等，——因為這些本來是狂議論。最高級的只有一個人，在一間教室獨自念道「二二四得六！」引導的人說他畢業的期已近了，只要他一說出二二四得七，那便是火候已到，理性充分的發達，於是領憑出所，稱為理性得業士了。至於「二二四得八」這一句話，在那裡是不通行的，因為那建設理性發達所的學者自己也是說「二二四得七」的。

以色謨拉忒勒亞——勉強可以譯作主義禮拜會，是一種盛大的集會，雖是儀式而「不是宗教」。我去參觀的時候，大半的儀式都已過去，正在舉行「亞那台瑪」了；依照羅馬舊教的辦法，一派的禮拜者合詞咒詛異己的各派，那時正是民生主義派主席，詛著基爾特及安那其諸派，所以這幾派的人暫時退席，但是復辟黨帝制黨民黨都在一起，留著不走，因為於他們沒有關係，所以彼此很是親善：這實在足以表示他們的偉大的寬容的精神，不像是我國度量狹隘的民主主義者的決不肯和宗社黨去握手，我於是不禁嘆息「禮失而求諸夷」這句話的確切了。

民君之邦的法律——不知道是那一階級所制定，這便是他們的議員也不清楚——規定信仰自由，有一所公共禮堂，供各派信徒的公用。這地方名叫清淨境，那一天裡正值印度的拜科布拉蛇派，埃及的拜鱷魚派以及所謂大食的拜山派都在那裡做道場，但是獨不見有我所熟知的大仙廟和金龍四大王廟，而且連朱天君的神像也沒有。我看了很是奇怪（而且不平），後來請教那位太博士，這才明白：他們承認支那是無教之國，那些大仙等等只是傳統的習慣，並不是迷信，所以不是宗教。

但是還有一件事我終於不能瞭解，便是那大食的拜口派。我們鄉里的老太婆確有這樣的傳說，但是讀書人都知道這只是誣衊某教的謠言，不值一駁的；我又曾仔細考證，請一個本教的朋友替我查經，順翻了一遍，又倒翻了一遍，終於查不出證據來。——然而在民君之邦裡有一個學者在論文上確確鑿鑿的說過，那麼即使世間沒有這樣的事實，而其為必然的真理，是不再容人置疑的了，所以他們特設一個祭壇，由捕房按日分派貧民隊前往禮拜，其儀注則由那個學者親為規定云。

此外還有一個兒童講演會，會員都是十歲以下的小學生，當時的演題一個是「生育制裁的實際」，一個是「萬古不變的真理」，一個是「漢高祖斬丁公論」，餘興是國粹藝術「摔殼子」。但是我因為有點別的事情，不曾去聽，便即回到我的寓裡去了。

四、文學界

民君之邦裡的文學很是發達，由專門的植物學家用了林那法把他分類，列若干科，分高下兩等。最高等的是「雅音科」，——就是我們在外國文學史上時常聽到的「假古典派」，最下等的是所謂墮落科，無韻的詩即屬於這一寇里。雅音科又稱作「雅手而俗口之科」，原文是一個很長的拉丁字，現在記不起來了。他們的主張是，「雅是一切」，而天下又只有古是雅，一切的今都是俗不可耐了。

他們是祖先崇拜的教徒，其理想在於消滅一己的個性，使其原始的魂魄去與始祖的精靈合體，實在是一種非常消極的厭世的教義。他們實現這個理想的唯一手段，便是大家大做其雅文，以第一部古書的第一篇的第一句為程式，所以他們一派的文章起頭必有詰屈膠牙的四個字為記，據說其義等於中國話的「呃，查考古時候……」云云。

但是可惜國內懂得雅音的人（連自以為懂的計算在內）雖然也頗不少，俗人卻還要多；而且這些雅人除了寫幾句古雅的文字以外，一無所能，日常各事非俗人替他幫忙不可，這時候倘若說，「諮，汝張三，饔盛予！」那是俗人所決不會懂的，所以他們也只能拼出這一張嘴，說現代人的俗惡的話了。「雅手而俗口」就是指這一件事，中間的而字係表示惋惜之意的語助詞。

這正統的雅音派的文學，為平民和國家所協力擁護，所以勢力最大，但是別派也自由流行，不過不能得到收入八存閣書目的權利罷了。他們用拈鬮的方法認定自己的宗派，於是開始運動，反對一切的旁門外道；到了任期已滿，再行拈定，但不得連任。凡志願為文人者，除入雅音派以外，皆須受一種考試，第一場試文字，以能作西洋五古一首為合格，第二場試學術，問盲腸炎是本國的什麼病等醫學上的專門知識。

編者跋

我剛將稿子抄到這裡，忽然來了一個我的朋友，——這四個字有點犯忌，但是他真是我的並非別人的朋友，所以不得不如此寫，——拿起來一看，便說這不是真的瘋人日記，因為他沒有醫生的證明書。雖然我因為鐵線篆的關係，相信著者是瘋人，但那朋友是中產階級的紳士，他的話也是一定不會錯的，所以我就把這稿子的發表中止了。有人說，這本來是一篇遊戲的諷刺，這話固然未必的確，而且即使有幾分可靠，也非用別的篇名發表不可，不能稱為真的瘋人日記了。

一九二二年五月吉日跋。

雅片祭灶考

日本《讀賣新聞》十一月二十四日附錄記述當日廣播電話的節目，有下列這一篇文字：

「珍奇的支那風俗

供糖與雅片以祭灶神

一年一度的任意的請求

中野江漢君的有意思的趣味講座

今天是支那祭灶神的日子。因此今晚的趣味講座有中野江漢君的談話，題為『日本所無的珍奇的支那風俗』。中野君本名吉三郎，號江漢，多年在支那，努力於支那風物之紹介，著書也有二三種，現為支那風物研究會主。

向來有人說支那與日本是同文同種，因此以為一切都是同的，其實思想風俗習慣非常差異。例如支那人是非常精於計算的國民，無論什麼事都很打算。舉其一例，有稱作『功過格』計算日常道德標準的東西，因了這個標準以為自己的行為之收支計算，自己的行為之批判。

又支那人以為宇宙係天所造成，人亦係天所造成，故造人的天亦當然保育人類，予人以種種的食物，也同樣地在道德上引導人類，即有善有善報惡有惡報之因果報應之思想是也。

天則遣其代表者灶神至下界，監視人類，這位尊神故為一家之主人公，是最可怕的東西。又因此因果報應之思想發生一種的宿命觀。無論什麼事，大抵多以為是運命而斷望了，例如連續遇見不幸，說是『苦命』，因為生就這種運命，說是『沒法子』，就斷望了。——現在說祭這個灶神的日子是在十一月二十三日，在這一天裡，這位尊神一年一度升天去，把一年間的人的行為報告於天上的神道。因此在這天，供了糖和雅片及酒，請求不要報告惡事，單把善事報告上去，對於尊神使用賄賂，請托於自己有利的事，這豈不是支那式的，很有意思的麼？

此外還有吃人的風俗，世界無比的死刑方法，因為想使子孫不絕，想尊崇祖先，發生絕端的男尊女卑的思想，有什麼『人市』，賣買女人的風習等，為日本人所萬想不到的風俗，還很多很多。今夜就只是講這一件事罷了。」

我抄了這篇文章之後，禁不住微笑了一笑。在支那多年，著書也有二三種，尊為支那風物研究會主的名人，還不知道中國民間的祭灶是在十二月二十三日，這真可謂「恭喜」之至了。

我在南京住過五年，北京十年，浙江二十年，卻沒有聽說有人請灶王抽大煙，雖然現今南北厲行煙禁，治病執照已經填發，將來會有用雅片敬神之一日也未可知。對於尊神使用賄賂，這卻是真的，因為凡是祭獻供養無不含有這種意味，即使不用雅片而只有酒，即使不是白乾而是日本的神酒！

我想到這裡不免發生一種感慨，日本與中國雖然不是同文同種，究竟是有關係的，不是老表，也總是鄰居，好好歹歹有許多牽連，若想找他家的漏洞時稍不小心，便批了自己的嘴巴，不可不慎。

譬如所謂人市罷，我不知道是在那裡，但以中國的這樣野蠻而論，號稱民國而婢妾制度還公然認可，這種市集當然是可以有的，無論現在事實上有沒有；然而，東亞之事是「福無雙至，禍不單行」的，說起人市，就令人不能不聯想到日本有名的吉原，——這裡似乎應當聲明一下，我不曾登過吉原的「樓」，不過這地方是知道而且到過的，有一年春天曾同我的妻，妻弟，妻妹夫婦，去看過吉原的「夜櫻」，關於吉原的文獻則現代的還存有一本明治四十三年（一九一〇）的《新吉原細見》。那種勸工廠式的賣笑，西洋人如哈利思之流大約又要嘲笑了，但是到過倫敦巴黎的人也會找出他們的暗黑面來，叫他出一個大醜：甚矣專想找他家的漏洞之難也！

《新吉原細見》序很有意思，附譯於此。文曰：

「公娼制度為日本所固有，蓋以花魁（oiran 娼妓之嘉稱）為美術而可尊重，對於此說或有反對者亦未可知，但生理的情欲終難防止，壯年男子如遇街燈影暗躑躅於柳陰之曖昧婦，危險無逾此者，不但一生殘廢，且傳惡疾於子孫，此實明於觀火也。故欲滿足安全快樂，當以買有風骨尚意氣的花魁為最佳，花魁者清淨無垢，無後患者也。若雲獎勸誘引，則吾豈敢。惶恐惶恐。

四十三年之三月，南史題。」

還有一層，平常所謂風俗，當以現代通行者為準，不能引古書上所記錄，或一兩個人所做的事，便概括起來認作當世的風俗。倘若說這是可以如此說的，那麼我們知道德川朝有過火燒，鍋煮，澆滾湯，釘十字架種種死刑方法，也可以稱他是世界無比，根據了男三郎的臀肉切取事件，也可以說日本有吃人的風俗。

但是頭腦略為明白的人便知道這是不對，因為後者是個人的事情（雖然人肉治病是民間的迷信），前者乃是從前的事情了，現在日本的死刑是照文明國的通例，用絞法的，他們絞死逆徒幸德秋水難波大助等，正如大元帥之絞死李大釗等一千赤黨一樣，而日本病人平常之不會想吃人肉湯，大抵也與中國沒有多大不同。假如連這一點常識都還沒有，怎麼講得學問？本來講學問不是一件容易的事，風俗研究也不是例外，要講這種學問第一要有學識，第二要有見識，至於常識更不必說了。

風俗研究本是民俗學的一部分，民俗學或者稱為社會人類學，似更適當，日本西村真次著有《文化人類學》，也就是這種學問的別稱。民俗學上研究禮俗，並不是羅列異聞，以為談助，也還不是單在收錄，他的目的是在貫通古今，明其變遷，比較內外，考其異同，而於其中發見禮俗之本意，使以前覺得荒唐古怪不可究詰的儀式傳說現在都能明瞭，人類文化之發達與其遺留之跡也都可知道了。

這實在是很有意思的事，但是也很難，不是第二流以下的人所弄得來的。日本對於中國的文哲史各方面都有相當的學者正經地在那裡研究，得有相當的成績，唯獨在民俗學方面還沒有學者著手，只讓支那浪人們拿去作招搖撞騙之具，這實是很可惜的事。

日本人要舉發中國的野蠻行為，我決不反對，但是倘若任意說誑，不免要來訂正幾句。其實這種誑話，凡是在中國僑寓的正直的日本人也無不知道，不過他們不敢揭穿罷了：第一，他們自然也想保存同胞的面目，無論他是怎樣的無賴；第二，誰又不怕無賴的結怨呢？但是他們沒有想到這是害群之馬，他們怕馬踢而不敢去惹它，卻不知道一方面因了這種害馬的緣故而全群並受其害了。

十六年十二月四日。

剪髮之一考察

民國十六年十二月十六日北京《順天時報》載有下列一則新聞，題曰「世界進化中男女剪髮不剪髮問題」，——

「東京八日電，——女子剪髮，日人頗嫉視之，認為係東方之傳染病。女子剪髮問題實南起馬尼拉，北至哈爾濱，西起孟買，東至東京，家庭中，社會中，老少之間，保守與急進各派中，常惹起極大風波。雖謂梳髮一事極屬小節，但已致社會之不安，竟至與政治法律發生關係，除菲島有剪髮稅之外，日本員警對待剪髮之女子則認為墮落者，對長髮之男子則認為赤化。

前此遠東各國女子保重美髮之風似已屬過去，而反對剪髮最力者當推日本，最近大阪電影公司竟將所有剪髮女伶盡數解雇，並告各女演員云，髮不蓄長則勿庸回職也，而東京員警對女子之剪髮竟認為與裸體同等屬於違禁，同時日（本）之青年男子有欲蓄髮作歐美之藝術派者，亦為員警所不容，其感受之苦痛與女子正同。

日本各大城員警每遇蓄髮之青年男子，即拘入警署審訊其是否懷革命思想，或須受嚴重之監視，但多數青年寧受員警之監視，亦不忍去其長髮。夫髮之長短，在女則以長為善，在男則以短為善，亦誡近代不可解之習俗云。」

我讀了此文之後，閉目沉思了一忽兒，覺得這個「習俗」並沒有什麼不可解。簡單地一句話，這便是「狗抓地毯」，謎底是「蠻性的遺留」。

野蠻時代，厲行一道同風之治，對於異言異服者輒加以「嫉視」，現代專制流行，無論是赤化的俄羅斯，白化的義大利，或是別色化的什麼地方，無不一致地實行獨斷高壓的政治，在這個年頭兒，男女之剪髮蓄髮當然非由當局以法令規定不可，否則就是違禁。

我們只要就記憶所及，不必去翻書，考究一下，如滿清入關時之留髮不留頭，「長毛」時代之短髮者為「妖」，孫聯帥治下之江西殺斷髮女子（以前有三一八，忘記先說了）與一撮毛的男子，上海灘人稱斷髮女子為女革命（這本是說在聯帥治下的時代，現在是怎樣，鄙人遠在京兆不能知道），討赤的奉吉黑直魯之罰禁女子剪髮，反赤的廣東之殺戮剪髮女子，成例甚多，實在叫一個工友來數還數不清。

為什麼頭髮如此關係重大呢？是的，頭髮是身體的一部分，也就是性命的一部分，不可輕易把它弄長弄短，這只請去看江紹原君的研究《髮鬚爪》便可明白，不過在這裡這倒還在其次，最要緊的乃是這頭髮的象徵，——即是主君對於臣僕，男子對於女子的主權。

夫幾縷青髮，何關重要，在吾輩視之，拉長剪短，大可隨意，至多亦不過影響到個人形相的好醜，旁觀者以己意加以愛憎，如斯而止矣；然此把頭髮拉長剪短之中所包含的政治意義卻非同小可，難怪當局見而「心上有杞天之慮」，為保護既得權利起見，不得不出以斷然的處置也。男性的主權者既規定頭髮在女則以長為善，在男則以短為善，斯即天經地義，無可改變，如有應短而反長，應長而獨短，則即是表示反抗，與不奉正朔服色同，當視為大逆不道，日本員警認此等男女為墮落者與赤化，實甚得此意也。

在中國因有「二百餘年深仁厚澤食土踐毛」之關係，對於辮髮頗有遺愛，故男子之長髮以至有辮子者在社會上即使不特別受人家的愛敬，亦總無違礙，可以自由遊行，唯一撮毛者始殺無赦，與日本寬嚴稍有不同。

至於女子則長髮乃是義分，不服從者即係叛逆，其為男性所嫉視固其所也，北方既罰辦於先，南方復捕殺於後，雖曰此係李福林君之政策，但總可以見南北討赤固有同心，即對於女子剪髮之男性的義憤在中國亦頗有一致之處也。不佞亦係男性一分子，擁護男權，不敢後人，唯生性遲鈍，缺少熱狂，回思愈久，疑問愈多，遂覺得男子此種行為未免神經過敏，良如梁實秋君所說，此刻中國是在浪漫時代也。

我外出時固常見斷髮女子之頭，然亦常見其足；雖曰剪髮，既不如尼，亦不如兵，或分或捲，仍有修飾，至於腳上之鞋，也相當地美麗，而且有些還是高跟而且頗高的。因此我覺得那些男性的確是神經過敏或者竟是衰弱了。

女子剪了男性所規定的長髮雖屬貌似反抗，但我們看那些鞋便可知道她們還著實捨不得被解放，此其一；她們穿這種鞋，大抵跟時式，也就還是為悅己者容，即是不用這些鞋了，而那剪短的頭髮也還是一種「容」，此其二；因此可見她們的剪髮並不是怎麼大的叛逆，而男性之狼狽胡鬧有點近於發呆，這實在令我也有些難為情。感情是野蠻人所有，理性則是文明的產物，人類往往易動感情，不受理性的統轄，剪髮問題即其一例，此亦可謂蠻性遺留之發現也。

還有一種理由，特別是關於女子的，是薩滿教的禮教思想。新聞原文上說得很是明白而且有趣味，云「東京員警對女子之剪髮竟認為與裸體同等屬於違禁」，可見在這個嫉視裡面有幾分是政治問題，有幾分是「風化」問題了。

我向來不懂這兩個神秘的字的意義，後來從原始宗教上看出來這就是所謂太步（Tabu，禁忌？），是一種穢氣毒氣之傳染，形而上的感應。現代社會以裸體為違禁，表面上說是因為誨淫，挑發旁人的欲情，其實最初怕的是裸體的法力，這個恐怖至今還是存在，而且為禁止裸體的最大原動力。

古今中外有許多法術，作法時都要裸體，而且或如書上所說，被髮禹步，現在記者說剪髮與裸體同等，這是從下意識裡自然地發出來的，一句素樸的話，卻含有深厚的意義。女子的頭髮如不是挽作什麼髻而披散了或是剪短，這便有一種不吉，特別降於男性身上，有如裸體，無論他們怎樣想看，但看了總是不吉，如不是考不取科名，也要變成禿子！

民間忌見尼姑，和尚則並不忌，凡見者必須吐唾沫於地，方可免晦氣，如有同伴，則分走路的兩側，將該尼姑「夾過」（Gaehkuu）尤佳。為什麼呢？因為她是剪髮的女子，因此她有法力，能令看見的男子有晦氣。今之熱心維持禮教的政府與社會實在就是傳這個迷信的正統，把個人的嫌惡祓除的行為轉為政府的嫉視，把吐一口唾沫變做政治法律的干涉罷了。

有人疑心，一切道學的反動都有色情的分子，政府社會之注意女子的褲穿不穿，髮長不長，明明是這種徵候，如去從政治和禮教上尋求它的原因，未免有點太迂闊了。這一節話我也承認，我知道這些反動裡含有色情分子很多，不過我不單獨把它當作一個原因，卻將它包括在上文的兩個原因裡了，因為政治的或禮教的嫉視女子之剪髮其動機原都是色情的，與疾視男子之長髮原因不盡同也。——江君的《髮鬚爪》聽說即將出版了，有這些好材料可惜不及收入，希望再板時能夠改訂增廣，或者到那時候材料勃增，可以單出一巨冊的髮之研究亦未可知罷？

中華民國十六年，十二月三十日，於北京，嚴寒中。

後記

費了好幾個禮拜的工夫，把這一百三十篇文章都剪貼好，校閱過，《談虎集》總算編成了，覺得很是愉快，彷彿完了一件心事。將原稿包封，放在一旁之後，仔細回想，在這些文章上表現出來的我的意見，前後九年，似乎很有些變了，實在又不曾大變，不過年紀究竟略大了，浪漫氣至少要減少了些罷。

我對於學藝方面，完全是一個「三腳貓」，隨便捏捏放放，脫不了時代的浪漫性，但我到底不是情熱的人，有許多事實我不能不看見而且承認，所以我的意見總是傾向著平凡這一面，在近來愈益顯著。

我常同朋友們笑說，我自己是一個中庸主義者，雖然我所根據的不是孔子三世孫所做的那一部書。我不是這一教派那一學派的門徒，沒有一家之言可守，平常隨意談談，對於百般人事偶或加以褒貶，只是憑著個人所有的一點淺近的常識，這也是從自然及人文科學的普通知識中得來，並不是怎麼靜坐冥想而悟得的。

有些懷舊的青年曾評我的意見為過激，我卻自己慚愧，覺得有時很有點像「鄉願」。譬如我是不相信有神與靈魂的，但是宗教的要求我也稍能理解，各宗的儀式經典我都頗感興趣，對於有些無理的攻擊有時還要加以反對；又如各派社會改革的志士仁人，我都很表示尊敬，然而我自己是不信仰群眾的，與共產黨無政府黨不能做同道。

我知道人類之不齊，思想之不能與不可統一，這是我所以主張寬容的理由。還有一層，我不喜觀舊劇，大面的沙聲，旦腳的尖音，小丑的白鼻子，武生的亂滾，這些怪相我都不喜，此外凡過火的事物我都不以為好，而不寬容也就算作其中之一。我恐怕我的頭腦不是現代的，不知是儒家氣呢還是古典氣太重了一點，壓根兒與現代的濃郁的空氣有點不合，老實說我多看琵亞詞侶的畫也生厭倦，誠恐難免有落伍之慮，但是這也沒有什麼關係，大約像我這樣的，本來也只有十八世紀人才略有相像，只是沒有那樣樂觀，因為究竟生在達爾文茀來則之後，哲人的思想從空中落到地上，變為凡人了。

民國十年以前我還很是幼稚，頗多理想的，樂觀的話，但是後來逐漸明白，卻也用了不少的代價，《尋路的人》一篇便是我的表白。我知道了人是要被鬼吃的，這比自以為能夠降魔，笑迷迷地坐著畫符而突然被吃了去的人要高明一點了，然而我還缺少相當的曠達，致時有「來了」的豫感，驚擾人家的好夢。

近六年來差不多天天怕反動運動之到來，而今也終於到來了，殊有康聖人的「不幸而吾言中」之感。這反動是什麼呢？不一定是守舊復古，凡統一思想的棒喝主義即是。北方的「討赤」不必說了，即南方的「清黨」也是我所怕的那種反動之一，因為它所問的並不都是行為罪而是思想罪，——以思想殺人，這是我所覺得最可恐怖的。中國如想好起來，必須立刻停止這個殺人勾當，使政治經濟宗教藝術上的各新派均得自由地思想與言論才好。

《孟子》曰，孰能一之？曰不嗜殺人者能一之。這句老生常談，到現在還同樣地有用。但是有什麼用呢？棒喝主義現在正瀰漫中國，我八九年前便怕的是這個，至今一直沒有變，只是希望反動會匿跡，理性會得勢的心思，現在卻變了，減了，——這大約也是一種進步罷。

民國十六年十一月二十五日，在北京，豈明。

文學大師精品集

永不褪流行的經典，不可不看的傳家巨著

在魯迅中吶喊，在蕭紅中生死，在林語堂裡煙雲……品味大師級作品，回味不朽經典！

【經典新版】

書目

魯迅作品精選集

01. 吶喊（含阿Q正傳）
02. 徬徨
03. 朝花夕拾
04. 野草
05. 故事新編
06. 中國小說史略

郁達夫作品精選集

01. 沉淪
02. 微雪
03. 遲桂花
04. 歸航
05. 水樣的春愁

林語堂作品精選集

01. 京華煙雲（上）
02. 京華煙雲（下）
03. 生活的藝術
04. 蘇東坡傳
05. 朱門
06. 風聲鶴唳
07. 吾土與吾民
08. 武則天傳
09. 紅牡丹
10. 賴柏英

蕭紅作品精選集

01. 呼蘭河傳
02. 生死場

徐志摩作品精選集

01. 翡冷翠山居閒話
02. 我所知道的康橋

朱自清作品精選集

01. 背影
02. 蹤跡

全館套書85折優待・單冊9折優待

郵撥帳戶：風雲時代出版公司　服務專線：02-2756-0949

郵撥帳號：12043291

周作人作品精選 5

談虎集【經典新版】

作者：周作人
發行人：陳曉林
出版所：風雲時代出版股份有限公司
地址：10576台北市民生東路五段178號7樓之3
電話：(02) 2756-0949
傳真：(02) 2765-3799
執行主編：朱墨菲
美術設計：吳宗潔
行銷企劃：林安莉
業務總監：張瑋鳳

初版日期：2020年8月
ISBN：978-986-352-856-2

風雲書網：http://www.eastbooks.com.tw
官方部落格：http://eastbooks.pixnet.net/blog
Facebook：http://www.facebook.com/h7560949
E-mail：h7560949@ms15.hinet.net
劃撥帳號：12043291
戶名：風雲時代出版股份有限公司

風雲發行所：33373桃園市龜山區公西村2鄰復興街304巷96號
電話：(03) 318-1378
傳真：(03) 318-1378
法律顧問：永然法律事務所 李永然律師
　　　　　北辰著作權事務所 蕭雄淋律師

行政院新聞局局版台業字第3595號 營利事業統一編號22759935

定價：350元

國家圖書館出版品預行編目資料

談虎集 / 周作人著. -- 初版. -- 臺北市：風雲時代,
2020.07　面；　公分. -- (周作人作品精選；5)

ISBN 978-986-352-856-2

855　　　　　　　　　　　　　　109007435